Duke gone Rogue
by Christy Carlyle

退屈で完璧な公爵の休日

クリスティ・カーライル

ラズベリーブックス

J・Mへ。耐えがたい一年を乗り越えて本書を送りだす助けとなった、あなたのわたしへの友情と励ましと信頼に。いつもいろいろとありがとう。

謝辞

わたしの優秀な編集者のエル、すばらしいエージェントのジル、楽しくて創造力にあふれ、つねに支えつづけてくれるエイヴォン社の同志キャリスにかぎりない感謝を。このシリーズを創作するにあたり、あなたがたのアイディア、意見、支えがなければ、本書は生みだせなかったでしょう。

本書を読者のみなさまのもとへ届けるために関わったエイヴォン社の方々と、これからまたその役割を担うすべての人に心からの感謝を。

そして、この生まれたてのシリーズ第一作にチャンスを与えてくれる読者のみなさまに深謝いたします。

退屈で完璧な公爵の休日

主な登場人物

マデリン（マディー）・レイヴンウッド……………レイヴンウッド種苗園《ナーサリー》の経営者。
ウィリアム（ウィル）・ハート……………アッシュモア公爵。
スーザン・トレンメア……………マディーの亡き母の親友。トレンメア伯爵未亡人。
ダヴィーナ・デズモンド……………ウィルの婚約者。
コーラ・ハート……………ウィルの上の妹
デイジー・ハート……………ウィルの下の妹
エスキス卿……………先代アッシュモア公爵の友人。
セドリック・イームズ……………レイヴンウッド種苗園の庭師頭。
アリス・イームズ……………セドリックの娘。
ジェイン・リーヴ……………ヘイヴン・コーヴ・ホテルの経営者。
イーライ・ロングフォード……………ロングフォード・ファームズの経営者。
エルマイラ・ディクスン……………王族訪問委員会のメンバー。

1

一八九四年二月
ロンドン、セント・ジェームズ・スクエア

アッシュモア公爵、ウィルことウィリアム・ハートは現実的に物事を考える。空想している暇はないし、ありえないものは信じない。求めるのは事実と数字。目に見え、手で触れられて、測れるものだ。

この二年余りにわたる公爵としての務めと母の死により、それまでの若者らしい衝動的な感情はすっかり削り取られてしまった。

いずれにしても本人はそう思い込んでいた。ところが今夜は腕白《わんぱく》な衝動が頭のなかで声をあげはじめた。

逃げてしまえ。もっといい道があるだろう。

ウィルは大型の馬車のなかで夜のロンドンを眺めてから、向かいに座っている連れに目を移し、ふたつの選択肢を頭にめぐらせた。現実思考の自分は御者に方向転換させてこのご婦人を住まいに帰し、その行ないの結果は甘んじて受け入れるよう勧めていた。だがま

だかすかに残されていた向こう見ずな自分はすぐに扉を開いて、走っている馬車から飛び降り、夜闇へ逃げたがっている。

実行に移せば、どのような醜聞が書き立てられるのかを思い描いてみる。

〝愚行に及ぶアッシュモアの伝統は長きにわたり……〟

アッシュモア公爵家の名がまたそのように紙面を賑わせようと誰も驚きはしないだろう。父がさんざん書き立てられていたので、ロンドンの社交界はウィルも爵位を継承するなり先代の放蕩暮らしを引き継ぐものと見立てていた。

ゴシップ好きの人々はいまだ社交界の催しでウィルを目で追い、すわ不祥事を起こしはしまいかと待ちかまえている。

そのような人々の見込みは覆《くつがえ》してやるとウィルは決意していた。

父はどうしようもない男で、約束を破り、信頼を裏切りつづける人生を送った。勝手気まま、型破り、衝動的――そうした表現が父の代名詞だった。

だからウィルはあらゆることを正そうと全力を注いだ。父の不正行為をあきらかにして間違いを正し、邪悪な先代が騙して詐取した人々には償いを申し出るなど、たゆまぬ努力を続けている。

ロンドンの社交界でアッシュモアの名をもうけっして話題にのぼらせてはならない。そうだとすれば、いま馬車から飛び降りるなど論外の選択だ。

　とはいえこのままでは、望んではいないし勝ち方もわからない戦いに挑まざるをえない。ロンドンの濃い霧のなかをゆっくり進む馬車のなかで、すでに十五分もずいぶんと堅苦しく全身を縮こめていたらしく顎が痛む。

　ふたりの関係に軋みが生じていた。いつからなのかも定かでない。

　ウィルは長引かせすぎた沈黙を破ろうと息を吸い込んだ。

　レディ・ダヴィーナ・デズモンドが先にしびれを切らし、ついに動いた。「顔を出したら帰りましょう」冷ややかな口ぶりだった。

「お望みどおりに」

　するとどういうわけか、なんともいらだたしげに息が吐きだされる音が聞こえた。それからダヴィーナはぴんと背筋を伸ばし、無表情のまま、ようやくこちらに顔を向けた。気品あふれる完璧な貴族の令嬢だ。

　だからこそ、ウィルはこの婚約を承諾したわけだが。

「何週間もまえにご招待くださったのですもの」令嬢はこちらを向いていても目は合わせずに言った。彼女に見えているのはおそらく、ウィルの頭の後ろの青いビロードの布張りだろう。「トレンメア伯爵夫人のご招待をお断わりするわけにはいきませんわ」その言葉は手袋の両肘をそれぞれぐいと引き上げながら発せられた。

　言動の至るところから令嬢の憤りが伝わってくる。

「むろん、務めは果たさなければ」それこそウィルが日々の目標と定めていることだ。

「務め？」令嬢が鼻で笑うように訊き返した。

ウィルは眉をひそめた。

令嬢の父親の仲立ちでふたりが婚約に至ったのは、互いの務めとして、この結婚が理に適《かな》っていると合意したからにほかならない。恋焦がれるといった浮ついた感情は無用だ。そんなばかげたものは長続きしない。互いに好ましい条件を備えていた。両者にもっとも現実的な利益をもたらす取り決めだ。

簡単な方程式だった。ウィルには爵位があり、令嬢の父親は目もくらむ花嫁持参金を提示した。しかもそのとき、わが公爵家は資金を必要としていた。喉から手が出るほどに。いまではアッシュモア公爵家の財務状況は改善している。妹たちもようやく少しは金銭的にも体面的にも安心して過ごせるようになった。父の投資による損失はだいぶ取り戻せてきた。

以前ほど婚姻の必要に迫られなくなって、ウィルは肝心なある事実に気づかされた。婚約者に嫌われていることに。一度面と向かって指摘されたようにひどくつまらなそうにしているからなのか、彼女ほどパーティを楽しめていないからなのかもしれない。それとも、令嬢の家族が公爵家に嬉々として嫁がせようとしていても、令嬢本人は乗り気ではなかったことに、こちらが婚姻の必要に迫られていたせいで気づけなかっただけだろうか。

そもそも婚約の決め手となった慎み深さがじつは好意の裏返しだったとしたら、皮肉としか言いようがない。

「務めより大切なことがあるのではないかしら、アッシュモア公爵様」

「たとえば？」相手の思うつぼだとしても訊かずにはいられなかった。こちらが率直に話したくても、もう何日もはぐらかされている。

「家族よ」ダヴィーナはきっぱりと言い、くいと顎を上げた。

「家族こそが務めではないか、ダヴィーナ。もっとも重要な責務ではないかな」

「あなたの本心とは思えないわね。わたしにこんなことをしておいて」

ウィルはひと息吐いて、鼻の付け根のあたりをつまんだ。「その件についての責任はきみのおじ上にある」交友関係を利用し、ほかの貴族たちから総額千ポンド近くをだまし取った男だ。そのせいで少なくとも二人は貧困に陥った。ウィルは父の悪行を調べるなかでダヴィーナのおじの不正行為も突きとめた。いっさい他言はしなかったが、父がどこまで関与していたのかを知りたかったのと警告のため本人に調査結果を突きつけた。すると理由は知らないが、ダヴィーナのおじはデズモンド一族にみずからの悪行を洗いざらい打ち明けた。

「企てたのはあなたのお父様だったのよね」ダヴィーナがきつく言い放った。

「きみのおじ上とともに。ふたりは対等なパートナーだった」

「それなら、あなたはご自分のお父様でも破滅させていたかしら？」

「当然だとも」時間を巻き戻して父の生前に不正行為を暴けていたならとウィルはたまに思うことがある。家族と公爵領に損害を与えた報いを受ける父の姿をこの目で見られたなら、どんなによかったかと。

「なんて人なの、あなたは冷酷だわ」

そうなのかもしれない。これまでにもそのように言われたことがある。面白半分に他者を傷つける人々は許しがたいし、家族に損害を与えられて見過ごすことはできない。「物事を正したいだけのことだ」

ダヴィーナは苦笑を洩らした。「あら、そう、さすがは悪の公爵のれっきとしたご子息だこと」

ウィルは歯噛みして口のなかに血の味を感じた。父について言及されるたび、とめどない怒りがまたあふれだす。

「彼はもう公爵ではない。だから一族の名誉を取り戻すのが私の役目だ」

ダヴィーナは息を殺しているかのように異様なまでに静止していた。

泣きだすのか、叫ぶのか、もしくはきつい眼差しからすれば殴りたそうでもあるので、向かいの座席から飛びかかってきはしないかとウィルは身構えた。言葉が喉につかえてしまったかのように見える。ダヴィーナは唾を飲み込んでから口を開いたが、言葉は出てこなかった。手袋をつけた手で房飾りがあしらわれた座席の端をさらにぎゅっと握りしめただけだ。

「言いたいことがあるなら聞こう。どうとでも言ってくれてかまわない。それでこの件は終わりにしよう」仕方なくウィルは言った。

ダヴィーナが青い目を細く狭めた。「アッシュモア、あなたはいままで失敗したことがある？　間違えたことは？　自分自身やご家族に辱《はずかし》めを受けさせるようなことは？」そのささやきかけるような低い声がウィルの背筋をぞくりとさせた。

「ない」かすれ声を絞りだした。

そのあとに聞こえてきたのはウィルがなにより恐れていた言葉だった。

「いつか、その日が来るわ」ダヴィーナはウィルの頭から爪先までじろりと視線を走らせた。「あなたにはその血が流れている。血筋とでも言うのかしらね。その日が来たら、あなたも人がいかに間違えやすく、それが人生を破滅させるほどのことではないのを思い知るでしょう」

「ダヴィーナ、私はきみのおじ上から真実を聞きだそうとしただけに過ぎない」

「そうしたことでおじの名が取り沙汰されたらどうなると思う？　社交界からはじきだされて、これまでに得た友人をすべて失うのよ」

「本人が誰に打ち明けたにせよ、私はいっさい他言していない。ただし、わが公爵家のため、物事を正さなければならない」ウィルは繰り返した。説明しているというより、自分の真意を理解してもらうための懇願だった。

だが聞き入れてはもらえなかった。

ダヴィーナは身を乗りだして、ウィルの胸に一本の指を突きつけた。ちょうどそのとき、馬車がゆっくりと停車し、ダヴィーナは柔らかな座席に背を戻した。深く息をつくと、数カ月まえに初めて対面したときの楚々とした貴族の令嬢に戻ったように見えた。上辺ばかりの笑みすら浮かべてみせた。

従僕が馬車の扉を開き、降りる助けとなる手を差しだした。ところがダヴィーナはウィルを見つめたまま、すぐには動こうとしなかった。

「あなたはご自分で思っているほど完璧ではない。いつかその高みから足を踏みはずす日が来るでしょうね、アッシュモア。ぜひその場に立ち会いたいものだわ」

マデリン・レイヴンウッドはいちばん好きなことをするためにロンドンに来ていた。

「ロンドンに来て、トレンメア館《ハウス》を樹木とお花で彩ってもらえないかしら」と、トレンメア伯爵夫人から持ちかけられた。伯爵夫人がロンドンで過ごす街屋敷《タウンハウス》の庭園を設計し直すこととなり、今夜開かれるパーティでもたくさんの花で飾りつけてほしいとの依頼だった。

大好きな花の仕事と庭園の設計をまかされるとは、マディーにとって願ってもない機会だった。ほんの短いロンドンでの滞在中には、コーンウォールに残してきた仕事については心配しないようにしようと思っても、やはり頭から離れなかった。心に重くのしかかっている。両親亡きあと、ふたりが懸命に取り組んでいた仕事のすべてを引き受け、レイヴンウッド種苗園《ナーサリー》の経営も受け継いだのだけれど、それ以外のことをする時間がほとんど取れない。

ロンドンへの初めての旅はありがたいご褒美のようなものだった。

二日間のあいだにレディ・トレンメアに六人の友人たちを紹介され、そのうちの数人から自宅の庭園も設計してほしいと言ってもらえた。さらにきのうは空いた時間に大英博物館に足を運び、著名な植物学者の講演を聴くこともできた。きっとこれがロンドンで過ごす最後の晩になるはずで、マディーは自分でも意外なほどこの街を離れがたい寂しさを覚えていた。

「よければ一本どうぞ」マディーは、軽食の盆を手に通りかかって花瓶に生けられたフリージアの香りを嗅いでいた女中《メイド》に声をかけた。

「いえ、そのようなことは」

「今朝わたしが自分でコヴェント・ガーデンで買い入れて、ブーケの香りづけに加えたものなの」マディーはそばに寄り、花瓶から芳《かぐわ》しい花を一本抜いてメイドに差しだした。

「だから、わたしからの贈り物というわけ」

若いメイドはにっこり笑って受けとり、歩き去っていった。マディーも笑みを浮かべた。喜びをもたらす花の魔力で問題をなんでも解決できたらいいのに。

食堂のテーブルの中央を飾る花の手直しをしていると、雇われ音楽家たちが奏でる音色が廊下から高らかに鳴り響いてきた。大勢が集う客間から洩れ聞こえてくる会話のさざめきも混じり合った軽快な音楽に、マディーは自然と足の爪先で拍子を取らずにはいられなかった。

毛虫が葉を這うようなじりじりとした好奇心に駆られていた。

先ほどのメイドが姿を消して食堂の花の飾りつけも終わるとすぐに、マディーは引き戸が開かれた客間の向かい側へと歩を進めた。その戸口に相対して豊かに繁ったヒロハケンチャヤシの鉢植えがふたつ置かれていたので、その陰に入って、二枚の大きなヤシの葉のあいだから活気に満ちた広間のなかを覗いた。

晩秋の花々が咲き誇る庭園にも引けをとらない色鮮やかさだった。黒の夜会服に白い蝶ネクタイの正装をした紳士たちに対し、シルクやビロードの赤紫、深紅、サファイアといった濃厚な色のドレスをまとった貴婦人たち。長椅子に腰かけたり、隅のほうに寄り集まっていたり、いくつもの人々の群れに埋め尽くされている。

〝ささやかな夜会〟だと伯爵夫人は言っていたけれど、ざっと見えるだけでも二十五人以上はいる。

「お花は完璧だわ。ありがとう、マデリン」

伯爵夫人の声にはっとしてマディーが振り返ると、もうすっかりよく知る女性がそこにいた。レディ・トレンメアはほんの七歳上のまだ若い未亡人で、園芸専門家と顧客というだけではない親しい間柄となっている。

「どういたしまして。もう客間に入られているものと思っていました」

「あら、それはだめよ。すぐには部屋に入らない」スーザン・トレンメアは微笑んで、カンパニュラの花のような青い瞳をきらめかせた。「つねに登場すべき頃合いを待たなければね」

マディーはそのような助言を生かせる日が自分にもあったならと考えつつ微笑み返した。自分の人生に華やかに登場したり注目されたりする機会が訪れるとは思えない。ヘイヴン・コーヴで開かれるフラワー・ショーで自分が育てたバラが一等に選ばれでもしないかぎり。それこそがマディーにとってはぜひ得たい称賛だ。自分が育てる花々が人々の関心を呼び、レイヴンウッド種苗園が注目されれば、両親が長い年月をかけて築いたものを守れるかもしれない。

けれどレディ・トレンメアはマディーにはまたべつの未来も選べるのだと言いつづけていた。あなたは子爵の孫娘なのよ、と伯爵未亡人はことあるたびに釘を刺す。レディ・トレンメアはマディーの亡き母の友人だった。母が一家の庭師だった父と結婚して勘当されたいきさつも知っているはずなのに、礼儀をわきまえてけっして蒸し返すような言葉は口にしない。

「ほんとうに出席してもらえないの？」スーザンはハイド・パークへの散策に誘うかのように片腕を差しだした。

「ええ」マディーはにこやかに笑みを返した。「あす早朝の列車で発つので」

「仕方ないわね」スーザンは大げさにため息をついた。「あなたの勤勉さを褒めておきながら、仕事の邪魔をするのは理屈が通らないし」

「よろしければ、奥様が今度オールズウェルでパーティを開くときにはぜひ出席させてください」

オールズウェルとは、スーザンが結婚後ほどなく亡き夫から贈られ、一年の大半を過ごしているコーンウォールにある荘園屋敷《マナー》だ。マディーはもう何年もまえからオールズウェルの庭園の管理をまかされ、受賞したツバキの栽培も手助けしている。

「ゆっくり休んで、安全な旅を。そしてヘイヴン・コーヴのみなさんにもよろしくね」

スーザンは玄関広間の向こうへ歩きだしたかと思うと足をとめて振り返った。「明朝あなたが出発する時間に合わせて駅までお送りする馬車を手配しておくわ」

「ありがとうございます、奥様」

マディーはなめらかな足どりで歩き去るスーザンを見つめながら追いかけたくなる気持

ちをこらえた。音楽に引き寄せられていた。ダンスの踊り方とヴァイオリンの弾き方を母から教えられていたものの、どちらも練習する理由をなかなか見いだせなかった。

それに今夜はダンスを踊りに来たのでもない。次の社交界の催しについて考えることに日々を費やしている貴婦人たちと何を話せるというのだろう？　こちらはコーンウォールに帰れば山ほどの仕事が待ち受けている女実業家だ。翌朝には帰路につき、優雅な晩餐会に出席していたならなどと想像する暇もなくなる。

それでも、あの客間の彩りと音楽と笑い声に、花蜜を前にした空腹の蜂のごとくマディーは引き寄せられた。こっそり覗けないものかと期待して、またも大きなヤシの鉢植えのほうへ近づいた。レディ・トレンメアが颯爽と客間に入っていくなり歓声があがった。マディーは立ち去るまえにもう一度だけ伯爵未亡人が狙いどおりに人々の視線を集めている嬉しそうな姿を目にしたかった。

招待客たちが伯爵未亡人を取り囲んでいたので、マディーはもっとよく見ようと爪先立ちになった。ひとりの男性が人々の群れから抜きんでて見えた。その長身で肩幅の広い男性に視界がすっぽり遮られた。マディーはスーザンの姿を探して少しだけ左へ動いたものの、邪魔な男性もまた左に踏みだした。そこに若い婦人が近づいてきて、ふたりのせいでマディーのところからは何も見えなくなってしまった。

仕方ないわね。

中腰になり、ヤシの鉢植えの陰からひっそり抜けだそうとして、植木鉢の真鍮の脚につまずいた。とっさに手を伸ばしてヤシの幹につかまった。葉が揺れて、マディーは小さく悲鳴を洩らし、どうか客間のなかの誰にも聞こえていませんようにと祈った。体勢を立て直して、いまの失敗を誰にも見られていないか、ちらりと確かめた。

そのとき、あの男性が振り向いた。幅広の肩で視界を遮っていた濃い色の髪の大男。でもこちらは隅《すみ》にいる。暗がりだ。身に着けているのは暗い色のドレス。あの男性から見えるはずがない。それなのに、ケシの内側の花びらみたいになめらかで暗い色の瞳が鋭くしっかりとマディーを捉えた。

男性はその瞳と同じように暗い色の眉を片方だけ吊り上げて、マディーの頭のそばにあるヤシの葉からドレスの裾が掛かっている植木鉢の脚までをいぶかしげに見下ろした。

マディーは喉に息がつかえて、その場に固まった。彫像ではないかと思うくらいにどこを取ってもくっきりと端麗な造作の険しい顔つきをしている。柔らかみが感じられそうなのは唇だけ。もし笑ったとしたらだけれど。いまの細く狭めたままの目と頑固そうに角張った顎から陽気さはみじんも感じられない。

マディーは立ちすくんだ。動けない。息もできない。逃げたくてたまらないのに、へたに動いてほかの人々の目も引いてしまうのが恐ろしい。

この男性が自分を、愚かにもここでつまずいた女性を忘れてくれればすむことだ。

あちらを向いて。だいたい、若く可愛らしい婦人を連れていて、どうしてこちらをじっと見ているわけ？　あんなふうに肩幅が広くて顔立ちのはっきりした男性の気を引こうとしているのがあの女性だけというのもふしぎだ。

ようやく男性は連れの女性のほうへ向き直ったが、いかめしい顔つきは変わらなかった。どぎまぎさせられるほど容姿は整っていても、どうしようもなく陰気な男性のようだ。

マディーは男性がこちらから目を離した隙に玄関広間を抜けだして伯爵夫人の温室へ逃れた。温かく、天井が高くて、自分にとっては足を踏みはずしようのない唯一の場所。湿った土とみずみずしい植物の匂いに気がなぐさめられる。

パーティに出席してほしいとのレディ・トレンメアからの招待を受け入れなくてほんとうによかった。あんなふうに恐ろしい目つきで人を観察するような陰気で傲慢そうな人たちと会話をつくろわなければならないとしたら大変だっただろう。

2

ウィルはまた廊下のほうへ目をやった。先ほどの若い女性の姿はもう見当たらない。なんとも間の悪い変わった人物だ。あのような赤褐色の髪で、いくら大きな植物の陰に隠れようとしたところで誰にも気づかれずに潜《ひそ》んでいられるはずがない。

あの女性が社交界の催しの片隅からこっそり見ていたことを家に帰ってタイプライターに打たせて、とんでもない話をゴシップ紙で広める厄介な壁の花ではないのを祈るばかりだ。

じつを言えば、こちらを盗み見ていた赤毛の女性を見つけたときにはうらやましく思った。こうして消えてしまえるのだから、なおさらに。もし自分がこの呆れるほど混雑した客間を抜けだして、ずっとこちらに向けられているダヴィーナの剃刀《かみそり》並みに鋭い視線から逃れられたなら、どれほど幸いだっただろうか。

馬車のなかで湧いた衝動のままに行動すればよかったと悔やまれる。ダヴィーナとこのパーティに出席したのは失敗だ。ダヴィーナはただもう鬱憤で打ちふるえんばかりに横に立っているだけで、身に染みついた愛想笑いを浮かべはしても心の荒《すさ》みは隠しきれなかった。もっと早くにきちんと話し合っておくべきだったのだ。

ダヴィーナが客間の向こうにいた友人の婦人に呼ばれたとき、ウィルが思わず洩らした安堵のため息は周りにいた全員に聞こえてしまったかもしれない。

ウィルは廊下のほうを見やった。やはりもうあの女性はヤシの陰から消えていた。

「どうも気まずい晩を過ごしているようだな、アッシュモア。きみの未来の花嫁はご機嫌ななめと見える」エスキス卿はまったく憐れむそぶりもなく馴れなれしい口ぶりで言い、ドア口近くにいたウィルの脇に立った。

妻を亡くしたばかりだが、以前から三十も年下のダヴィーナに関心を寄せていた男だ。

「パーティに来るには最良な晩ではなかったのかもしれません」ウィルがダヴィーナのおじと対峙したのはもう数カ月まえなのだが、その事実を彼女が知ったのは最近のことらしい。互いに本気で結婚するつもりの婚約者を装いつづけるのはむずかしくなってきた。

「パーティを楽しめたことはあるのかね？」エスキス卿は薄笑いを浮かべずには話せないのだろうか。この中年の上流紳士も父の悪しき友人たちのひとりだったのだが、妻を伴わずに亡き公爵の放蕩館《やかた》のパーティに出席していた常連であったこと以外に不正への関与は突きとめられていなかった。

「ごくまれには」

「お父上とはだいぶ違うな」

ウィルはぶしつけな物言いをしてしまうまえに数歩離れて、通りかかった給仕係から優美な食前酒を受けとった。ウイスキーがほしいところだが、これで我慢するしかない。

どこからかバルコニーに逃れて新鮮な空気でも吸えないものかとウィルは客間にざっと視線をめぐらせた。

エスキス卿はウィルに会話を続ける気がないのを察するどころか、こともあろうにあとを追ってきた。

「きみのお父上は少なくともパーティを盛り上げていた」

「ええ、そうやってあなたも騙されていたわけです」ウィルは小さなクリスタルのグラスを握り壊してしまわないよう必死にこらえた。

「気前よくもてなしてくれる陽気な御仁だった。みなに好かれていた」エスキスがふんと鼻息を吐いた。大きく。どうしたわけか愚かにも、ひと騒動起こしたいらしい。

ウィルは向き直って一歩近づいた。「トレンメア伯爵未亡人の客間で私をひと暴れさせたいのなら、どうぞお続けください」

上流紳士として一歩引きさがる程度の分別はあったようだが、エスキスは立ち去りはせず、踏みとどまってなおも話を続けようとした。

「私を脅そうというのか？　そんな野暮な男ではお父上のような魅力はかけらも身に着かんだろう」

「そんなものは必要ありません」ウィルは空のグラスをどうにかぶじに従僕に渡して手放

せた。「私は父の爵位、公爵領、それにすべての不正の記録を受け継いだ」

　年配の貴族の顔は本人の蝶ネクタイに劣らず白くなった。やはりこの男も父の何らかの不正行為に加担していたのだろう。理由はどうあれ、エスキス卿は下唇をふるわせて最後にもう一度せせら笑いを浮かべてみせると、踵《きびす》を返して歩き去っていった。

　ウィルは醜聞を立てられるのはご免だった。何年も努力して築いてきた人々からの信用がすべて台無しになるだろう。悪くすれば、軽はずみなしくじりひとつで公爵家の名誉をさらに傷つけるだけでなく、妹たちにも累が及んでしまう。

　妹たちの将来を守るのは自分の役目だ。ウィルは客間を見まわしているあいだにダヴィーナと目が合ったが、きっと睨みつけられただけで、背を翻《ひるがえ》された。

「失礼」ウィルは進路をふさいでいた紳士にまたもつい大きな声を発した。

これまた父の投資詐欺に加担していた子爵だった。イングランドにはあの父に丸め込まれずにいられた紳士はひとりもいないのか？

　ウィルはその子爵をよけて、賑やかな男女の群れをやり過ごしてドア口から廊下に出た。

先ほど女性が隠れていた青々と茂ったヤシの鉢植えを見つめる。

　あの女性はどこへ逃れたのだろう？

　ウィルはバルコニーか飲み物を運ぶワゴンはないかと探しながら廊下を大股で進んだ。

数分後、そのどちらも見つけられなかったものの、土の香りが漂う白漆喰の温室から洩れる明かりを目にして、ちょうどいい逃げ場だとあたりをつけた。

温室に入って十分が経ち、マディーは植物のことや伯爵未亡人の庭園をどのように設計するのかで頭がいっぱいになっていた。いまなおかすかに響いてくる音楽を耳にしてはまだパーティが続いているのを思い起こし、客間の入口からこちらを睨みつけていた大理石の彫像のような腹立たしい男性についてはことさら忘れようと努めた。

最後にもう一度だけ、伯爵未亡人が好んで集めたヤシやゼラニウムや花を咲かせる蔓植物を見てまわり、屋敷の階段のそばに出られる奥の扉のほうへ歩きだしたとき、温室のタイルの床を進む足音を耳にした。重々しい足どり。

マディーは安らぎのひと時に踏み入った人物を見ようとすばやく振り返った。

あの男性だった。いかめしい彫像のような人。

自分を探しに来たのだろうかと考えて、鼓動が激しく大きな音を響かせはじめた。けれどじっと見ていると、男性が何かを探しているわけではないのはあきらかにわかった。それどころか誰かにつけられていないか心配するように背後を確かめている。それから温室の端側へ歩を進め、冷たいガラスの壁に片手をついて、もう片方の手でウェーブのかかった濃い色の髪を掻き上げた。

片手を握りしめてガラスの壁に一度打ちつけてから、向きを変えた。

マディーはすぐにも姿を現して、どうしてあのように廊下越しに自分を見つめていたのかを問いただしたくてたまらなかった。でもほんとうに知りたいのは、彼がどうしてそれほど哀しそうにしているのかということのほうだ。

大きく息を吸い込んでから、一歩踏みだし、けれどそこで立ちどまった。

「どういうつもり？」女性の声がガラスの壁に反響した。そこに現れたのは、客間であの男性のそばに立っていた若い婦人だった。「わたしはただあなたと話すために来たのに、さっさと歩き去ってしまうなんて」

男性は婦人に向き直ったが、近づこうとはしなかった。

「私はきみのためにあの客間を出てきたんだ」男性が落ち着いた声で言った。「きみはいらいらしていたし、噂話の種になるのがいやなのはお互い様だ。よろしければ、私はこれで失礼する。あす、こちらから訪問してもいいし、きみが来てくれてもかまわない」

婦人は首を激しく横に振った。「いいえ。ここで片づけましょう。わたしはもうあなたの訪問を受けたくないし、わたしもあなたのもとを訪れるつもりはないわ」

「いいだろう」男性は動揺するふうもなく、あっさりうなずいた。だが彫像のような顎はこわばり、眉間に深い皺が寄っている。「私はきみに何も求めないし、なんでもきみの望みどおりにしよう」

婦人は長い白手袋をぐいと引いて、真珠のボタンに指をかけた。「わたしの望みどおりにですって？」

「そうとも。私はきみにどのような悪感情も抱いていない」

女性は最後のボタンを引っぱって、左手の手袋をはずした。頬を紅潮させて指輪を抜きとり、その光り輝くものを投げつけた。指輪は男性の逞しい身体にぴったり合ったベストに当たって跳ね返り、甲高い金属音を立ててタイルの床に転がった。

「わたしからこの婚約を破棄させてもらいます。あなたのような高い爵位を有する男性を振るなんて、どうかしていると思う方々もいるでしょうけれど、そんな人たちもあなたがいかに冷酷で面白みのない人なのかにいつかきっと気づくわ。つまるところ、わたしにとってはすべてよいほうに向かうはずよ」

男性は深々と息を吸い、吐きだすとともに、いからせていた肩をやわらげた。「では、それで話は決まりだ。きみが婚約を破棄したと私が発表する。私に面白みがないのも認めよう」そう言うと男性はなぜか笑みを浮かべた。口の両端にくっきりとえくぼが現れた。とはいえ、女性から投げかけられた言葉のせいで沈んだ哀しげな表情だ。

「あなたは非情な人だわ。おじはわたしの親族なのに。あなたが知ったことをわざわざ本人に突きつける必要はなかった」

男性は大きく息を吐き、片手でまたも髪を掻き上げた。「彼は父の取引について私が知りたかった情報を持っていたんだ」

「あなたのお父様は死んだのだから、悪事の代償を払うことはできない。わたしのおじは生きていて、あなたに暴かれたことをずっと背負っていかなければいけない」

「すまない」

「思ってもいないくせに。本心ではないのよね。あなたの堅物さはみなさんから聞かされていたけれど、こんなにも嫌気が差すとは想像もできなかった」女性は踵を返し、シルクの琥珀織りのドレスを翻して足早に温室を出ていった。

マディーは音を立てないようにあとずさった。このまま温室の端までたどり着ければ、奥の扉から抜けだせる。でも、いくらそっと足を動かしてもブーツの靴音は消しきれなかった。

紳士がくいと顔を上げ、こちらを振り返った。「そこにいるのは誰だ、姿を見せろ」

マディーは唇を噛みしめ、こそこそ逃げまわって捕まるような屈辱を味わうくらいなら、姿を現して、ひとりきりの時間を邪魔されたのはこちらのほうなのにと指摘するほうがましだと思い定めた。蔓植物の房の陰から踏みだし、男性と向き合った。

「なるほど、きみか」男性は白いタイをぐいと引いて首に垂れさがらせた。「ヤシの陰に隠れていたご婦人だな」

「客間でわたしの視界を遮っていた方ね」

男性が片方の濃い色の眉をきゅっと吊り上げた。非難されたのは心外だとでもいう顔だ。

それから何かを探すかのようにマディーをじろりと眺めまわした。「ロンドン警視庁の公安部か新聞社にでも雇われてるのか？　それとも趣味で盗み聞きを？」

「盗み聞きなんてしてないわ。わたしはただ――」

「鉢植えの陰に隠れていないで客間に入ればよかっただろう。きみはレディ・トレンメアに招かれたのではないのか？」

「招かれたわ」それ以上は説明したくなかった。必要以上に会話をしたい相手ではない。

男性は返答を待つように見つめて、さっとマディーの口元に視線を移した。「きみが賢明なのかもしれないな。私もあの客間に入らなければよかったんだろう」

マディーは婦人が去っていったほうへ目をくれた。「追いかけなくていいの？」

男性はふっと息を吐いたが、質問に呆れているのか面白がっているのか、マディーには読み解けなかった。

「自分を嫌っているご婦人を追いかけろと？　名案とは思えない。それにほら、私は非情な男なのだからな」男性が筋肉質な肩をすくめると、ぴったりとした上着の生地が引っぱられて縫合糸さえ見分けられた。「彼女は当然のことをしたまでだ」

あの女性が話していたように、冷たい男性らしい物言いだ。それでも、男性の表情にはまたべつのものも含まれていた。名前すら知らない相手だけれど、マディーには彼の後悔が感じとれた。

「ほんとうに？」

「私が非情かということか？　そのとおりだとも」男性はまたも肩をいからせ、顎を上げて、胸の前で腕を組んだ。夜会服の上着がまたもぴんと張り、息をとめているようにすら見える。女性からの罵り言葉などではびくともしない石像と化してしまった。

目だけはべつにして。

マディーは読みとりがたい男性の目を見つめるうちに魅入られていた。しだいにふと、黒っぽくしか見えなかった髪に混じって暗褐色の房が幾筋かガス灯に照らされているのに気づいた。

この紳士は自分と同じくらい観察が得意なようだ。もしかしたら自分以上に。こうしてじっくりと眺められているのはとても耐えがたい。きっとトレンメア館にはずいぶんとそぐわない女性だと気づいたのに違いない。男性はマディーの装いにさっと視線を走らせ、まるで飾り気のないブーツにもちらりと目をくれた。花を切るときに汚れた指にもすぐに気づいたはずだ。

マディーは見定められるような視線から逃れたいがためにそばの格子棚に視線を移した。なによりもいま必要なのは睡眠だ。こんなふうに黙って立ちつづけているのはばかげているし、ここに誰が現れてもやはり何をしているのかと尋ねるだろう。

「よろしければ、これで失礼します」マディーは軽く頭をさげて、温室でたまたま出くわした見知らぬ非情な人物にはじゅうぶんな別れの挨拶と受けとめてもらえるよう願った。

「待て」男性が命じるように言い、マディーはあきらかに彼が人に指示を出すのに慣れているのを察した。

それから男性は踏みだしてだいぶ近づき、マディーの進路に立ちはだかった。

「きみは……」男性が片手を上げ、マディーの頭のほうを示した。「そこだ」こめかみの上を指差している。

マディーは片手を上げて自分の乱れた髪に触れた。何時間も作業をしていたし、いつもながら赤い巻き毛がそう長くきちんとまとまっていてくれるはずもない。

男性がさらに歩み寄った。マディーは一歩あとずさった。

すると男性の口元にちらりと笑みが浮かんだ。「怖がらなくていい」

「彼女はあなたが冷酷だと言ってたわ」マディーがその目をじっと見つめているあいだに、男性は片手を伸ばしてきて髪から何かをつまみ取った。

「これが付いていた」男性が手のひらに干からびた小さな葉を載せて差しだした。

「いつの間にか頭に落ちていたのね」マディーは頭に飾っていたなどと誤解されないように言った。温室の真ん中付近に立つ装飾用の木を見上げる。

男性はなおも手のひらを差しだしたまま、枯れ葉を取りあげてもらうのを待っていた。

マディーは葉をつまみ取り、彼の手のひらの温かさにはっと息を呑んだ。

「イチジクの葉よ」急に声がかすれがかり、彼に聞こえただろうかとマディーの胸は恐ろしいほどにどきどきと高鳴った。

これほど紳士と接近したのはいつ以来のことだろう？　紳士とふたりきりになったのは？　もうずいぶんまえのこと。しかも、相手の若い男性はこんなふうにまったく見知らぬ人ではなかった。

と、男性にも木の葉が付いているのにマディーは気づいた。なにしろ長身なので、ほんの一枚しか付いていないことのほうが意外だ。温室にここまで入ってきていて、あのイチジクの落ち葉をいっさいまとわずにいられるわけがない。

「あなたにも一枚付いてる」マディーは顎をちょこっと上げて男性のほうを示した。

「私にも？」男性が自分のベストを見下ろす。

「そこ」マディーは彼の肩から木の葉を取ろうと手を伸ばしたが、見た目以上に長身であることを思い知らされた。前のめりに背伸びをしようとしてバランスを崩し、とっさに男性の胸に手をついた。男性も片手で腰をつかんで支えてくれたものの、ふたりはすぐさま離れた。

ほんの一瞬の接触、あっという間の出来事で、男性の手につかまれたところがじんと温かく感じられなければ、空想だったのかと思っただろう。

これほど接近して観察されたら、何もかも隠しようがない。顎の先にうっすら残る傷跡、上唇のすぐそばにあるほくろ、ピンからほつれた髪の毛まで、男性の目にたどられているのをマディーは感じた。

これくらいそばにいればマディーもいろいろと気づかされた。先ほどのように廊下越しでは彫像並みに整った容姿に圧倒されて気づけなかったあらゆる点に。男性の目はただ黒っぽいだけではなかった。とても濃い褐色だ。眉間は深くくぼんでいても、口元には笑い皺も見てとれる。

もしかしたら思ったほど陰気な人ではないのかもしれないし、いまはそうでも昔はたぶん違ったのだろう。

「わたし……」マディーは何を言おうとしていたのか、わからなくなってしまった。もう行かないと。それだけは間違いない。

男性はあまりに容姿端麗で、マディーの鼓動は尋常ではない音を立てていた。それに、だからといってどうにもならない。マディーはコーンウォールに帰り、男性はあの客間に戻らなければならない立場だ。

「きみは若いご婦人にしては変わっている」

マディーにとって喜ばしい見立てとは言えなかったものの、その点については否定できなかった。

「ええ、そうね、ではそろそろ失礼します」ほんとうなら五分まえには立ち去っていたはずだった。ところが今回は男性の大柄な身体の脇から進もうとすると、彼の手がさっと腕に触れて引きとめられた。

「きみに頼みがある」

マディーは振りきって逃げだすべきかと考えた。

この男性と話していてもなんの意味もない。ここにふたりでとどまるのはなおさらに。このまま自分に触れさせておくのが不適切なのは議論の余地がない。レディ・トレンメアなら常軌を逸していると言うだろう。そのような傲慢な貴族は放っておけばいいのだと。

それでもマディーはそこに立ちどまっているうちに、逃げたい気持ちが薄れていった。

「どんな？」意図した以上にややいらだった口調になった。

いまもずいぶんとふたりは接近していた。互いに触れさえしたのに、まだ名前すら知らない。

「私は元婚約者をこれ以上煩《わずら》わせないように、この温室の裏口から出て帰ろうと思う」

賢明な手立てだろう。それで自分に何を頼もうというのか、マディーには見当もつかなかった。

「わたしにどうしろと？」

「他言しないでもらいたい」

「当然だわ」マディーが目撃したことはたいがいの人々にとって屈辱的なことに違いな

かった。埃をかぶった礼儀作法書の教えを順守する貴族にとってはなおのこと。この男性とあの淑女はどちらもいかに礼儀正しく婚約の解消に至ったのかという話を取りつくろうだろうし、真実はふたりだけにしか知り得ない。

あとはこのわたし以外には。

「心配いりませんわ。わたしは他言しません。あすにはロンドンを発つし、もう来ることはないでしょうから」

「ずっと？」男性は眉をひそめ、声には落胆のようなものが聞きとれた。

でも創造力豊かな自分の愚かしい思い込みに過ぎないとマディーは結論づけた。目撃者がいなくなるのはこの男性にとって願ってもないことのはずでしょう？

「たぶん」暮らしも仕事もコーンウォールにあり、マディーはそこに慣れ親しんだ地元社会の一員だ。ロンドンを離れると思うと、なんとも言えない寂しさを覚えていたとしても。ロンドンに来て見たり経験したりしたことのなかでも、この男性との不可思議な出会いは格別な思い出となって残るはずだ。

「さようなら、非情な紳士さん」

男性は相変わらずいかめしい面持ちだったものの、それからふいにマディーを驚かせた。口元をちらりとほころばせると、男性の表情はみるみる変化した。瞳がきらめき、輪郭がやわらいで、もう容姿端麗なだけではなく、心惹かれずにはいられない男性に様変わりした。

「ではこれで、緑の葉のお嬢様」先ほどまでの居丈高で無情な声ではなかった。ささやきかけられているような、温かみのある親しみやすい声。

とはいえ何も変わらない。その声が柔らかで、その笑顔にはとろけてしまいそうになったとしても。

二度とこの男性と会うことはないだろう。そしてようやくマディーはするべきことをした。

最後に男性をもう一度だけちらりと見て、歩き去った。

3

三カ月後
ロンドン　グロヴナー・スクエア

女性の金切り声が火で焙《あぶ》った剣のように眠気でどんよりとしたウィルの頭を貫いた。

やめろ。そう言えたのか、そう言おうとして喉の奥を鳴らしただけなのかはわからない。まともに話せそうにない。頭はぼんやりと霞がかっている。女性の悲鳴らしきもの以外に聞こえたのはひと言だけだ。いまはウィルのものとなった父の称号。ウィルは生まれたときから誰かが父に呼びかけるときに使うその敬称を耳にしていたので、ずっと嫌いでたまらなかった言葉でもある。

公爵閣下。その呼びかけが何度も何度も、しだいに声量をあげて繰り返された。

「公爵閣下」男の声だ。しかも聞き憶えがある。

ウィルは目をあけ、ミスター・エジソンの電流に撃たれたのかと思うほどの衝撃を感じた。どこもかしこも痛い――首が痛くて曲げづらいし、腰が疼き、頭も絞めつけられているようにずきずきする。

細く目をあけて薄暗い書斎に視線をめぐらせ、自分を起こした声の主を見つけた。

「ウィッティア」何十年も父に仕えていた人物では信用ならないのでウィルが雇い入れた執事だ。「まいったな、ほんとうにきみと打ち合わせ中に寝入ってしまっていたのか？」

「しばし目を閉じられていただけのことでございます、旦那様」ウィッティアはとても細く薄い色の眉を上げた。「必要なことと思われましたので。それに――」ほんの指一本ぶんの琥珀色の液体が入った光り輝くクリスタルのグラスを持ち上げた。「――おかげさまで私もウイスキーを少々味わえましたので」

「昼間だろう」

「夕方でございます」年配の執事はその目にちらりと心配そうな光を宿した。「私が書斎にまいりましたときに、公爵閣下、ご自身で勧めてくださったのではありませんか。今夜の晩餐会の支度について話し合っていたところです」

「そうだったか？」ウィルは思いだせなかった。もう何週間も安眠できていない。何カ月もだ。疲労から記憶があいまいになっていて、それが腹立たしかった。なんであれ忘れたと認めるのは癪《しゃく》だ。

「さようでございます」

ウィッティアの指一本ぶんに比べるとたっぷり注がれた飲みかけのウイスキーが目の前のインクの吸い取り台《ブロッター》に置かれていた。グラスをつかむと、ひんやりとしたクリスタルが手のひらに心地よく感じられた。

「ご気分がすぐれませんか、公爵閣下？」執事が気遣わしげな眼差しを向けた。

「心配ない。ちょっと疲れているだけだ。晩餐会をすませたら、早めに休む」それから寝られるのかどうかはまたべつの問題だ。「今夜の出席者の人数は？」ウィルはウイスキーを飲み干した。時間を無駄にせず、執事は仕事に戻らせて、自分も招待主の務めを果たさなければ。

「通常どおりの人数でございます」

「あの凄まじい音はなんだったんだ？」目を覚まされた女性の声はもう聞こえないが、誰の耳にも快い調べとは言いがたい歌声だった。

「レディ・デイジーが婚約パーティで歌っていただこうと検討中のソプラノ歌手です。今夜、試しに歌っていただくために招待されたのではないでしょうか」

「それはなにより」ウィルは唸り声を呑み込んだ。

「旦那様、よろしければ私はそろそろお客様のご到着まえに抜かりなきよう準備を確かめておきたいのですが」

「そうしてくれ」ウィルが応じると、執事はグラスを飲み干し、置きっぱなしになっていたコーヒーカップとともに盆に載せてドアへ向かった。

執事が退出するとすぐにウィルはこらえていた唸り声を洩らした。妹たちが数日後に予定している盛大な催しに比べれば小規模のくつろいだ集まりとはいえ、今夜の晩餐会に出るのは気が重い。

しかも晩餐会やパーティは今夜だけのことにとどまらない。ろくに眠れないまま何週間も催しは繰り返されていて、いつも同じように無意味な世間話ばかりでは忍耐力もだんだんすり減らされてくる。

「デイジーのためだ」ウィルはぼそりとつぶやいた。妹のためだと思えば耐えられないことはない。父のせいで困窮し、一族の名誉が傷つけられたからといって、デイジーを苦しませるわけにはいかなかった。自分がそんなことはけっしてさせない。デイジーが安心して嫁げる程度には公爵家の財務状況は回復している。

結婚式は華々しいものとなるだろう。父がアッシュモア公爵家の資産を枯渇させてしまったとすれば、ロンドンの社交界の誰もが叶うとは思わなかったであろうほど盛大なものに。

ウィルは目を閉じて、脳天を殴られているかのように痛む眉間に手のひらの付け根を押しあてた。

息を吐いてから、動いたり呼吸をしたり、ともかく束の間の平穏を乱すことは何もしないように努めた。社交界の催しはどうにも好きになれず、その場に合わせて言葉を選んだり気さくに話したりといった技能はいっこうに上達しない。たとえ妹たちが亡き父と同じくらい熱心にロンドンの大半の人々をもてなすのが一族の務めだと考えていたとしても、正直なところ、ウィルには夜会に出て無駄なお喋りに付き合っている暇はなかった。ところがなんと妹のコーラによれば、社交界で熱心に交際するのがアッシュモア公爵家の名誉を回復する手立てのひとつだという。

ウィルは立ちあがり、客間へ向かった。

「失礼いたします、公爵閣下」

書斎を出てほんの一メートルほどで従僕に呼びかけられ、ウィルはできるだけ壁に寄り、枝葉や花が豪華にあしらわれた銀器を列を成して運ぶメイドと従僕たちが通れるように道をあけた。ひとりのメイドが高く盛りつけられた花飾りを手こずりつつ運んでいて、通り過ぎる際に巨大なピンクの花がウィルにぱしりと当たった。すぐ後ろにいた従僕が息を呑んで足をとめ、一列もろとも解雇を言い渡されるのではと恐れるかのように目を瞠《みは》って主人を見つめた。

「進め」ウィルは歯を食いしばって若い従僕に告げた。

それからほどなく、アッシュモア館《ハウス》の正面に位置する広々とした客間に足を踏み入れた。人々が顔を振り向けた。お喋りがやんだ。寄り集まっていたご婦人がたは一斉にこちらに向き直り、武器を振りかざすかのように扇子をぱたぱたとはためかせた。

そのうちふたりはダヴィーナの親しい友人だった。何カ月経っても、元婚約者の友人たちからは怪物扱いされているらしく、かつてはわりあい気さくに話せる知人だと思っていた紳士たちですら目を合わせようとしてくれない。

気まずい静けさが垂れこめたとき、デイジーが絨毯の中央に進みでてきた。機嫌よく振る舞ってはいるものの、にこやかな笑みを浮かべた妹の額に皺がきゅっと寄っているのをウィルは見逃さなかった。

「お食事のまえにもう少し音楽を楽しみましょう」デイジーがちらりと目を向けた先にはピアノがあり、友人のひとりが椅子についていた。

合図を受けて、その若い婦人が鍵盤になめらかに手を沿わせ、軽快な協奏曲を弾きはじめた。

ようやく、招待客たちのウィルへの関心はそがれたものの、数人のご婦人がたは難解なパズルに挑むかのようにまだつくづくこちらを眺めている。

あきらかにウィルは気がかりな存在で、しかも歓迎されてはいなかった。自分が登場したせいでこの場が陰鬱な雰囲気に包まれ、いっぽう妹たちはいずれの晩餐会も成功させようと苦心している。

あとでコーラからあれこれ非難されるかもしれないが、ウィルはそれを口実にしようと客間を抜けだした。

どうにか書斎に戻ると、グラスにウイスキーを注ぎ、暖炉の前の袖付き椅子にどっかと腰を落としたところで、誰かがドアをノックした。

「あとにしてくれ」

あと三十分はなるべく静かに過ごし、うまくすればウイスキーの酔い心地を味わいたかった。

またもさらに少し大きなノックの音がした。先ほどよりせっかちに。誰なのかはあきらかだ。

「消えてくれ」ウィルはさらりと言った。

「一緒に入らせて」閉じたドアの向こうからデイジーの声がした。ひそひそ声にも妹のあふれんばかりの活気が滲みでている。

「まずはわたしに話をさせて。もっと穏やかにね」三人兄妹の真ん中でいちばん冷静なコーラが有無を言わせぬ口調で言った。

ウィルは椅子に背をもたせかけて木製のドアを眺めながら、どちらでもいいからさっさと部屋に入ってきて、兄に飲むか眠るかさせてもらいたいと願った。いっそふたりとも招き入れるかと立とうとしたとき、コーラがノックを二度してから、ひとりで書斎に入ってきた。

「わたしたちの声は聞こえていたでしょう」妹が淡々と言う。

「ほぼデイジーのだが、まあ、そうだな」ウィルは妹が両手を握っては開いているのに気づいた。緊張ぎみのようだが、恐ろしいほどの意気込みが感じられる。背筋がぞっとした。

「おまえたちは何をたくらんでいる？」

妹たちはひとりずつでも手強い。そのふたりが力を合わせ、本気になれば、念力だけでテムズ川の流れを食い止められそうだ。

コーラが微笑み、ウィルのみぞおちが重く沈んだ。この妹は無駄に微笑む女性ではないうえ、やけににこやかでとうてい真に受けられない。

「急に客間を出ていくんですもの」

「ダヴィーナの友人たちがいたので、そうするのが最善だと即座に判断した」

「レディ・ティドウェルの姪御さんたちだもの。ご招待しないわけにはいかないでしょう」

「もちろんだとも。私は書斎に戻れて満足している」

「デイジーが選んだソプラノ歌手についてのご感想は？」コーラの口ぶりからして、とてもほんとうに話し合いたい問題とは思えない。

「私におためごかしは期待するなよ、コーラ。あれはひどい」

「忘れがたいと言うべきではないかしら」

「音楽について話しに来たわけではないだろう」

「話しに来たのよ」コーラは若いがきわめて頭が切れて、オペラを愛し、ハイド・パークを散策するのが好きで、ウィルが知る誰よりも計画を立てて取り仕切ることが上手《うま》く、ロンドン―、嘘が下手だ。「たしかに話したいことのひとつだったとも言えるけれど」

コーラは踏みだして、兄が父の悪事を詳しく調べるために集めた書簡や覚え書きの束にまじまじと視線を走らせた。ウィルは読みかけの書簡をコーラに見せまいと裏返した。

「お兄様にも何か取り組めることはないの？　建築学会での講演とか」

ウィルはこれまで一度しか講演をした憶えはない。大学で建築を学び、魅了されたが、注目される立場となって批判がましい学者ばかりの聴衆の歓心をかうことにはまったく興味が持てなかった。

「それともまたスケッチを始めてみたら？」コーラが期待のこもった陽気な声で勧めた。

「お母様が亡くなってから、お兄様は何ひとつ心から楽しめているようには見えない」

図星なだけに胸にこたえる指摘だ。いらだちに煽られ、ウィルは公爵領を担う責任の重さを辛辣に説いてやりたくなった。だがそれは妹も承知している。

「違う。これは父上に関わる問題だ」

「また何か見つけたのね。恐ろしいものを」

ウィルが妹に抱かせたくなかった不安がその声に表れていた。母が生前は子供たちの目を遮る盾となっていたように、ウィルも父の悪行について知ったことはほぼ自分の胸だけにとどめてきた。だがその全容を解明する努力をやめるつもりはない。父がしたことをあきらかにする以外に償《つぐな》う方法があるとは思えない。

「心配しなくていい。私がすべて対処する」

妹が陰鬱に唇を引き結んだ。

「大丈夫。きっとうまくいく。デイジーの結婚、それに未来のおまえの結婚も」

コーラが顔をゆがめた。

「お兄様のは？」妹は興味深そうに兄を見据えた。

「そのうちにな」公爵位を継いだからには結婚が責務の一覧表の上位にあるのは承知している。ダヴィーナを娶ってその責務を果たせると思っていたが、当てがはずれた。無残にも。

だからいまは先代の公爵が向き合おうとはしなかった責任を引き受け、できるかぎりの償いをして、父がもたらした損害を取り戻すことに全精力を傾けている。

「お兄様はアッシュモア公爵家の名誉を回復するためにとても力を尽くされているわ」妹はありのままを述べただけで、称えるような口ぶりではない。「重責なのはわかってる。見るからに疲れ果てているもの」

ウィルはぎくりとした。淑女は紳士の見た目について褒める以外の言葉は口にしないし、公爵位を継いだ相手ならばよけいに憚られる物言いだ。しかもたしかに、ウィルは疲れ果てていた。父のようにただ放蕩暮らしに身をやつすのではなく、まっとうな公爵になるのはとてつもなく大変なことなのだと痛感させられている。

「休暇をとろうと考えたことはない？」

「休暇？」戴冠用の宝玉を盗むとか、海上で船を略奪するのを考えたことはと尋ねられたとしても、ウィルはこれほど驚かなかっただろう。

「ええ。たとえば、休養と気晴らしのために人は旅行に出るものでしょう」コーラはそう言うなり口元をゆがめ、さらに濃い色の眉を片方だけきゅっと上げた。

「これまでに気晴らしなんて言葉をおまえが口にしたことがあったか？」

「当然あるわよ」妹はいらだちすら覗かせた。声も一オクターブ上がっている。

「それならおまえも気晴らしのために休暇をとったことがあるのか？」

「わたしたちの誰もとったことはない。娯楽はお父様が独り占めしていたのは、お互いによくわかっているでしょう」

「たしかに」ウィルは机の上にある書類を手ぶりで示した。父が長年のあいだに浮ついた休暇を過ごし、パーティを開いてこしらえた借金に関わる書類がふたつの紙の山に分類されている。ひと山は返済ずみ、もうひと山があと少しの未払いぶんだ。

「だからもう、わたしたちも気晴らしする時間を取ってもいいはずよね。ほかの人たちのようにことあるごとに。海辺へでも、大陸へでも、スコットランド高地へでも」コーラはにっこりした。以前からずっとスコットランド高地を訪ねたがっていた。「毎年行く人たちも――」

「ああ、そうだな」ウィルは片手を上げて、その先の説明をとどめた。「言いたいことはわかった。ただしこの状況でどうしてそのような提案をするのかが理解できない。私に、しかもいま」末っ子の妹が耳を押しあてているに違いない磨き上げられた木製のドアを指差した。「デイジーの婚約パーティまでもう一週間もないんだぞ」

「そのとおり」

「私が主催者を務めるんだろう？　むろん、このアッシュモア館で開くことに変更はないんだよな。だからこそ、もう何週間も無駄な人の集まりや喧《やかま》しさに耐えてきたんだ」

コーラは絨毯に視線を落とし、深呼吸で気を取り直して、ぴんと背筋を伸ばした。「わたしたち家族は、このアッシュモア館でパーティを開くわ」

「だからその家族の長は私だ」ウィルは自分の知るかぎりもっとも聡明な婦人のひとりにわざわざ言うまでもない明白なこととは思いつつも、一語ずつゆっくりと発した。

「そうよ」

「ありがとう」ウィルが得意げに笑ってみせても、妹は表情を変えなかった。

「それでも、休暇をとるのはやはりお兄様にとってとてもいいことだと思うの」

「コーラ、時期が悪い。パーティが――」

「レディ・ダヴィーナ・デズモンドも出席なさるのよ」

「承知している」

「ご招待しないわけにはいかないでしょう？」

ウィルからすれば招待客をひとり減らすだけで妹たちの負担も減るのではないかと思うのだが、たしかにこの件についてはほかのこと以上に配慮を要する。

「デイジーの親しい友人たちはレディ・ダヴィーナのご親戚にあたるの。しかもあのご一族はアンドルーとも繋がりがあるし」

アンドルーはデイジーの婚約者で、ダヴィーナと繋がりがあるとはウィルには初耳だったが、驚きはしなかった。貴族の家系はたいがい複雑に絡み合っている。

「ご気分を害したのならごめんなさい」

「問題ない。あの婚約は条件で決めたもので、うまくいっていなかったんだ。私はダヴィーナの幸せを願っているが、あちらはそんなふうには思っていないだろう」

コーラが驚きと落胆の相半ばするような眼差しを投げかけた。「それは明々白々ね。ふたりのあいだに何があったのか知らないけど、彼女はお兄様を嫌っている。大半の方々以上に」

ウィルはウイスキーをぐいと呷ったが、喉になじんだ灼けつくような熱さにもなぐさめられなかった。すると疲れてぼんやりとした頭のなかで先ほどの妹の言葉が浮上した。

「大半の方々以上に、というのはどういう意味だ？」

コーラがふうと息をついた。それでウィルはようやく妹が兄の書斎にやって来た理由を語るきっかけをつかめたのだと察した。

「お父様の罪をつまびらかにするために、お兄様がどれほど努力されているかは知ってるわ。その気持ちはわたしにも理解できる。だけど、そのせいでお兄様はだいぶ……わたしたちの周りの方々から疎まれている」

その周りの方々のなかには、父の悪事を調べられたら自分も都合が悪いから疎ましがっている輩も含まれているのではないのか？

「わが一族の名声を愉快にぶち壊していた父上を慕っていた連中のことか？」

「ぶち壊したわけではないわ」コーラが言い返した。「少し損なわれはしたけれど」

「貶められたんだ、コーラ。いまだ危ういままなのは変わらない。信じてほしい、損傷は深く、しかもまだたぶん全容を解明できてはいない。毎日、隠蔽《いんぺい》されていたことが何かしら見つかる」

「お父様は死んでしまったのよ」妹がめずらしく声を荒らげた。この一族でわめきたてるようなことをするのは末っ子のデイジーだけだ。父はそんな騒々しさもろとも、この世を去った。

ウィルは机にグラスを置き、妹に歩み寄って、待った。

「そんなに過去にこだわる必要はないのよ。みなさんのわたしたち一族への見方を変える最良の方法は、わたしたちがより良く生きること。未来に向かって進むべきじゃないの？」兄に答えさせる間を与えずに、コーラは続けた。「デイジーはそうしようとしているし、その幸せを台無しにするようなことは許されない」

「つまり、私が婚約パーティに出席すれば台無しになるとでもいうのか」

書斎のドアが勢いよく開いて、デイジーが部屋に入ってきた。印象的な緑色の瞳に涙を溜めている。「お兄様を追い払いたいわけではないのよ、ほんとうに。だけど――」

「パーティを完璧なものにしたいんだよな」妹のためにそうなるのに越したことはない。

「仕方ないでしょう、みなさんがお兄様のことを――」デイジーは言いよどんで唾を飲み込み、姉のコーラに目をやった。

「わかった」ウィルはデイジーに近づいて、ふるえている顎を軽く上げさせた。「いつもながら、コーラの言うとおりだ」もうひとりの妹に真面目くさった目を向ける。「私はこのあたりでそろそろ休暇をとるべきなんだろう」

「ありがとう」デイジーが兄の腕のなかに飛び込んできた。

ウィルはデイジーを軽く抱きしめながら、コーラと目を合わせた。一族の名誉を挽回する方法をめぐってはつねに意見が合うわけではないとしても、デイジーの幸せを願うことにかけては互いに異論はない。

「パーティに戻らないと」デイジーがはずんだ声で言った。「コーラお姉様は?」

「わたしもすぐに行くから」

ウィルはデイジーが部屋を出てドアが閉まるのを待って口を開いた。「私はみなさんにどう思われてるんだ？」

言葉を控えるのが苦手なコーラが頭を悩ませている。長椅子の装飾用のクッションを手に取り、軽く叩いてふっくらさせた。

「言ってくれ」ウィルは腕組みをした。「非情だと？」ダヴィーナに投げつけられた言葉を忘れられるはずもない。

「それも少しあるかもしれない。だけど、ちょっと……気難しいのかも」

「グリーン・パークで鳥を怒鳴りつけている心の狭い老人に似合いの言葉だな」

コーラはカーテンの隙間から細く覗く空を見つめた。「お兄様は若者らしくない。公爵位を引き継いでから、ずいぶん老けたわ。それに、楽しみ方を忘れてしまったみたい」

「ああ、たしかに」妹の言葉がウィルの胸にむなしく響いた。父とは正反対に、非の打ちどころのない評判を築こうと必死に努めてきたというのに。「少しここを離れるにはちょうどいい機会なのかもしれない」誰からもパーティを台無しにする人物だと思われながら、どうしてこの街にとどまっていられるだろう？

「そうと決まれば、どこへ行くかだな」ウィルはグラスを飲み干して、せっかく公爵領の運営の立て直しが進んでいるさなかに離れがたい思いを振り払おうとした。

「提案があるの」

ウィルはふっと笑った。「そうだろうと思ったんだ」

コーラが夜会用のドレスのベルトの内側から折りたたんだ記事らしきものを取りだした。『さすらいびと《メリー・ワンダラー》』という雑誌から切り抜いた記事だった。

ウィルは一行目を声に出して読んだ。「絶景がお好みの旅行者には、イングランドでは最果ての南西海岸以上にお勧めの旅先はありません」

コーラが興奮ぎみに跳び上がらんばかりに身を近づけてきた。「書簡を整理していたときに、お父様がコーンウォールに地所を購入していたことを知ったの」

「カーンワイスについて何か知ってるのか？」

妹はそう訊かれたことに驚いているようだった。「場所と、うちの所有地なのは知ってる。お兄様がまだ訪れたことがないのも」コーラは記事の切り抜きを指差した。「なにより重要なのは、コーンウォールがこの時季にはとりわけ美しくなると言われていること」

たしかにウィルはその地所にはこれまでほとんど関心を向けていなかった。じつのところ父が購入していた地所はちょっとした一覧表になるくらい存在する――スコットランドの狩猟小屋、情婦を住まわせていたハムステッドの館、放蕩夜会を開いていたキャベンディッシュ・スクエアの街屋敷《タウンハウス》、そしてコーンウォールの荘園屋敷《マナー》では噂によれば、父が何週間にもわたって乱痴気パーティを催していたらしい。

悪評高い屋敷だけに、ウィルはその地所カーンワイスを今後どうするかについて考えるのを先延ばしにしてきた。今回の〝休暇〟はそれを考えるのにちょうどよい機会なのかもしれない。

コーラは息をとめているのではないかと思うほどじっとこちらを見て待っている。

「ちょうどいい。コーンウォールへ行くとしよう」

妹が勝ち誇ったような笑みを浮かべた。「休暇はとても大切よ。それにこれできっとまた楽しめるようになるわ」

ウィルはとてもそうとは思えなかったが、ここにとどまってデイジーの婚約パーティに水を差すことになるのも気が引けた。

「あと少し仕事を片づけて、二日後には出かけられるように手配する」

「手配ならすませたわ」コーラがすたすたとドアから廊下へ出ていき、すぐに薄い書類の束を手に戻ってきた。「列車の乗車券は買ってある。使用人たちにも手紙を書いておいたから、執事のブライからあちらの邸宅で現在雇用している人たちの名簿が送られてきたの。ええと、それから、メリー・ワンダラー誌からほかにも関連するページを切り抜いておいたから」

ウィルはコーラの手ぎわのよさには驚きもしなかった。つねに数歩先を考えている妹だ。とはいえ、まだまるで実感が湧かない。妹から書類を受けとり、安心させる笑みで応えようとした。ところが、列車の時刻表の丸で囲った日時を見て、はっと妹のほうへ目を上げた。

「早いでしょう」コーラはいくぶん申し訳なさそうに言いつつ、すぐにぱっと笑みを浮かべた。「気晴らしをする覚悟を決めて。お兄様の休暇は明日からなのだから」

4

一八九四年五月
コーンウォール、ヘイヴン・コーヴ

花畑を吹き抜けるひんやりとしたそよ風にさらわれまいと、マディーは麦わら帽子を手で押さえた。その風に乗って潮の香りが運ばれてきた。しかも雨を予感させる湿気を含んでいる。一時間まえには早朝の温かな陽射しを心地よく感じられていた。いまは嵐雲が地平線を翳らせ、寒気を覚えるほどに気温が下がってきた。

地面に落ちて小さく溜まっていたシャクナゲの花びらが突風に吹かれてくるくると舞い、そのうちの何枚かが道具を取ろうとマディーが伸ばした腕をかすめた。立ちあがり、一枚の花びらが髪に付いているのを感じて、つまみ取る。

ふっと、長身でどことなく陰のある端整な顔立ちの男性にイチジクの葉を髪から取ってもらったときの甘酸っぱい記憶が呼び起こされた。

ばかげた物思い。あの男性のことを考えても意味がない。向こうはこちらのことなど気にも留めていなかったのは間違いないのだから。

「イームズはどこ？」レイヴンウッド種苗園を運営していくために雇った従業員のひとり、ジェイムズに問いかけた。

「いちばん奥の広葉樹畑にいます。新しいホテルから発注されたものを用意しているので」

マディーの立っているところからでは種苗園の最奥までは見通せなかった。事務所の外に園内をまわるのに便利な自転車を駐めてあるものの、庭師頭のセドリック・イームズを自転車で呼びに出向くより自分で温室を確かめに行くことにした。

イームズはいるべきところにいる。いま庭師頭が受注して準備しているのは、レイヴンウッド種苗園の創業以来、もっとも大きな仕事となるかもしれない。

二週間後にビアトリス王女がこの小さな海辺の町を訪問され、新しいヘイヴン・コーヴ・ホテルに宿泊し、ホテル経営者がフランスから呼び寄せた有名シェフが営むレストランで食事をすることになっている。王女が立ち寄る店や購入した物がちょっとした名声を得るのは間違いない。王女が町を発ったあとに、ショーウインドウに〝ビアトリス王女のお気に入りのティー・ケーキ〟とか〝ビアトリス王女がお手に取られた香水〟といった宣伝文句が貼られるのがいまからマディーの目に浮かんだ。マディーも王族訪問委員会の代表委員のひとりとして今回の一大行事を成功させるべく細部にわたり監督する立場にあるが、フラワー・ショーの出品作を王女に気に入ってもらえれば、自分の運命も変わるかもしれないと取り組んでいた。

マディーは昔から父が種苗園にとってより有益だと信じていた樹林や灌木より花のほうが好きだった。昨年には敷地内で多年生植物の栽培を始めて、たちまちバラの虜《とりこ》になった。バラは天候の変動の激しいコーンウォールで育てるには繊細すぎると見なされていたが、母が栽培していた逞しいオールドローズと可憐なティーローズとの愛らしい桃色がかった交配種の開発に取り組んだ。そのほかにも交配種を生みだしている。このヘイヴン・コーヴがヴィクトリア女王の末娘による訪問の栄誉を賜ると知らされるとすぐに、王女に敬意を表する名を冠した特別な花の開発にも着手した。

これから二週間は王女がそのバラを果たして気に入ってくれるのか悩まされつづけることになる。

「ジェイムズ、樹木畑まで行く時間はないわ。でも、もしミスター・イームズを見かけたら、わたしが嵐除けの準備を始めたと伝えて」

若い庭師はうなずいて、気遣わしげに雲の垂れこめてきた空を見上げた。半信半疑のようだが、マディーは強風がどれほどの打撃をもたらすのかを思い知らされていた。二カ月まえに被害を受けた温室にはまだ修繕しなければいけない箇所がある。

両親が亡くなり、収益が減少しているので、売上を盛り返せたら対処しなくてはいけないことの一覧にはそうした修繕も含まれていた。

それに事業はまたきっと繁栄する。マディーはこの種苗園の植物の品質、なかでも自分が栽培したバラには自信を持っていた。だからこそ、あとは王女のお墨付きを得られさえすれば、ヨーロッパじゅうに販路を広げられるかもしれない。

マディーが温室へ向かって歩いていると、亡き両親がこの種苗園の事務所として構えたこぢんまりとした建物からアリス・イームズが出てきた。

「きょうはトレンメア伯爵夫人とお庭について話し合われるのではなかったのですか?」

アリスはセドリック・イームズの聡明なお嬢さんで、ありがたいことに事務所で経理と受注管理を担当してもらっている。

「あっ、ええと、きょうは何曜日だった?」マディーはどきりとして息を呑み、迫りあがってきた動揺を押さえ込んだ。

「火曜日です、ミス・レイヴンウッド」アリスはこの種苗園の事務全般をきちんとこなすだけでなく、従業員全員の勤務状況も把握してくれている。

マディーは目を閉じて、奥歯を嚙みしめた。このところずっと忙しく、働きすぎていたのかもしれないが、予定をすっぽり忘れていたとは自分らしくない。

「どうしても伺えない事情ができてしまったと書付を伯爵夫人に届けておきますか?」アリスがてきぱきと尋ねながらも、思いやる笑みを浮かべた。

きょうの約束を果たせないのが情けないのはもちろん、レディ・トレンメアとの関係はかけがえのないものなので、がっかりさせたくもない。しかも今回の訪問は特別なものでもあった。伯爵未亡人と顔を合わせるのは、マディーがロンドンを訪れて彼女の邸宅の温室で紳士が婚約を破棄されるのをたまたま目撃してしまって以来だ。

「アリス、書付を届けておいて。そうしてもらえると助かるわ。あす、あらためてお伺いしますと」マディーはまた温室へと足早に歩きだした。風が強まってきている。嵐が襲来するまであとどれくらい時間があるのだろう。

「あすは委員会の会合では？」低木から刈りとられた枝葉や枯れた春の花の掃き溜めをヒューと巻きあげる突風に負けじと、アリスが声を張りあげた。

マディーは歩を緩め、顔を振り向けて大きな声で返した。「会合は木曜日になったわ」何週間も忙しい日々が続いていて、時が飛ぶように過ぎていく。そのほうがありがたい。

温室に入るとクランクをまわし、あけていた屋根板を閉じてから、花畑への二カ所の出入り口を封鎖し、これまでの嵐でも温室の壁の補強に使っていた板を引っぱりだそうとした。

マディーはけっして華奢ではない。十六歳のときにはすでに身長では多くの男子を追い越していたくらいだけれど、温室の補強用の板は大きくて運ぶのに骨が折れる。全力を尽くして十五分後には汗びっしょりで埃まみれになっていた。動かさなければいけない板はあと一枚。その板を必死に動かしているうちに、バラの挿し木を置いている机にぶつかり、数少ない交配種の柔らかい苗木の鉢がかたかたと揺れる音を立てた。マディーはすばやく振り返って机を押さえ、鉢を手に取って確かめた。鮮やかな緑色の新芽が出ている。笑顔で藁を敷いた木箱にそっと戻してから、箱ごと温室の床におろした。いまは自分の収入の数カ月ぶんもかけて不安定な机を買い替える余裕はない。

もう少し育った花の苗もいくつか温室の壁ぎわにあり、マディーは心配になって、その鉢もひとつずつ壁から離れたところに移動させた。これでいままでの嵐のように側面のガラス板が何枚かはずれても交配種のバラは安全だ。

苗木を詰めた木箱のあいだを縫って作業を続けるうちに遠くから低い雷鳴が聞こえ、マディーは気を急かされた。最後の鉢を温室の壁の端から離して置いたところで、またべつの物音が聞こえて、小首をかしげた。

怒気を含んだ男性の声。マディーは作業用の手袋の埃を払って、外に出た。

「彼女はどこだ？」白髪頭の男性が種苗園に入ってきてアリスを怒鳴りつけていた。

「ミスター・ロングフォード、ミス・イームズに大声を出すのはどうかおやめください」

声だけではわからなかったが、マディーにとって招かれざる訪問者の姿がそこにあった。

「わたしをお探しなのですよね」

イーライ・ロングフォードはマディーが子供のときには両親が友人と呼ぶ人物だったが、いつしかその関係は悪化した。友情が壊れた理由は定かでないものの、長年のあいだに互いの事業で熾烈に競い合うようになっていった。マディーは父からロングフォードは強欲な恥知らずなので気をつけるようにと言われていた。

もう何年も、二年近くまえに父が死んだときですら、ロングフォードはレイヴンウッド種苗園を訪れていなかった。いまになってやって来るとは不穏な予感しかしない。

「ミス・レイヴンウッド」せめても帽子を脱いで挨拶する程度の礼儀作法は忘れていなかったらしい。「まさしく、きみに会いに来たのだ」

「遠いところをわざわざいらしてくださったのですね」どのような会話がなされるのか、アリスとほかにも従業員が注意深く耳をそばだてているのをマディーは意識しつつ、できるだけ礼儀正しく応じた。

額に雨滴がぽとりと落ちた。ロングフォードがなんのために訪れたにしろ、さっさと話を終えて帰ってもらえますようにとマディーは祈った。

ところが当の老人に急ぐそぶりはまるでない。自分の帽子を握りしめ、植物の生育具合を確かめているかのようにまじまじと種苗園を見渡している。何年もまえにここを訪れたときと容貌に変わりはないにしても、昔よりくたびれているようにも見える。険しい表情をみじんも崩さないのは相変わらずだ。

「何年もまえに最後にわしが来たときより豊かに育っている。まだ若い娘がひとりで営むのは大変なことだ」

「ひとりではない」奥の樹木畑にいたはずのイームズがマディーの背後に立っていた。

父と母がそうだったようにマディーもまたイームズを頼りにしていた。しかもその信頼を彼はけっして裏切らない。

「うちの従業員は飛び抜けて有能なんです。それにわたしはもう子供ではありませんし、ミスター・ロングフォード。ところで、どのようなご用件でしょうか？」マディーは頭上を手ぶりで示した。「ご覧のとおり、嵐が来そうなので、対策を講じているところなんです」

「ふたりきりで話したい」老人が事務所のほうに手を向けた。

「だめだ」マディーが口を開くより先にイームズが答えた。

マディーは信頼する庭師頭を振り返った。「大丈夫よ」いま話しておかなければ、ロングフォードは必ずまたやって来るだろうし、できるだけ早くここから追い払いたい。

「こちらへ」マディーはポケットから懐中時計を取りだして時刻を確かめた。この男性に割ける時間は五分がせいぜいだ。

濡れた額をぬぐって、父からゆずり受けた机の後ろにまわった。ロングフォードから敬意を払われていないのはあきらかで、威厳を示せるとも思えないけれど、この一年は顧客と収益を減らしながらも懸命に働いて種苗園を営んできた自負がある。

「最近、商売のほうはどうかね？」

老人はこちらの考えを読んだのか、もしかしたら温室の窓の継ぎ当てや需要不足から何も植えつけずに休ませている畑から察して言ったのかもしれない。マディーはこの一年で育種の仕方を学んで完成させた独特な交配種のバラで事業をいっきに挽回させる心積もりだった。ただしまだ誰にも、ましてや競合相手に明かすつもりはない。

「順調です。申し訳ないのですが、ほんとうにあまり時間がないんです。なぜヘイヴン・コーヴへ？」

「ロングフォード・ファームズの事業は成長している」老人は心から誇らしげに熱っぽい口ぶりになって続けた。「セント・オーステルに土地を購入した。近隣のある顧客から仕事を受けることになっていた」睨むように目を細く狭めた。「ところがきみがその邪魔立てをしている」

マディーはいらだたしさから自然と眉間に皺を寄せた。「失礼ながら、何をおっしゃっているのかわかりません。自分の事業を営むのに精一杯で、あなたの邪魔をしている暇はないので」この老人が自分の領域へも手を伸ばそうとしているのを知り、みぞおちがぞわりとした。レイヴンウッド種苗園から少しばかり顧客が離れていった要因はこの人物なのかもしれない。

「プレストウィック子爵」

「お名前は存じあげていますが、お目にかかったことはありません」レディ・トレンメアから何かの話のついでに、子爵が長年の友人であり、コーンウォールにも別荘を所有しているとは聞かされていた。互いに競い合って自慢の庭園を築いているそうだけれど、きわめて友好な間柄としか思えない話しぶりだった。レイヴンウッド種苗園がプレストウィック子爵から植物や園芸用品の発注を受けたことはもちろんない。庭園管理人を雇っているのだろうし、植物もほかのどこかから調達しているのだろう。

「それはひとまずよしとしても、きみの後ろ盾となっているレディ・トレンメアがプレストウィック子爵にわれわれではなく、きみに庭園の新たな設計を依頼するよう勧めているのだ」

マディーは笑みをこぼさないようにこらえた。伯爵未亡人がそのような後押しをしてくれているとは想像もしていなかったけれど、ありがたい心遣いだ。

ロングフォードはレイヴンウッドの敷地内と同じように事務所のなかもまじまじと見まわしている。昔からマディーの父を見下しているようなそぶりだったが、その理由はわからなかった。デヴォンのロングフォード・ファームズはここよりたしかに大規模とはいえ、父はいまのマディーではとても対応しきれないほど広く顧客をかかえていた。

頭上の屋根を打つ雨音がはっきりと聞こえてきた。

「ミスター・ロングフォード、わたしはプレストウィック子爵について何も知りませんが、誰を雇うのかは子爵様がお決めになることではありませんか」マディーは無意識に汚れた作業用手袋を片手にきつく握りしめていた。

「きみが後ろ盾のご婦人を諫めればいいではないか」

「レディ・トレンメアが望まれていることにわたしが口出しできるとお思いなら、ご本人にはまだ会われておられないのですね。ここにいらした真の目的はなんなのですか、ミスター・ロングフォード？　あなたの事業利益を侵害しているとわたしを咎めるために、ロングフォード・ファームズからはるばる百三十キロもやって来られたとは思えない。わたしの事業の成功を侵害しようと来られたのではありませんよね」

老人はずいぶんと長く伸びた白い髭の下の唇を引き攣らせた。笑みをこぼしかけたのか、悪人らしく冷笑を浮かべただけなのか、マディーには見分けられなかった。

「レイヴンウッド種苗園の業績はどうなのかね？」ロングフォードはしつこく尋ねた。

「とても忙しくしています。やることがたくさんあって。お気を悪くなさらないでほしいのですが、もうそろそろ――」

「忠実な従業員がきみを守ろうとすぐ外で待ちかまえているのは承知しているが、これはほんとうに大変な仕事なんだ。きみのご両親はふたりで協力して働けていた」ロングフォードは哀れむような表情をちらりと浮かべた。「お悔やみ申し上げる、ミス・レイヴンウッド。だが若いご婦人がひとりで背負っていくにはあまりに荷が重い」

そのとおりだ。内心ではマディーは疲れ果てていた。そんな日が長く続いているせいで日付の感覚もあやふやになっているのだけれど、ばかげた言いがかりをつけに訪れたこの人物にそんなことを認めるわけにはいかない。

マディーが何も答えずにいると、ロングフォードは脅しつけに来たのか競合相手を探りに来たのかは定かでないものの、目的を叶えられたとばかりに動きだした。帽子をかぶろうと持ち上げたようだったが、かぶらずに、上着の内ポケットに手を入れて、一枚のカードを取りだした。

「これを検討してもらいたい。わしはコーンウォールに事業を拡大するつもりだ。レイヴンウッドを正当な価格で買い取りたい。きみがじゅうぶんにひとりで生きていけるだけのものは払う」老人は口元をゆがめ、顎髭を小刻みにふるわせた。どうやらマディーが両親から引き継いだ事業を自分のものにできると思いあがって興奮しているようだ。「昨今の未婚の若いご婦人がたは、なにより自立を求めているというではないか」

ヘイヴン・コーヴに垂れこめている嵐雲など、マディーの胸のうちで吹き荒れはじめた大嵐に比べればなんのことはない。頬が燃えるように熱くなり、鼓動が激しく打ち鳴らされている。恐ろしい言葉が喉元まで出かかっていた。この男性の嫌みや愚かしい申し出について自分が思っていることを率直に口に出せたなら、どんなにすっきりするだろうと心そそられた。

でもマディーは母から寛容にならなければと教えられた。ほかの人々の振る舞いや選択はどうすることもできない。そうした人たちにどのように対応するのかは自分しだいなのだと。だからマディーは頭を整理して、適切な言葉を選び、自分の考えを間違いなく正しく伝えられるよう最善を尽くす。

「わたしは自立しています、ミスター・ロングフォード。それに、受け継いだ事業もある。レイヴンウッドは売り物ではありません。わたしの両親が……」そこで声が途切れた。どちらもいなくなってしまってからの数カ月間に胸につきまとっていた寂しさと不安が、ふたりを思い起こすたびよみがえってくる。「築きあげたものは何ひとつ手放しはしないし、どれほど高い金額を提示されても売りません」

ロングフォードはマディーの決意を試すかのようにじっと見つめ、すぐにも気を変えるのを待っている。老人の目に自分がどのように見えているかはマディーにもわかっていた。埃まみれで疲れ、やつれている。それでも心に渦巻く思いはいっさい顔に出さないように毅然とした態度を保った。迷い、いらだつときもあるとは誰にも悟られないように。

ようやくロングフォードが禿げかかった頭に帽子をのせた。それから名刺をマディーの机に置く。「検討してくれ、ミス・レイヴンウッド。またべつの人生も想像してみるといい。きみが気を変えた場合に備えて、わしの提案はまだ保留にしておく」

老人は別れの挨拶は待たずに事務所を出ていき、扉が風に煽られてばたんと閉まった。束の間、マディーは事務所の片隅に小さな蜘蛛が紡いだ巣に捕らわれたかのように動かなかった。ロングフォードが残していった名刺を見下ろし、それから目を上げてカーテン越しに両親が何年も苦労して育てた土地を眺めた。

「気は変わらない」つぶやきは頭上の雨音でほとんど掻き消されてしまった。

机の後ろから出て、事務所の扉を開くと、ロングフォードがレイヴンウッドまで御してきた一頭立ての馬車へ向かう姿が見えた。

「気は変わらないわ、ミスター・ロングフォード」マディーは風に吹かれながら叫んだ。気は変わらない。変えられるわけがない。両親ならここであきらめはしなかっただろうし、娘が手放すことも望んではいないだろう。

何があろうとまた必ずレイヴンウッド種苗園を軌道に乗せてみせる。

イームズがこちらに歩いてきて、本降りになった雨を逃れて事務所の日よけの下に入った。「温室と冷床を念入りに確かめて、地上に出ている母株を守るためにできるだけのことはしてあります」

「従業員を早めに帰したほうがいいわね」マディーは鞄を取ってきた。「どのみちもう少しで終業時刻だし」事務所の扉を閉めて、庭師頭と並んで立った。「ありがとう、イームズ」

「いやな思いをさせられたのでなければいいんですが」イームズはロングフォードの馬車が去っていったほうへ目をやった。

「かえって、あの人のおかげで決意が固まったわ」

イームズが励ますように笑いかけ、道具や備品を片づけている数人の従業員たちのもとへ向かった。マディーは種苗園の出口へ続く道を歩きだした。けれど両親がレイヴンウッドの敷地の端に遺した小さな石造りの家への坂道は上《のぼ》らず、海のほうへ進んだ。

　このような日には足を向けたくなる場所がある――子供の頃に住んでいた海辺の地所に建つ倹しい庭園管理人のコテージ。母が育てたバラもそこにある。母もバラの交配種をいくつか生みだしていた。そこに行くとマディーは母をそばに感じて安らげた。それに両親がまだ自分たちの種苗園を持とうと夢見ていた頃に思いを馳せて、さらにまた励まされる場所でもある。

　両親がたどってきた道を振り返れば、ふたりの夢を断ち切ることなど考えられない。もう心浮かれたり夢想したりしている暇はない。レイヴンウッド種苗園をまた繁栄させる。

　どんなことも乗り越えてみせる。

親愛なる旅人たちよ、コーンウォールの道はあてにならないのでご用心。すんなりと目的地までたどり着けることもあれば、夢うつつの旅から目を覚まされることもありうるのだから。

——メリー・ワンダラー誌より

5

ウィルは不穏な空模様にいらだたしげに片方の眉を上げた。それに応えて、雨粒が額にぽとりと落ちた。さらに何分もしないうちに、あらゆる方向から冷たい雨が吹きつけてきた。無精髭が生えかけた顎を片手でぬぐうと、手袋がぐっしょり湿っていた。驚くべきことだ。

身に着けている衣類が瞬く間に濡れそぼってしまった。襟口や手袋の内側にひんやりとした雨滴が流れ込んでいる。ぽちゃぽちゃとした足音からしてあきらかにブーツにも。

コーンウォールの天候はいったいどうなってるんだ。

今朝コーラからは「休暇で陽射しをたっぷり浴びてきて」と送りだされた。「雨空のロンドンとは打って変わって心地いいわよ」

もう二度と妹の旅への助言は信じないようにしなければ。

いまはともかく身体を乾かしたい。ウィルはひたすら道の前方を見つめて歩きつづけた。ただまっすぐ進みさえすれば、たいしてかからずに目的地に着くと御者が請け合ったのだ。

空はどんよりと暗く、横殴りの凍えるような雨が降りつけていようと、どこを見てもここは緑に囲まれている。イングランドのなかでもこの一帯はひときわ美しい。どこまでも緑の生い茂る吹きさらしの自然を愛する者にとっては。そもそも空気が違う。ロンドンの空気にはつねに霧と煤と産業機械の刺激臭が混じっている。かたやこのコーンウォールのそよ風を吸い込めば、さわやかで清らかな心地よい空気に胸が満たされた。地形も異なる。広場や道が整然と区画されたロンドンとは対照的に、手つかずのコーンウォール地方は曲がりくねった道だらけだ。

目を凝らしても、この道の果ては見通せない。振り返ると、ヘイヴン・コーヴの町を出るより早く故障した馬車と御者の姿はもうなかった。御者も馬たちも雨からうまく逃れられていればいいのだが。ウィル自身も濡れそぼった寒さは心身にこたえて、この先に頼れそうな家を見つけしだい駆け込みたいくらいだった。

列車内で聞いた話では、この辺りに輝くばかりのホテルができたそうだが、まずは今回の旅の目的どおり、父が購入した荘園屋敷《マナー》にたどり着くのが先決だ。父の評判とカーンワイスが栄華を極めた頃にそこで狂宴が繰り広げられていたに違いないことも考えれば、なるべく人目を引かないようにひっそりと過ごしたい。

たとえこれから二週間も雨が降りつづいたとしても、静かにひとりで過ごせるのはありがたいかぎりだ。それにカーンワイスは入り江の先端の高台にあるので、さして人目につかずに水辺に下りることもできるだろう。人目を避けて過ごせること以外に町から離れた海辺の丘にどんな利点があるというのだろう？

ウィルにはいまだこの旅もやはり仕事のひとつとしか感じられなかった。一応はコーラに言われたとおり「楽しんで、陽射しを浴びて、気晴らしをする」つもりでやって来た。それでも生来の現実思考で自問せずにはいられなかった。この地所をこれからどうするのか？　父の快楽の館に関することには、これまでいっさい見て見ぬふりを決め込んでいた。

やむなくそこをどうするのかと考えるに至り、いっそ手放してしまいたいと思った。カーンワイスの邸宅は父の悪行の一部で、父が家族に、なかでも母に屈辱を与えた場所でもある。この土地を売れば公爵家にかなりの現金収入が得られるだろうが、修繕が必要となれば、まずは慎重に試算してからになる。いずれにしても、今回のいわゆる休暇が終わったら、この屋敷をどうにかしなくてはいけないのは確かだ。朽ちかけるままに放置しておくのはもう限界だろう。

コーラの話では、現在の使用人は執事と家政婦に数人のメイドと従僕だけとなっている。せめてもその人々にはほかの働き先を紹介してやらなければいけない。父のようにコーンウォールに貴族の友人たちを続々と招いて何週間も放蕩三昧に過ごすわけではないので、ただじっと待機させておくのは忍びない。

　空がひび割れて頭上で雷鳴が轟き、ウィルはびくりとした。コーンウォールのこのような砂利道で命を落とした場合にうってつけの墓碑銘が浮かんだ。〝気晴らしの休暇に出向いて死す〟

　コーラの言うとおりなら――しかもたいがいそのとおりだ――どのみち自分は面識ある人々の大半から乾いたビスケットくらい堅くて面白みのない男だと思われている。とはいえ、さしあたって考えなくてはいけないのは、カーンワイスの地所をどうするかではない。何はともあれ当の場所にたどり着いて、身体を乾かさなければ。

　遠くに目を凝らし、期待の持てそうなものを見つけた。

　小さな建物で、門なのか、馬車置き場なのかはわからないが、カーンワイスの敷地の入口らしきものにウィルはようやくたどり着けた。歩を早めて扉へと急いだ。なかから明かりは洩れていなかったが、とりあえずノックし、やはり返答は得られなかった。

　錠前をひねると、古びた蝶番にわずかに引っかかりを感じたものの扉が開いた。足を踏み入れるとそこは質素な家具のある部屋で、思ったほど朽ちているふうもない。

「こんにちは」呼びかけてみたが、がらんとした部屋のなかで自分の声が反響しただけだった。

「ありがたい」火の消えた暖炉の前にある湿っていないクッション付きの椅子にウィルは呼び寄せられた。濡れそぼった外套と上着を脱ぎ捨て、首巻《クラヴァット》をほどいて、その埃っぽいクッションの上に腰を沈めて、呻くように息をついた。

ちょっと休んで身体が乾いたら、母屋へ行き、もっぱら父の戯れに活用されていた悪の館と対面するとしよう。

ほんの少しここで身体を温めるだけだ。そうのんびりもしていられない。コーラが手紙で公爵の訪問を知らせてあるのだから、使用人たちは待ちかまえているに違いない。

ウィルはじつのところコーンウォールでの滞在を引き延ばさなければいけないような用件が生じないよう願っていた。ロンドンに帰って対処しなければならないことが山ほどある。妹たちは心おきなく盛大に婚約パーティを開くために兄を追い払いたかったのだろうし、自分もそれを受け入れた。だが家族をたくらみに満ちた社交界に放っておくのは、まさに父がしていたことで、自分は父のようにはなりたくない。気難しいとかつまらないと思われようが、かまわない。大事なのは、嘘つきだとか好色だとか、後先考えずに欲望に屈する男だなどと誰にも言わせない人間になることだ。

どうあれともかく、父のように無責任な男にはけっしてならない。

マディーはマントのフードを深くかぶっていたものの、顔にあたる雨はほとんど遮れなかった。作業用のドレスが濡れるのはかまわないにしても、寒さはマントを通して染み入ってくる。

轍《わだち》を避けて、立ちどまることなく大きな水溜まりは飛び越えて進む。なるべく雨に濡れないようにうつむいて歩いていても、道は頭に入っている。最初に住んでいた家までの道のりは長く、砂利だらけで、生い茂った緑に囲まれた曲がりくねった小径を進まなくてはならないけれど、たぶん眠りながらでもたどり着けそうなくらいよく憶えていた。

ほんの数分で荘園屋敷の地所の境界線がちらりと目に入った。お屋敷のなかには子供の頃に父がアッシュモア公爵に庭園管理人として仕えていたとき以来入っていないが、この地所カーンワイスの風景はずっと記憶のなかにとどまっていた。きょうのロングフォードとの一件で、マディーは昔暮らしていた倹しいコテージが無性に懐かしくなった。

父はカーンワイスの樹木、生垣の迷路、何列にも連なる灌木、どこまでも続く青い芝地と下生えの植物も、造園のすべてを担っていた。いっぽうで母は花の栽培に長けていて、とりわけ生家でも育てられていたオールドローズのバラの育種に取り組んだ。

マディーはそこに着いて、セイヨウバラのふっくらとした新芽をそっと撫でた。緑色の蕾のなかからすでに淡いピンク色の花びらが顔を覗かせている。

「お母さん、ちょっとだけ心が動いたの」マディーはつぶやいた。ロングフォードの提案

について だ。肩の荷が降りるのかもしれないと。

　レイヴンウッド種苗園を経営するのがいやになったのではない。もともと将来の夢ではなかったし、いまうまくやれているわけでもないというだけのことだ。昔からずっと花が好きで、いつか庭園の設計をしたいと願っていた。園芸と植物学を勉強してから、造園と植物や花の装飾に取り組めればと。できるかぎりの努力はしてきた。

　問題は、誰にもうまくいくとは思われていないことだ。町の人々からは、そもそも父親は娘に事業を継がせるのは無理だと考えて息子の誕生を願っていたというのに、それを引き継ぐとは夢見がちな女性だと決めつけられている。何かを成し遂げられる能力があるとは誰にも思われていなかった。

　母以外には。

「わたしの力を信じてくれてありがとう」マディーは頰に流れ落ちた雨滴を手の甲で払い、ほかのバラも確かめようと腰をかがめた。数週間まえに掛けた根覆いのおかげで虫に食われていないのはほっとした。カーンワイスのほかのところはもう荒れ果ててしまっているとしても、母のバラだけはどうにかして守りたい。

　無責任な新しいアッシュモア公爵が朽ちかけている地所の修繕に今後取りかかってくださるようなことがあれば、マディーはバラをレイヴンウッド種苗園に移植させてほしいと願いでるつもりだった。それでたまに古びていくばかりのこの地所を訪れている。カーンワイスの崩れかかったような前面の石壁を見ると、マディーは歯がゆい思いがした。ヘイヴン・コーヴでの噂によれば、先代の公爵は修繕が必要な状態の屋敷を遺して亡くなり、以来、一族はまったく関心を寄せていないという。この地所については様々な話がささやかれていて、地元の人々の語る歴史では悪魔が棲みついているとの説さえある。いずれにしても先代の公爵は亡くなり、継承した新たな公爵も屋敷と地所を管理する義務を怠っているのだから、またも好ましくない人物なのだろう。

見るも無残な場所になってきたので、王族訪問委員会の代表委員として、マディーはどうにかしてホテルからこの屋敷が見えないようにできないか何度か話し合っていた。ヘイヴン・コーヴ・ホテルとカーンワイスは入り江の白い崖の両端に向かい合って建っている。ビアトリス王女のご訪問が、恥ずべき荒廃物の話題で水を差されるのは誰も望んでいない。

マディーは目を閉じ、深呼吸をひとつして、マントのフードを濡らす柔らかな雨音に耳を澄まして不安を鎮めた。母との思い出を、あの勇気づけられる笑顔とぎゅっと抱きしめてくれた温かいぬくもりを呼び起こそうとした。〝いいわね、あなたが心に決めたことなら、なんでも成し遂げられるのよ〟

母の言うとおりだと信じよう。新たに生みだしたバラが王女様の目に留まり、努力が実を結んで、きっと王族のご訪問を成功させることができる。ロングフォードの策略を阻止する手立ても見いだせるに違いない。

雨足がやわらいできたので、マディーは立ちあがってフードを脱いだ。ふっとコテージのほうから物音を耳にして顔を振り向けた。

あのなかには誰もいるはずがない。マディーも侵入した動物に荒らされていないか確かめるために入る程度で、この数カ月はほとんど足を踏み入れていなかった。踏み段のほうへそうっと近づいて、爪先立ちになってコテージのなかを覗き込み、息を呑んだ。

リスや迷い込んだネズミではなかった。父の古い木製の椅子に男性がどっかりと座っている。といってもあの質素な椅子ではくつろげそうもない大柄な体格だ。頭を不自然な角度に傾け——顎を胸につけるように首を曲げている——肩がゆっくりと上下している様子からすると、眠っているのだろう。

もう行かなければいけない。男性はあのまま休ませておけばいい。

それなのにマディーはその男性になぜか目が釘付けになり、好奇心に駆られて立ち去れなかった。

6

マディーは足音を立てないようにしてコテージに踏み入り、謎の人物のほうへ近づいて見つめた。投げだされた脚の長さからして長身の男性だ。薄暗いなかでも、乱れた濃い髪、黒っぽい眉、ふっくらとした唇が見分けられた。

マディーは息がつかえた。この唇には見憶えがある。

慌ててあとずさったせいで炉棚に肩をぶつけた。

まさか。ありえない。マディーは目をつむって開いたが、やはりあの男性がそこにいた。濡れて、見るからに疲れきった姿で。コーンウォールに。自分が育った庭園管理人のコテージに。

レディ・トレンメアのパーティにいた男性だ。

あの晩が呼び起こされるなり、ひょっとしてこの人は自分を探しに来たのだろうかという考えがよぎった。でも、当然ながら、ばかげた考えだ。そんなことをする理由がない。

とはいえ、貴族の男性がこの古いコテージにいるのには何か理由があるはずで……。

そんな、信じられない。この人が公爵だったの？　悪名高い先代公爵の跡継ぎ？　カーンワイスの屋敷と地所を荒廃させたままにしている無責任な男なの？

もう一歩近づいて、前かがみにさらにじっくりと眺めた。人違いかもしれない。薄暗いし、このところ、マディーはロンドンで出会った紳士をずいぶんと頻繁に思い起こしていた。

一本の指を伸ばし、男性の顔にかかっている濃い髪の房をそっと払った。ほんのちょっと触れただけでどきどきしているなんて、自分は間違いなくイングランド一愚かな女性だ。それにたぶん間違いないことがもうひとつ。新しいアッシュモア公爵がついにカーンワイスにやって来た。

ほんとうに信じられない。

ロンドンから戻って数カ月、名前も知らなかったからこそ、温室での思いがけない出会いをひそかに切ない気持ちで呼び起こしていた。女性に振られた端整な顔立ちの謎の紳士が、翌日にはロンドンを発って二度と来ないとマディーが告げると、戸惑ったような表情をしていたのが忘れられなかった。そのときのことをマディーは何度も繰り返し思い返して、もしかしたらあの紳士もこんなふうに自分のことを忘れられずにいるのではと考えるときもあった。

マディーは胸の前で腕を組み、何も敷いていない板張りの床をとんとんと足で打った。

ものすごく悩ましい状況だ。たしかにこれまでは、レディ・トレンメアのパーティで出会ったこの男性とのひと時を好ましく思い返していた。いっぽうでこの一年半、新しいアッシュモア公爵にはいらだちが増すばかりだった。それはヘイヴン・コーヴのほかの人々もみな同じ気持ちだ。もう二年近く、がらんとしたまま廃《すた》れていく荘園屋敷を誰もがただ見つめていた。背の高い窓が並ぶ舞踏場に明かりが灯ることは一度もなかった。かつては音楽やパーティや真夜中の騒がしいダンスで活気づいていたかに見えた屋敷の面影はまるでない。

先代の公爵の評判が恐ろしく汚《けが》れているとの噂はマディーの耳にも入っていたが、たとえ醜聞まみれだろうと、小さな町の経済を支える重要な人物だと見なされていた。

そしてようやく新しい公爵がやって来たと思えば、それがあの紳士だったとは。

それにしてもいったいどうしてここにいるのだろう？　マディーが両親と住んでいた古いコテージに。聞いたところでは、カーンワイスの邸宅にはそれはたくさんのベッドがあるというのに。木枠にギリシア神話の乙女《ニンフ》や半人半獣《サチュロス》の山野の精霊たちが彫られた金塗りの四柱式の大きなベッドだ。厳密には噂によればだけれど。ここで火を熾《おこ》していない埃っぽい暖炉の前に座り込んでいるよりも、お屋敷のビロード張りの長椅子でゆったりと休めばいいのに。

男性は手袋も外套も、ベストすら脱いでいた。身に着けているのは黒いズボンと白いシャツだけ。シャツのボタンはいくつかはずれている。目を向けるつもりはなくても、胸もとがV字形に開いているので肌が脈動しているのもうっすらと見てとれた。

自分の鼓動が速まっているのがわかる。さらに一歩近づくと、高くきわだつ頬骨、くっきりと起伏を帯びた上唇とふっくらした下唇が見えてきた。気難し屋の男性にしては、心そそられる唇をしている。

寝入っていても、堂々とした風情が伝わってくる男性だ。二月のあの晩に向き合って立ったときには、身体の大きさに気圧されるよりも、ただどぎまぎさせられるばかりだった。あんなふうに一瞬にして強烈に惹きつけられたのは生まれて初めてのことだ。

男性が姿勢を変え、マディーは跳ね上がりかけた。

男性は腕組みをしていて、シャツの下の二頭筋が隆起しているのがわかる。シャツの袖口は汚れ、片方は手首の辺りまで破れていて、湿った生地が肌に張りついている。髪は乱れ、衣服は濡れそぼり、無精鬚が生えかかっていて、浜辺に打ち上げられでもしたかのようだ。

「海賊に間違われそうよ」マディーは身を乗りだしてささやいた。

男性がぱっと目をあけ、顔を起こした。一瞬、ただじっとこちらを見つめた。それから先ほどのマディーと同じように幻影ではないかと確かめるように目をぱちくりさせた。

男性はいきなり立ちあがり、そのはずみで椅子が後ろに倒れた。窓から射し込む薄陽のもとで男性はじっと目を凝らしている。

「きみか」片手で顔を擦ってから、部屋のなかを見まわし、またマディーに目を戻した。

「いったいどういうわけで、きみがここにいるんだ？」

「わたしを憶えてるのね」心臓が飛びだしそうなほど鼓動が大きく響いて、声がふるえた。

男性が一歩近づいた。「もちろんだ。その髪が」

マディーは気恥ずかしくて自分の髪に手をやった。子供の頃はこの赤毛をしじゅうからかわれていたし、いまは仕事のあとで雨にも濡れて――

「きれいだから」

「まあ」そんなことを言われたのは初めてだ。髪はもちろん、それ以外のところについても。

「忘れがたい髪もだが、これほど覗き見を得意とするご婦人はそういないからな」

「覗き見なんてしてないわ。物音が聞こえてきたんですもの」下手な言いわけだ。男性も眉を吊り上げて疑念を表明した。「わたしはここから何キロも離れていないところに住んでるの」

男性はその説明に興味を引かれたらしい。表情がどことなく穏やかになり、こわばっていた口元もやわらいだ。

「どういうわけでこちらに？」

「嵐だ」男性は夕暮れの琥珀色の輝きに縁どられた暗い雲が見える窓のほうに手を向けた。

「ここで雨宿りをしていた」

びしょ濡れの衣類が脱ぎ捨てられたままで、狭い空間に湿った革と何かもっと深みのある匂いが充満している。この男性の匂いだとマディーは気づいた。ネズの針葉をつぶしたような鬱蒼とした緑の香り。

「あなたがわたしの推測どおりの方だとすれば、ここはあなたのコテージよね」

男性がちょっと下を向いて、埃っぽい板張りの床を眺め、首の後ろをつかんだ。「正式に名乗り合っていなかったよな？」

「あなたはアッシュモア公爵様なのね」

「そうだ」公爵の目が驚くほど侘《わび》しげに翳った。「人目につかずにいようという計画もこれまでか」

「ヘイヴン・コーヴを誰にも気づかれずに訪問するなんて無理だわ」マディーは公爵の顔をまともに見ていられなかった。この胸のうちの愚かしいふるえが顔に表れているのではないかと不安になる。「ここでは何かあればすぐに話が伝わる。それにあなたは……目立つもの」

公爵が目を細く狭めた。「公平を期して、お名前を伺えるだろうか？」

もともとあらゆる意味で特異な状況で出会ったので、いまさら改まったやりとりをするのはかえってむずかしい。

「マデリン・レイヴンウッドです」片手を差しだした。先方の身分に関係なく、新たな顧客となる人物と対面したときにはいつもそうしている。

公爵はどう応えればよいのか決めかねているように差しだされた手をしばしじっと見つめた。それから口角を上げて笑みを浮かべ、マディーの手を短くぎゅっと握って応じた。

「お会いできて光栄だ、ミス・レイヴンウッド」

簡潔だけれど大切な挨拶に感じられた。礼儀正しく交わせたからというだけではない。二度と会うことはないと思っていた男性との新たな関係の始まりだから。

ヘイヴン・コーヴに住む誰からも無責任な名ばかりの地主だと思われている男性だ。町の住人たちがこの人物に抱いている数々の不満をマディーは思い起こし、唸り声を呑み込んだ。

「どうしてここに？」

「先ほども言ったように、ヘイヴン・コーヴに住んでるの」

「いや、このコテージのことだ。どうしてここに来たんだ？」

マディーは埃っぽい窓の向こうの暮れかかった空へ目をやった。「あなたと同じように、嵐だったから雨宿りに。カーンワイスのほうがずっと快適なはずだけれど」

「それについてはわからない」公爵は何か言いかけたことを噛みしめるかのように顎を動かした。「初めての訪問なんだ。歴史を少し知っている程度で。まあ、むろん、父の人となりはわかっていたが」

「お話はいろいろと伺ってるわ」

公爵は片方の眉を上げた。「似たようなものだな」

何か気がかりがあるのか、公爵はカーンワイスに入るのは気が進まないのではないかとマディーは察した。それとも、この思いがけない再会のせいで引きとめてしまっているのかもしれない。とたんに、このコテージに入ってしまったことを申し訳なく思った。公爵は荘園屋敷に入ればせめてもまず火を熾した暖炉の前で休めるし、食事もとれるだろう。

「足止めしてしまって失礼しました、公爵様。お屋敷に入られて、よい晩をお過ごしください」

「そうしなければだよな」公爵はため息をついた。「その椅子よりはゆっくり休めるだろうし。その椅子よりは針のむしろのほうがまだくつろげそうだ」

マディーはぷっと噴きだして、公爵の困惑顔を目にしてくすくすと笑った。

「その椅子について何か思うところがあるんだろうか、ミス・レイヴンウッド？」

「わたしの父が作ったものなの」

「お父上が？」

「ここはわたしの家だった。子供時代を過ごした場所。ここを出たのはわたしが十歳のとき。つまり、父が何年もお金を貯めて、自分で事業を始めるために土地を購入したのよ」

マディーは話しすぎてしまったことに気づいてぴたりと口を閉じ、息を吸い込んだ。

そんなことを話してなんになるの？　この人は公爵だ。ほんとうなら気安く話せるような相手ではないのに。

心配しても仕方のないことだけれど、次のひと言でせっかく気安く話せていた関係を変えてしまうかもしれないと覚悟した。「わたしの父はあなたのお父様の庭園管理人だったの。父が母と種苗園を開いて独立するまでは。そのレイヴンウッド種苗園をいまはわたしが経営してるわ」

「ご両親は？」

「ふたりとも亡くなりました」

「お悔やみ申し上げる」

両親についてきょうはなおのこと口にしたい話題ではないものの、マディーは公爵の心遣いにうなずきで応じた。

沈黙が落ちて、どうやら公爵はこれまでのいきさつが語られるものと待っているらしい。けれどマディーが心配していたような態度の変化はまるで見られなかった。

「ミス・レイヴンウッド、きみにはすでにロンドンで出くわしたときのことを黙っていてもらった借りがある。今回も同じことを頼めないだろうか？」前回のときとは違って命じるような口調ではない。「騒がれたくないんだ。静かに過ごすためにここに来た。どうするにしろ、ともかく気晴らしのために」

公爵は自分にどのようなことが待ち受けているのか、何を期待されているのかもまるでわかっていないらしい。

「失礼ながら、わたしが誰にも言わなくても、すぐに話は広まるでしょうね」

「どれくらいで？」

「あすには」

「まいったな、ロンドン並みじゃないか」

「残念ながら。わたしに頼みごとをされたのはこれで二回目よね、公爵様。お返しをしていただいてもいいかしら？」他言しない代わりに廃れた荘園屋敷を修繕してもらうのは過分な要求なのかもしれない。でも王女のご訪問までに手直ししてもらえれば、重大な懸案事項をひとつ解消できる。

「私がきみのためにできることがあるんだろうか？」あまりに深みのある温かな声だ。

マディーの心はたちまちあるところへ向かった。もちろん経験したことはなく、これからも起こるはずのない、温室でのキス。いいえ、見目麗しい公爵に気を取られている場合ではない。本人が望んでいるのだから、カーンワイスにひっそりこもっていてもらえばそれでいい。これから成し遂げなければいけないことが山ほどあるし、すべては自分の裁量にかかっている。

この人に頼みたいのは、唇のことや、彼にもし髪を手で梳かれて逞しい胸を押しつけられたならといったこととはまったく関係がなくて――

だめ。まったく、なにをのぼせているの？

「ミス・レイヴンウッド、私は公平を重んじる。なんなりと言ってくれ。どのようにお返しをしたらいいのかな？」

公爵はすぐそばに立っている。あの温室にいたときと同じくらいに。

「ひとつだけではないの」

公爵が眉をひそめた。

「あなたにいくつかお願いしたいことがあります」

公爵はさらにけげんそうに眉根を寄せた。ヘイヴン・コーヴの住人たちが彼に期待していることを列挙したり、自分の最大の懸案事項を訴えるには今夜はふさわしくなさそうだ。

「すべて書きだして、カーンワイスにお届けするのはどうかしら？」

「すべて、書きだす？」

ああ、まずい、なにぶん相手は容姿端麗でも気難し屋さんなのだから。

「ええ、つまりわかりやすく簡単な一覧表にして」マディーは努めて明るく軽い調子で応じた。笑顔すら取りつくろってみたものの、暗い眼差しを向けられているうちに顔が引き攣ってきた。「あす伺います」

そう言いながらあとずさり、扉のほうを向く。扉口で足をとめ、良い晩をとか、さようならと言うべきだろうかと迷った。

ちらりと振り返ると、公爵がすぐそばまで来ていた。自分も外へ出ようとするかのように。

「ではまた」マディーはかすれがかった声でつぶやき、これではうぶでまぬけな臆病者みたいだと思った。

公爵は眉根を寄せて、いかめしくしばしじっと見つめてから、低い声で言った。「あす、お待ちしている、ミス・レイヴンウッド」

7

ウィルはベッドから飛びだしてなお、大切な約束に遅れてしまうという悪夢に急かされていた。来客用の寝室で金塗りのドアまでたどり着いて立ちどまり、自分がいる場所を思い起こして、片手で顎をさすった。

前日のことが呼び起こされた。コーンウォール。旅、壊れた四頭立ての馬車、愛らしいミス・レイヴンウッドに一覧表を持ってくると通告されたこと。

あの女性がきょう訪れると思うと、ウィルの日常からはもうほとんど失われていたものがよみがえった。高揚感。

このけばけばしい屋敷に招き入れたくはないのだが。

くるりと向き直り、使用人たちが自分のために整えてくれた寝室を眺めた。父の寝室ではないのはあらかじめ確かめていた。ウィルが望んだのは使い勝手の良さのみで、装飾はなるべく少ない部屋だ。

ここがそうだというのなら、ほかの部屋はどんな有様なのかと空恐ろしくなる。

壁一面にやたらと凝ったタペストリーが飾られ、片隅には甲冑が見張りに鎮座し、どちらも中世風の趣きをもたらしている。だがそのほかのところは――赤と金色だらけで、鏡の破片が巧妙に鏤《ちりば》められた壁紙、至るところにあしらわれた金箔——高級娼館にでも宿泊したのだったかと錯覚しそうになる部屋だ。

暖炉の上に立て掛けられた数枚の写真にウィルは見入った。仮装パーティでのような装いの男女が二人一組で楽しげに笑い、互いの腕や膝にもたれかかっている。ウィルがもう何年も遠ざかっている浮ついた肉欲めいたものが満ちあふれていた。ビロード敷きの炉棚に手を伸ばし、その柔らかな布地に指を滑らせた。

ぷんと香りが鼻をついた——薄れた香水、香辛料、燻された薪の煙。一度だけロンドンのいかがわしい娼館を訪れたときの記憶がよみがえった。悦楽に浸れはしても、心満たされたわけではなかった。

心満たされることとは無縁の定めなのかもしれない。

ウィルはゆったりとした足どりで部屋の奥へ戻り、深紅の厚地のカーテンを脇に引いて窓を押し上げた。海風が肺に流れ込んだ。入り江に打ち寄せている波を見下ろすと、ふしぎとなぜか肩の張りがやわらいだ。きょうは雲ひとつない抜けるような青空だ。いまこうして朝起きて目にしているのが、前日に自分がやって来たときには叩きつけるような雨が降ってぬかるんでいた場所とはとても思えない。

足を曲げ伸ばすと、足首に疼くような痛みを感じた。水浸しの道をてくてく歩いてきたのはやはりただの悪夢ではなかった。つまり、あの赤毛の美女も実在する。マデリン。彼女を思い起こすとまたべつの種類の疼きを覚えた。こんなふうに無性に熱く惹かれる想いはほとんど忘れかけていた。

マデリンがウィルの何かを目覚めさせた。あの瞳。何かを訴えかけてくるように鋭敏で、いま目にしている入り江の空のごとく青く澄んでいる。彼女に見通すような眼差しを向けられると、疲れも吹き飛んで眼が冴える。

ご婦人は概して関心をあらわにして見つめはしない。舞踏場でこちらをちらちらと見て、扇子で口元を隠して何かささやき合い、夜会ではさりげなくそばに腰をおろす。そんなときでさえ、だいたい様子を窺うようにこちらにちらりと目をくれる程度だ。

だがロンドンで初めて出会った晩には、マデリンがこちらの評判や一族の好ましくない噂を知る由もなかった。誰でもない男性として見定め、好感を抱いてくれたようだ。

こちらも同じだ。ふんわりとした赤い巻き毛で、頬にそばかすがあり、瞳のきれいな、息を呑むほど美しい女性。左の頬に現れるえくぼがまた愛らしい。

きのうコテージでともに過ごしたひと時をウィルは思い返した。薄明かりのなかで自分を見ようと近づいてきた彼女の声、好奇心に満ちた眼差し。ドレスが雨に濡れていたせいで花の香りがなおさらきわだっていた。それからふと、こちらの正体を知ったときのマデリンの表情がよみがえり、ウィルは顔をしかめた。相手がアッシュモア公爵だとわかって、あまり好ましく思ってはいないことがその表情から見てとれた。

きょう届けるという一覧表には何が書かれているのだろう？

またも期待で胸が熱く高ぶったのは、その一覧表がなんであれ、マデリンと再会できるからにほかならない。

階下で使用人たちが働く物音をウィルは耳にして、最後にもう一度海風を深く吸い込み、全員と対面する心構えをした。昨夜はその時間が取れなかった。会えたのは執事のブライだけだ。階上に案内させて、ずぶ濡れの衣類を脱がしてもらい、ベッドに倒れ込んだ。そうして意外にも、かえってぐっすりと眠れた。

たぶん、それほど旅で疲れきっていたのだろう。

ウィルは手早く顔を洗い、旅用のシャツとズボンに着替えて、ブーツを履き、階下へ向かった。階段を下りる足音に耳を澄ましていたかのようにブライが現れたので、屋敷の使用人を集めるよう指示した。寝椅子が連なり、金と深紫色の縞模様の壁紙に囲まれた客間に――この荘園屋敷には書斎すらないのか？――四人が顔を揃えるまでさほど時間はかからなかった。

「カーンワイスにとどまっている使用人はこれで全員かな？」ウィルは一人ひとりと目を合わせた。

「ここにいるマグダとケイトのほかに、メイドがもうひとりと従僕のミッチャムがおります、公爵閣下」執事のミスター・ブライは先代の公爵に長年仕えていたにしては思っていた以上に陽気さの窺える、礼儀正しい人物だ。信頼のおけそうな実直さも伝わってくる。

「ミッチャムはいま厩《うまや》におります」

「厩頭と御者を兼ねておりまして、庭園の若い働き手を監督させてもいますので」家政婦のハスケル夫人がやや伸びあがるようにして伝えた。この小柄な年配の婦人がウィルを見る目つきは疑わしげで、声はそわそわとしてかすかにふるえていた。見くびられまいと気を張っているのだろうとウィルは受けとめた。

「この小人数では屋敷の管理は大変だろう。ほかの使用人たちはどうしたんだ？」カーンワイスの地所についてはこれまでほとんど知ろうとしなかったのだから、現状について尋ねて確かめなければならないことだらけだ。

誰も答えなかったが、ハスケル夫人は頬を赤らめ、ブライの白髪まじりの眉が吊り上がっていた。「解雇された者もおります、公爵閣下。そのほかは見切りをつけて去りました」

例の夜会のせいだろう。泊りがけの放蕩パーティ。

「ほとんどの部屋は閉じています」ハスケル夫人が言い添えた。「必要な手入れのみで、できるかぎり修繕も行なってはいるのですが――」

「今後は変わるのですよね？　以前のようにお戻しください」ブライが問いかけた。「あなた様が来られたのですから、公爵閣下。新たな使用人も雇い入れなければ。旦那様がお住まいになるあいだだけでも」

ウィルは肩をいからせ、腕組みをした。「私はカーンワイスに長居はしない」

使用人たちは顔を見合わせ、メイドのひとりは不安そうに眉を寄せて顔を曇らせた。

なかでもハスケル夫人は気分を害したらしかった。「公爵様、ヘイヴン・コーヴでは大勢があなたのご到着を長らく待ち望んでいたのです」

「そうなのか？」この町は公爵家の所領ではない。ウィルの知るかぎり、父はヘイヴン・コーヴの地域社会の一員としてどのような役割も果たしてはいなかったはずだ。

「ご訪問のご準備を、閣下」ブライがむろんウィルも了解ずみのことであるかのように言った。

ウィルが答えられずにいると、またもメイドたちとふたりの上級使用人はいわくありげに視線を交わした。

「ビアトリス王女がご訪問されるから、こちらにいらしたのではないのですか？」初めて口を開いた若いメイドの声は静かな祈りのようだった。

ウィルの顎がぴくりと引き攣った。「王族が来訪されるのか」知っていたなら、勧められようとコーンウォールには来ていなかった。コーラに休暇を勧められて最初はしぶっていたときも、内心ではロンドンの社交界と、当然ながら宮廷の駆け引きからも何日か逃れられるのならありがたいという思いがちらついていた。

ビアトリス王女は思いやりにあふれた好ましい人柄だと聞いているが、責務の重荷から逃れて本物の休暇を楽しみたいなら、王族と関わるべきではない。

「ご訪問の日程は？」

「ご到着まであと二週間もありません、閣下。準備の時間はかぎられています。できるかぎりのことはいたしますが」

ウィルは寄りかかっていた机から身体を起こした。

「はっきりさせておく。私はコーンウォールに長くとどまるつもりはない。ゆえに、王女と御付きの方々が到着されるときにはまず確実にすでにここを発っている。私がここに来た最たる目的は、この地所の売却をまかせられる土地管理人を雇うことだ」

若いメイドが息を呑み、もうひとりのメイドがその手を握った。ハスケル夫人はいきり立っているようだったが押し黙り、ミスター・ブライは驚きを隠しきれていなかった。

「失礼ながら申し上げれば、快く思う者はいないはずです、閣下」執事は静かに切りだし、声量を上げて言葉を継いだ。「あなた様が来られるとの知らせをいただき、この町の誰もが王女様のご訪問のためと――」

「待ってくれ。やめろ。この町の誰もがと言ったのか？」

またも若いメイドが苦しげな息をつき、目を大きく見開いた。

「公爵様がご到着なされたことはそう長く隠してはおけません。ヘイヴン・コーヴは小さくとも活気にあふれた町です。どなたが訪れても人の目に留まらずにはいられません」ハスケル夫人が進みでて、ウィルから若いメイドの姿を隠すように立ちはだかった。

「なるほど」どうやら今回の旅は思っていたようにはいきそうにない。「私は噂話の的になるのには慣れている。ただし、カーンワイスを再建するとか、父のように賑やかに来客をもてなすといったことを期待されているのなら大間違いだ。パーティは開かない。王女のお付きの方々を訪ねる予定もない」

ブライが大きく踏みだしてハスケル夫人と並んで立ち、ふたりは長年のうちに口を開かずとも意思疎通の術《すべ》を身に着けたとでもいうようにうなずきを交わした。

「ではぜひお聞かせ願いたいのですが、公爵閣下、カーンワイスにご滞在中にはどのように過ごされるご予定なのでしょう?」

ウィルはデイジーの愛らしい憂い顔を思い浮かべた。だが次に頭をよぎったのはロンドンに山積しているあらゆること、つまり進めなければいけない仕事、二週間は離れると決めた務めについてだ。それから、コーラの声が呼び起こされた。

「私は……」上辺だけでも意欲のあるふりをしなければ。「……楽しもうと思う」

8

マディーは思い定めた力強い足どりで進んでいた。

カーンワイスの玄関扉へ続く車道に入ると、アッシュモア公爵に言うべきことを念入りに反芻した。

してもらわなくてはいけないことをしっかりと伝えて、紙に書きだした事項に少しでも取り組んでもらえるよう説得できれば、不安材料は減り、王族のご訪問を成功させる確率も高まる。そうすれば公爵も荒廃した地所を少しはましな状態にしてロンドンに戻れる。

公爵が同意してくれさえすれば、いたって簡単に片づく話だ。

正面玄関の踏み段を上がり、マディーは奇妙な彫刻が施された扉をノックしようと手を伸ばし、つと動きをとめて見つめた。この地所を訪れるたび、こんなふうにどきりとさせられてしまう。大半が赤や紫、それに金箔だらけの鮮やかな色彩で、裸の人々が座ったり立っていたり抱き合ったりして、ご馳走を囲んでいる彫刻画が描かれている。子供の頃は下品なものだということしかわからず、母に見てはいけないと注意されていた。いまなら享楽を表したものなのだとわかる。

ほんの束の間でも、どうしたらそんなふうに怠惰に過ごせるのだろう？

そのとき何かが聞こえた。誰かが鼻歌を奏でている。男性の楽しげなバリトンの声。公爵だ。二回しか話していないが、この声の感じは間違いない。近くにいるのは確かだけれど、もうこっそり覗き込むようなことはしたくない。

玄関扉を二度ノックすると、応じたのは不安げな若い女性だった。開きかけた扉の隙間からマディーを覗き見て、互いに知った顔だとすぐに気づいた。

「ケイト、あなたがカーンワイスで働いているなんて知らなかった」

ケイトは紳士雑貨商の娘で、さほど親しいわけではないものの、その店を手伝う姿をよく見かけていた。

「働きだしてまだそんなに経ってないんです、ミス・レイヴンウッド」

「新たな職場で楽しく働けるといいわね」マディーは思いやりのこもった笑みを浮かべた。

「アッシュモア公爵にお会いしに来たの」

「公爵様はどなたともお会いになりません。大変申し訳ないのですが、ミス・レイヴンウッド――」

ケイトが玄関扉を閉めるまえにマディーはブーツを履いた足を差し込んで隙間をあけさせた。「わたしにはお会いになるわ。訊いてみて。わたしが来ることはご存じだから」

ケイトは首を横に振った。頑なに。「旦那様ははっきりとおっしゃったんです」そう言うと爪先でマディーの爪先を押し返し、猥褻な絵柄の扉をばたんと閉めた。

なんてこと。公爵が海辺での休暇を静かに過ごしたい気持ちは理解できるとはいえ、訪問者をいっさい受けつけないのは度を超えている。もう一度ノックしても無駄だった。ケイトはいまの職を守るため頑としてゆずらないだろう。

マディーは両手を腰にあて、一階の窓の高さを見定めた。いざとなればよじ登ってでも入りたい。ここに来るだけでも相当な決心が必要だったのに、いまさら引き返せない。

ノックをしてから玄関扉を閉められてしまうまでのあいだに、あの鼻歌はいつしか聞こえなくなっていた。マディーは鼻歌が聞こえてきていた邸宅の側面へ向かった。邸宅の前面には針葉樹のネズが伸び放題に生い茂り、芳しい香りを放っているものの、進路を妨げていた。そこに沿って並ぶ放置された花壇をよけて進もうとすればなおさら歩きづらい。もうワスレグサが茎をぐんと伸ばして夏の花を咲かせようとしている。

この荘園屋敷には庭師がいないので、枯れ葉の除去や、花の咲き具合を左右する多年生植物の間引きといった手入れがなされていない。せっかく植えつけた花がこのように荒れ放題になっているのを母が目にしたら愕然とするだろう。

邸宅の角を曲がると、自分の背丈ほどもあるサンザシの生垣に出くわしてマディーは呆然とした。これほど長く伸び放題になっていては、押し分けて進み入るのは無理そうだ。生垣は邸宅の裏側までぐるりとめぐらされていて、その内側には昔からカーンワイスの歴史と成り立ちを見守ってきたかのようなテラスがあるはずだった。

当然ながら役立ちそうな踏み台や梯子はそばに見当たらない。これまでの公爵とのやりとりはあらゆる意味で堅苦しい作法にはまったく則《のっと》っていなかったにしても、大声で呼びかけるのはさすがに礼儀知らずだ。

マディーは生垣の外側を進みだして裏手にまわり、植栽越しに何か見えないかと覗き込んだ。すると何も巻きついていない蔓棚に目が留まった。ちょうど生垣と邸宅の角が接するところにぴたりと寄せて設置されていた。かつてそこに巻きついていた花を咲かせる蔓植物はとうに枯れ果ててしまったのだろう。

あの蔓棚を登って生垣を乗り越えれば、テラスには行き着けるはず。そうよね？

このまま考えつづけていたら気をくじかれてしまう。マディーは蔓棚へ突き進み、スカートの裾を持ち上げて、一段目の木の板にブーツを履いた足をかけた。体重を乗せても安全だと見きわめて、次の段へ足を登らせる。ところが生垣は思いのほか高く達していて、さらに登らなければ越えられそうになかった。そろそろと三段目に上がると、ぐらついた。マディーは蔓棚の木枠にぎゅっとつかまった。いまさらながら、このがたついた木の梯子からどうやって下りるのかを考えていなかった。あの伸び放題に棘立った生垣の上に転げ落ちなければいけないの？

もう生垣の向こうまで見渡せるので、石敷きの広々としたテラスも眺められた。記憶にあるよりもゆったりとして心地よさそうな空間だ。石敷きの床が陽光に照らされ、石の結晶がきらきらと光を放って暖かな輝きに包まれている。明るい陽射しのなかにテーブルと椅子があり、鉛筆やスケッチが描かれた何枚もの紙が置かれたままになっていた。公爵が陽気に鼻歌を奏でながらそこにいたのだとしても、その姿はもうなかった。

マディーはひと息ついて、蔓棚に額をあずけた。どうしても成功させなければいけない計画の出だしとしては上々とは言えない。

「そこまでの意気込みで会いに来てくれるとは光栄だが、もっと簡単な方法があっただろうに」

マディーは奥歯を食いしばり、すり切れた木の蔓棚をきつくつかんだ。

ちらりと目を落とすと、腰に両手をあてて、まぶしそうに目を細めて見上げる公爵がそこにいた。もともと端整な顔立ちがいたずらっぽい笑みを浮かべるとありえないくらいにすてきに見える。この窮地を面白がっているようだけれど。

「お手伝いしようか？」公爵が近づいてきて、手を伸ばした。

マディーは大きく広げられた手のひらを見下ろした。「片手でわたしを受けとめようとでも？」

「飛び降りるかい？」

「いいえ」

「お望みなら、私が登って、きみを助けよう」

「けっこうよ。お気遣いに感謝します」マディーはくすりと笑いを洩らし、少しだけ身体のこわばりがやわらいだ。「あなたは重すぎる。わたしはいつも種苗園で梯子を登っているのよ。大丈夫」もちろん、いつも使っている梯子は頑丈で、ぐらつかないようにきちんと据えているし、こんなふうに流木並みに乾ききってもいないけれど——

「きゃっ！」片足が滑った。

「じっとしているんだ」

「いいえ、ちょっと待って……」マディーは片足をぶらつかせて下段を探りあてようとした。「あと少し」最下段まで行き着いて、肩越しにちらりと公爵を見やった。「あなたがどいてくれるまでもう動かない」上品な着地とはいかないまでも、せめて公爵の上にどさりと落ちるようなことだけは避けたい。

公爵は一歩さがって、信用していないとしか思えない眼差しを向けた。

それが見当違いであるのを証明するために、マディーは木枠をつかんで、あとほんの何秒かもってくれますようにと祈りながら、慎重に足を下ろした。ブーツの爪先が地面に触れると、蔓棚を握った両手を下へ滑らせ、もう片方の足も下ろす。

「ね、できたでしょう」マディーはくるりと向き直ろうとして、スカーフを蔓棚に引っかけてしまい、よろけた。

公爵が温かな力強い手でマディーの腕をつかんで支えた。「たしかに」

公爵の暗い色の瞳が愉快げにきらめき、マディーは胸がどきりとして、全身にふるえが走った。

「きみはまったく意志の強いお嬢さんだ」公爵は生垣と蔓棚をさっと見渡して、またマディーに視線を戻した。「それにしても、どうしてまた屋敷の側面を登ろうなんて考えたんだ？　女王陛下の諜報機関にでも雇われてるんじゃないかと本気で疑ってしまう」

マディーは木枠の裂け目からスカーフを引き抜いて、彼につかまれている片腕を引き戻そうとした。公爵がゆっくりとだけれど手放した。

「あなたのメイドに追い返されたの」

「そうか。たしかに私のせいだ。許してくれ。きみがこんなに早く来るとは思わなかったから」

この計画を成功させるには急ぐにかぎるとマディーは考えていた。きょうはなおさらに。午後にはまた雨になりそうなので、公爵を説得するなら、入り江がきれいに見渡せるときでなければ。

「先に書付を届けるべきだったわ」

「かまわない。かしこまる必要がないのは互いに了解ずみだろう。とはいえ、きみがひとりで訪問して、ほかの人々にどのように見られてしまうのかが心配だ」

新しいアッシュモア公爵は先代のお父様よりも礼儀作法にはるかに気を遣っているらし

い。でもマディーは自立した暮らしを成し遂げているので、自分の評判について必要以上に気にかけてはいなかった。

「わたしがどこに行こうと、どなたと会おうと、誰もなんとも思わないわ。わたしはレイヴンウッド種苗園の経営者で、もう老嬢《オールドミス》だし」

「老嬢？」公爵が横目でじろりと見やり、口元をゆがめて、やや面白がっているのか、むっとしているのかわからない表情を浮かべた。

「みなさんにそう言われてるわ」いつか結婚して家族を持てるとはかぎらないとしても、マディーはそれでもいいと思っていた。いずれにしても、すぐにはありえない。老嬢とは失礼きわまりない呼び名で、町の人々からいろいろと見当違いなことも言われている。それでも、おかげで自立した女性として、どこへでも行きたいところへ行けるし、事業を続けるうえで必要な人と会って話せる自由を得られた。

「次からきみが来たらお通しするよう使用人たちに指示しておく」

「つまりまた訪問しても歓迎してくださるということ？」

「そうとも」公爵が即座に応じ、臆面もなく見据えるので、マディーは思わず目をそらしたくなった。またもあの熱さが頰に立ちのぼってきた。こんなふうに始めから上辺を取りつくろわずに知り合えた相手はいなかったし、一緒にいてよけいな気を遣わずにいられるのはとても心地いい。

「それなら、また伺うわ」

公爵は口角を少し上げて目尻を下げ、表情をやわらげて笑みらしきものを返した。「けっこう」

「それで……」

「きみの一覧表とやらを見せてもらえるかな？」

ええ、たしかに、上辺を取りつくろわなくていいというのは、すぐに本題に入ってもかまわないということでもある。それにもちろん、できるだけ速やかに話をつけて、種苗園でしなければいけない仕事に戻るのがいちばんだ。

それなのにどうして公爵が急に事務的に話を進めようとしたからといって、がっかりした気分になるのだろう？

「さっき聞こえてきた鼻歌はあなただったの？」

公爵は先ほどカーンワイスの玄関扉を開いたメイドのように驚いた顔をした。

「そうだが、誰かに聞かれていたとは思わなかった」

「あなただと思ったわ。だから、あの生垣を乗り越えなければと決意したわけ」

「また探偵ごっこか、ミス・レイヴンウッド」

「今回は選択の余地がなかったんですもの」

「それは認めよう」

「テーブルにスケッチがあったわよね。あれもあなたが？」

　公爵は息を吐き、その吐息がしだいに低くくぐもった楽しげな含み笑いに変わった。

「きみは何ひとつ見逃さないんだな？　その洞察力からしても、私の推測を覆す理由は見当たらない」

「見せてもらえない？　あなたのスケッチ」マディーはあることをひらめいていた。もし公爵が美しい景色をスケッチに収めたくなるような美的感覚の持ち主だとすれば、王族のご訪問にカーンワイスの廃れた外観が水を差してしまうとの懸念も理解してもらえるのではないだろうか。

「あれは今朝気まぐれに走り書きしたものだ」公爵はまたもマディーをゆっくりと眺めまわした。「私は画家ではない。学校で絵を描くのは楽しかったが、本格的に取り組むわけにはいかなかった」

「公爵家の跡継ぎですものね」

「そのとおり」公爵は心構えをするかのようにぐっと息を呑み込んだ。「こちらに」蔓棚の下では腕をつかんで支えてくれたのに、今回はどのように手を使うべきか決めかねているらしい。導くように腕を伸ばしてから、さっと向きを変え、マディーがあとをついてくるのを確かめて歩きだした。

　荘園屋敷の玄関扉までたどり着くまでに、ふたりのあいだの気安さが消えていくようにマディーには感じられた。公爵はどちらの手もぎゅっと握りしめている。踏み段を上がると、その手で軽く触れてマディーをそこにとどまらせた。「用意はいいかな、ミス・レイヴンウッド」

マディーはまたも豊満な肉体がみだらに触れあっている玄関扉の彫刻画に目を向けずにはいられなかった。

公爵がその眼差しに気づいて、うなずいた。「これはまだ序の口だ」そうして扉を開き、先になかへ入るよう身ぶりで伝えた。

きょうはまだ陽が注いでいて温かく、屋敷のなかは安息の場のように思えた。玄関広間は壁も床も天井もすべてが大理石で、ひんやりとして澄みきった静寂にマディーは深々と息をついた。子供の頃、カーンワイスは広壮で恐ろしげな建物に見えていたので、悪名高きこの屋敷に入れてほっとする日が来るとは想像もしていなかった。

「こちらへ」アッシュモア公爵は居間らしき部屋のドア口に立っている。

マディーはその部屋に足を踏み入れ、たしかに玄関扉どころではないものに驚かされた。

「なんてこと」

「だよな。私も同じように思ったが、もう少し礼儀を欠く言葉を吐いてしまった」公爵は両方の眉を上げ、ひとまとめに眺めるふうに部屋のなかにぐるりと目を走らせた。眉間に皺が寄り、口元はこわばっていて、いまにも壁からすべて剥ぎとって暖炉に投げ込んでしまいかねない顔つきだ。

ともかく……物が多い。家具調度が所狭しとひしめいていて、華美でないものはひとつもない。全体のほとんどがあらゆる紫の色調で占められている。金色ではないところ以外は。

「今朝、屋敷内をめぐってみて、この部屋を見つけた」公爵がマディーに背を向けたまま話しだし、金色の長いカーテンを両脇に引くと、ガラス格子の両開きの扉が現れた。「それでこの扉も発見したんだが、恰好の逃げ場だよな」華々しい身ぶりで扉を押し開き、テラスへと出ていき、陽光が降り注ぐなかに立つ。

マディーは部屋のなかのめずらしい装飾に興味深く目を引かれ、もう少しじっくり見てまわりたかったものの、公爵はほかにも見つけたものに早く案内したいらしく、じれったそうな面持ちだった。なぜそこでもたもたしているのか皆目わからないとでも言いたげに。

「屋敷内はどこを見てもうんざりしてしまうが、この景色に文句をつけられる者はいないだろう」

マディーもテラスに出て、入り江とその向こうに広がる海を目の当たりにして、息を呑んだ。生まれてからずっとコーンウォールに住んでいても、風景の美しさにはいつもながら目を奪われる。それに、こんなふうに入り江の高台から連なる崖を眺めるのは初めてだった。カーンワイスはオールズウェルより海寄りに位置し、新しいホテルも見渡せる。

きらめく白い支柱と二階には広々としたバルコニーのある建物が、朝の光のなかでひときわ堂々と輝いていた。

でもホテルの景観と同じくらい、公爵の言葉も明瞭にそこにまだ漂っていた。尋ねるのはさしでがましくて失礼なのかもしれないけれど、マディーはどうしても知りたかった。

「どうして、あなたはこのお屋敷のなかのどこを見てもうんざりしてしまうの？」


予想外の質問ではなかったが、答えるにはウィルが触れたくない自分の思いに立ち返らなければならなかった。

とはいえ、マデリンはいたって純粋な好奇心から尋ねているのだから――おそらく彼女の持って生まれた好奇心なのに違いない――何かしら答えてやらなければいけない。

「カーンワイスについてどれくらい知っているんだ？」

ウィルは向き直ったが、マデリンはちらりとこちらに目をくれただけだった。「ほとんどが勝手な憶測か、大げさな噂話よ。わたしは子供の頃に、どなたも滞在されていないときに何度か訪れた程度なの。両親やほかの使用人たちとたまに階下で食事をすることもあったわ。だけど、このテラスまで足を踏み入れたことはないし、どのお部屋にも入るのは許されなかったから」切なげな笑みを浮かべた。「それにわたしがパーティの招待状をいただけるわけもないし」

ウィルは父が催していた騒々しい饗宴にマデリンが出席して、ごてごてとした寝椅子にもたれかかったり、父の悪友たちと浮かれ騒いだりしている姿は想像がつかなかった。それでも、たとえばあの来客用の寝室にある写真の男女のようにマデリンが透けたシルクをまとい、鮮やかな色の髪をほどいていたらと想像すると……。

「噂は……」マデリンが言いかけて口を閉じ、様子を窺うかのように見やった。「色とりどりなのよ」外の景色から家具調度のひしめく部屋のほうへ視線を戻し、にっこりして言葉を継いだ。「このお屋敷と同じように」

「父については？　どんなふうに聞いているかな？」

この古めかしい小さな海辺の町の人々にスタンウィック・ハートのような人物がどう思われていたのかは想像することしかできない。

「イングランドの誰よりパーティのもてなし上手で、何キロも先まで聞こえそうなくらい陽気に笑い、噂の種には尽きない方だと」マデリンは目に愁いを帯びて、口元にうっすら笑みを浮かべた。「あの笑い声だもの」

「父に会ったことがあるのか？」これほど鋭敏な女性なら万が一にも父と取り合うことになるとは思えない。あの男のような見せかけの愛想のよさに騙される女性ではない。

「いいえ、まったく。わたしが幼いときにカーンワイスにいらしていた姿をぼんやりとは憶えているけれど、頻繁に来られていたわけではないし。ご本人が来られなくても、たまにお客様がたが滞在されていたわ」

ウィルは父が遺した書類のなかにそのようなことが窺える記録を見つけていた。金を惜しまぬ友人たちを屋敷に滞在させて法外な料金を払わせていたのだ。どのような関係も金目の取引に利用するとは、公爵であればなおさら醜聞を取り沙汰されても当然のはずが、どういうわけか父の場合には派手好きで賑やかな人々の英雄的存在と見なされ、信じてはどれほど危険な人物なのか注意を促す者すらめったにいなかった。

「声が大きかったわ。母と花壇の手入れをしていたときにちょうど、あなたのお父様がカーンワイスの正面で馬車を降りて、お屋敷の使用人に指示を出す声が聞こえてきたの。ほかにも同じくらい賑やかで着飾ったご婦人や紳士たちが続々と降りてきた」

「つまりきみは昔から好奇心旺盛で、観察好きだったわけか？」ウィルは先ほどまでのいたってくつろいで話せる雰囲気に戻そうと、軽い調子で尋ねた。マデリンの立ち居ふるまいや率直さのおかげなのか、自分の性分に似合わず、会話を続けたくなる。

まさに諜報員であれば欠かせない才能を備えたご婦人というわけだ。

「うちの家族はすぐそばで暮らしていたから、子供ながらにあなたのお父様がどんな方で、このお屋敷でどんなことが起きているのかを知りたくて仕方なかったのね」マデリンの頬がみるみる赤らんだ。

ウィルが顔を向けているのに、マデリンは相変わらず入り江のほうを見渡していた。

「咎めるつもりで言ったんじゃないんだ、ミス・レイヴンウッド」またこちらを見てくれるのを願って待った。

「わたしはもともと好奇心が強いの」顔を振り向けたマデリンの青い瞳は明るく澄んで、きらめいていた。内心では気分を害しているのだとしても、そんなそぶりはいっさい見えない。「色鮮やかなものや、ひときわ輝くものに目を奪われてしまう」なめらかな丸みを帯びた頬がさらにまた少し赤くなったようだ。ウィルはふたりが出会った晩にはうっすらと見えていたそばかすに目が向いた。あのときより濃く、数も増えている。ふっと、少年の頃に星空を数えていたときのように人差し指でそのそばかすをたどってみたくなった。

「あなたも美しいものがお好きなのよね?」マデリンがスケッチにちらりと目をくれた。

このご婦人は自分に何かをさせるつもりだ。デイジーが新しいドレスをねだるときと同じようなもくろみが声の調子から聞きとれた。

ウィルは手摺りに背をもたせかけてマデリンと向き合い、腕組みをした。「美しいものは大好きだとも」

こちらが彼女の美しさもほのめかしているのを本人は気づいただろうか。ミス・レイヴンウッドと顔を合わせるたび、気さくに話せているはずなのに、もっと通じ合いたい思いに駆られる。興味をそそられずにはいられない。しかもロンドンで初めて出会って以来、また会える機会などあるはずもなかったのに、この女性のことをウィルは思い返していた。

何度も。ロンドンの自宅での煩わしい舞踏会でもその姿をつい探していたくらいだ。

「先ほどスケッチしていたのはあの入り江の景色？」ウィルが紅茶と朝食をとったテーブルのほうをマデリンがまたもちらりと見やった。

「まぎれもない絶景だ」

マデリンが目を大きく開き、息もつかぬほどの意気込みで踏みだし、声をふるわせんばかりに言った。「ええ、そのとおりなのよ。カーンワイスからの景色はすばらしい。入り江の向こう側の高台に建っているホテルは雪花石膏《アラバスター》の宝石みたい。だけどあの新しいホテルから見えるカーンワイスはなんていうか……」マデリンはどうにか適切な言葉を探そうとでもしているかのようにきゅっと眉根を寄せた。「見栄えがよくない」

振り返って見るまでもなく、背後の屋敷周りの朽ちかけている箇所ならウィルもすでに挙げ連ねることができた。海側の前面の端が崩れかけているのは、使用人たちによれば、おそらく控え壁の部分が嵐で損なわれたままであるせいだという。〝見栄えがよくない〟くらいでは控えめな表現だ。

「この屋敷は――」

「放置されていたのね？」

「後回しになっていた」ウィルは奥歯を嚙みしめ、この女性から眉を吊り上げて非難がましく言われるほどのことなのだろうかと考えた。

「でも、こうしてあなたはやって来た」

「そうだ」デイジーとコーラが協力して兄に対抗してきたときのように背筋が寒くなった。

「それなら修繕に取りかかればいいんだわ」

「それは――」

「すぐに。いまから。二週間あればだいぶよくなるのではないかしら」

ウィルは息がつかえて、今朝目覚めたときのような激しい動揺がぶりかえしてきた。父の放蕩暮らしの巣窟を修繕するためにコーンウォールにやって来たのではない。コーラには新たな務めとは正反対のものが必要だと説得された。仕事は無用。心配も無用。ただ楽しんで来てと。

「だめだ」ほとんど無意識に思いがけず大きな声で口走っていた。心の奥底から湧きあがった拒絶感がほとばしり出たかのように。

ミス・レイヴンウッドは驚いた顔でふっと息を洩らしたが、その驚きが何に対するものであれ、すぐに狼狽《ろうばい》としか言い表しようのないものに取って代わられた。小鼻が広がり、きれいな赤みを帯びた眉をひそめ、ふっくらとした唇の両端が下がっている。いまにも噴きこぼれそうなティーポットを体現しているかのようだ。

「理解できない」マデリンはくるりと背を向けて、テラスのさらに一メートルほど先へ進んだ。そこは日陰で苔に覆われ、下生えの雑草が石敷きの隙間を這うように埋めつくしている。

「気をつけて」ウィルは声をかけた。「石が崩れているところがあるんだ」

マデリンがすばやく向き直り、両手を腰にあてた。「それなら、直すべきでしょう。どうせ敷石に取りかかるのなら、ぜんぶ修繕してしまえばいいんだわ」

ウィルはぐっと唾を飲み込んだ。場違いな考えなのは確かだが、陽光を背に立つマデリンの髪は炎のごとく明るく輝き、肌は恥じらいではなく意気込みで赤らんでいる。これほど心惹かれる女性に出会ったのは間違いなく初めてだ。

マデリンは美しい。コーンウォールは美しい。だが、マデリンやこの屋敷の使用人たちから期待されているほど自分はここに長くはとどまれない。それにたとえしばらく滞在したとしても、父が悪事を働く場として設えた館の改修に時間を費やすつもりはない。

「だめだ」今回は穏やかにだがしっかりと力を込めて告げた。

「あなたはわたしに借りがあるとおっしゃったわよね」

「そうとも。ただし、朽ちかけている荘園屋敷の改修を二週間で仕上げなくてはいけないほどの借りでないのは確かだ」

「お屋敷全体ではなくていいのよ。ホテルから見えるところだけでも」マデリンは屋敷の海側を身ぶりで示した。「あちらをちょっと手直しすれば」

「きみは種苗園の経営者で建築家でもあるのか？」

「いいえ、だけど美しい景色を見る目はあるわ」マデリンの少々生意気にからかうような口ぶりにウィルはついよけいにけしかけたくなった。「あなたもあのホテルを訪れれば、ここがどんなふうに見えるのか、よくおわかりになるはずよ」

ウィルは大きく息をついた。どのように伝えればいいのかわからない。ダヴィーナに伝えようとしたときと同じだ。

「ほかにきみが一覧表に書きだしたことは？」

マデリンはスカートの襞に隠れたポケットに手を入れて、近づいてきた。一枚の紙を取りだし、突きだす。

拍子抜けするほど短い一覧表だ。二項目しかない。ひとつ目は〝修繕の検討を〟。その下に書かれていたのはひと言だけだ。〝母のバラ〟。

「庭園管理人のコテージのそばに植えられているバラのことよ。わたしの母が植えつけて、何年もかけて育てたの。天候にもよるけど、一日くれれば、移植できるわ」

「きみにとって思い入れのある花なのだな」

「ええ、それはもちろんだけど、実用的な価値もある。オールドローズのとても逞しい品種で、わたしの実験にも使ってるの」

「研究者でもあるのか？」この若いご婦人がどのようにそんな時間を捻出しているのだろう？

マデリンの瞳がまたも潑溂としたきらめきを放った。「バラを開発しているの」

ウィルはそもそもバラがどのように誕生して育つのか考えたこともなかったが、コーンウォールでこのように愛らしい女実業家がバラを生みだしているとは想像もできなかった。

「どうやってバラを生みだすんだ？」

マデリンが笑い、そのややかすれがかった甘やかな声にウィルは爪先までくすぐられたように感じた。「まったくゼロからというわけではないのよ。ある品種のバラをべつの品種と交配させると、新たな花が誕生する」

マデリンの情熱には伝染力があり、ウィルはもっと詳しく知りたくなって、できることなら彼女が新たな花を生みだす秘法をこの目で見たいとすら思った。それにしてもまったく、いままで園芸に興味を覚えたことなどあっただろうか？

「どうしていままで移植しなかったんだ？」

マデリンがわかりきったことでしょうとでも言いたげに肩をすくめてみせた。「このお屋敷の、つまりあなたのお父様のものだったから。いまはあなたのもの。だけどもしあなたがこのお屋敷を売却したり解体したりするようなことがあれば、ぜひわたしにゆずってほしい。母が育てた花壇にはいくつもの品種があって、そのうちの二種を交配種の実験に使用しているの」

「諜報員で、種苗園の経営者で、バラの開発者か。きみがしていないことを探すほうがむずかしそうだ」

ウィルは先ほど自分が引き起こした彼女のいらだちがすっかり誇らしさらしきものに取って代わられたのを見て、ことさら嬉しくなった。

「忙しくしていたいのよ」マデリンは表情を引き締めて、ぴんと背筋を伸ばすと、一歩踏みだした。「きょうはまたべつの役割を果たしに来たの。王族訪問委員会の代表者として。当委員会の全委員、それにおそらくヘイヴン・コーヴの多くの住人たちは、あなたがカーンワイスの修繕を承諾してくれることを望んでいます。王族のご訪問にはわたしたちの町の命運がかかっている。だからわたしはあなたを説得しなくてはいけない」マデリンは顎をつんと上げ、ウィルの目をしっかりと見据えた。「わたしは意志が強いの」

「その点については疑いようがない」自分がこれまで出会った女性のなかでも意志の強さではいちばんと言ってよいだろう。それにそういった決意はウィルにも理解できるものだった。なんとしても妹たちの将来を守り、アッシュモア公爵家の名誉を取り戻さなければという同じように強い使命感に駆り立てられている。とはいえ、その責務に父の悪事の殿堂を早急に修復することは含まれていない。

「それなら承諾してくれるのね？」

「私を承諾させられるとすれば、きみくらいのものかもしれないな。だが、返答は変わらない。むろん、この屋敷を二度と醜聞で汚すようなことはさせないが、単に景観を損なっているというだけの理由で修繕に時間も金も費やすつもりはない」

マデリンはたちまち憤怒の表情を浮かべ、頬を紅潮させた。

憤りと、一覧表を持ってくるよう招かれて落胆させられた思いをぶちまけられるのだろうとウィルは覚悟した。

ところが、マデリンは憤懣を言葉で発する代わりに踵を返し、ウィルが朝食をとったテーブルへつかつかと歩いていった。とめる間もなく数枚のスケッチを取りあげた。「とてもよく描けてるわ」きつい口調で言う。「こんなふうに美しい景色を描ける人なら、景観の大切さもわかるでしょうに」マデリンはスケッチをテーブルに戻し、あらためてウィルと向き合った。「それに、公爵様なら使用人たちや地所のためになることをするべきでしょう」

反論させる隙も与えず、ガラス格子の両開きの扉から屋敷のなかへ戻ろうと歩いていく。

「待つんだ」立ち去ろうとする彼女の姿を目にして、ウィルは思わず命令口調になった。

命じられて従うような女性ではない。

それでもマデリンが足をとめたので、ウィルはほっと胸をなでおろした。

「どうなさったの、公爵様？」

「きみの期待にまったくそえないわけでもない、ミス・レイヴンウッド」

マデリンは冷ややかな表情のままだったが、興味深げに赤みがかった片方の眉を上げた。

「バラだ。好きなときにいつでも持っていってくれ。私からすれば、きみのものだ」

ウィルはマデリンの青い瞳から内心の小さなせめぎ合いを読みとった。礼を述べるべきか、さらに怒りを発するべきかを決めかねているのかもしれない。「ありがとうございます、公爵様。種苗園の従業員を誰か連れて、またこちらに伺います」

「承知した」

「ごきげんよう」礼儀正しく別れの言葉を告げながらも彼女は表情や口調をやわらげはしなかった。ちらりとも振り返ることなく屋敷のなかに戻り、まず間違いなくまっすぐ玄関扉へ向かったのだろう。

マデリンに不服そうな態度をとられて、ウィルはことのほか胸にこたえた。だが同時にべつの感情も湧いていた。また新たな期待だ。マデリンは母親のバラを移植するためにここに戻って来なければならない。必ずまた会えるという確信を得られたのは、このうえない喜びだった。

9

翌日の昼、ウィルは廊下でブライにつかまった。使用人たちは公爵がいつ発つのかと気を揉んでいるようで、しじゅう姿を追って居場所を確かめておくのが習慣のようになっている。

「何かお探しでしょうか、旦那様」

「外套を。コーンウォールに来たときに着ていたものだ。見ていないかな？　寝室にないのだが」

「すぐにお持ちいたします。お出かけですか？」

「ああ」

執事は穏やかな表情を保っていたが、口髭がわずかにぴくりと動いた。「昼食のお時間を遅らせますか、旦那様」

「昼食は必要ない、ブライ。従僕が地元のパブについて話しているのを耳にした」

「お望みとあらば」老執事は表情ひとつで嫌悪と驚きと不愉快きわまりない感情を見事に露わにした。それからまた姿勢を正して、こくりとうなずいた。「〈黒い錨《ブラック・アンカー》〉でございます。馬車宿の隣に。ミッチャムに馬車の支度をさせますか？」

「その必要はない。町からここまで歩いて来たのだから、その道を引き返せばいいことだ」父は何につけても勝手気ままだっただけに、使用人たちの形式ばった作法にウィルは驚かされていた。「ブライ、私にそれほど世話を焼く必要はない。今回の滞在に堅苦しい気遣いはいらない。この数日はよけいな肩の荷は降ろして過ごしたいんだ」義務も爵位も、それになにより楽しみ方を知らない気の毒な男という評判を忘れて過ごしたい心境をわかってもらうのはむずかしいだろう。

執事は首を横に振った。拒んでいるのか、気を悪くしたのか、ウィルには見きわめようがなかった。だがそれから唇を引き結んでしぶしぶといったふうに応じた。「お望みどおりに、公爵閣下」

旅行鞄はヘイヴン・コーヴまで乗って来た馬車の御者からようやく届けられていたが、ブライによれば衣類はどれもびしょ濡れか皺だらけだという。なぜか外套だけはべつのようだが。執事がさっぱりと洗われた外套を持ってきたので、ウィルはその袖に手を通しながらカーンワイスの玄関扉へ向かった。

家政婦が目ざとい亡霊さながら隅の暗がりからすうっと現れた。「少しよろしいでしょうか、旦那様」

ウィルはつっけんどんに追い払いたい言葉を飲み込んだ。前日にミス・レイヴンウッドの訪問を受けて以来、機嫌が悪く、ほとんど眠れなかったのはこのご婦人のせいではない。

「なんだろう、ハスケル夫人」

「訪問者についてでございます。昨日の朝、ミス・レイヴンウッドが訪問されましたよね。今後は訪問者をお受けしてよろしいのでしょうか？」家政婦はちらりと期待のこもった笑みを浮かべた。

「いや、断じてだめだ」使用人たちがこの屋敷にまた活気を取り戻したいと望んでいようと、ウィルにもてなすつもりはさらさらなかった。

「ですが、ミス・レイヴンウッドがまたいらしたら、お通ししてよろしいんですよね？」

そうだった、またぜひとも会いたい相手がひとりだけいる。

「ああ、彼女がまた訪問した際には例外として受け入れてほしい」

バラが欲しければ、またやって来るだろう。それにバラはべつにしても、あれきりマデリンが自分との付き合いを断つつもりでいるとはウィルにはどうしても思えなかった。

むろん、こちらはあれきりにはしたくない。自分の思いつきでコーンウォールに来たわけではないが、ミス・レイヴンウッドが近くにいるとなれば、まだ明るい期待も持てるというものだ。

率直で、好奇心にあふれ、周りのどんなものにも目端の利く洞察力を備えた女性がそばにいるなら、コーンウォールで過ごす時間もそう悪いものにはならないだろう。

玄関前の踏み段を下りて仰々しい装飾や崩れかけた壁から離れると、とたんに気分が軽くなった。せいせいした。帽子も手袋もクラヴァットも身に着けていないので、ロンドンで外出するときにはつねに何かで覆われているのがあたりまえの肌に吹きつける風が心地よかった。

それにしても、仕立てのよい上着も手袋もはずせばこのように身軽になるのだとしたら、なんと堅苦しく気どっていたのだろうか。なるほど退屈な男だったわけだ。いや退屈どころではなかった。非情とまで言われたのだから。

ダヴィーナに怒りにまかせてその言葉を投げつけられたときには、当然のようにそうではないと胸のうちで否定したはずだった。自分にとって物事を正すのがどれほど重要なのかを彼女には理解できないだけだと決めつけていた。だがまたもべつの女性から憤りの炎を湛えた目を向けられることとなった。今回は口に出して言われたわけではないとしても、あの鮮やかな青い瞳に表れた落胆を見れば、やはり自分は非情な男なのだと思わずにはいられない。

頑固者だと言われようが気にしたことはなかった。だめだと言えば、誰もが納得してくれるのだからそれで満足していた。たしかにコーラには反対してもたいがいうまく丸め込まれてしまうのだが、ほかにそのような相手はいない。デイジーですら、招待や頼みごとを兄が一度拒めば、けっして気を変えないことを承知している。

本心を口にし、決意を貫くから信頼されている。友人は作りにくいが、長らく付き合ってきた学友たちや、貴族院で仕事をともにする貴族たちからは約束を守るので頼られている。

だからこそ、いまの状況はウィルにとって理解しがたいものだった。堅実であるせいであきらかに気難しい人物だと見なされている。

町のパブを目指して歩くあいだには吹きさらしの美しい海の景色が眺められ、どうすればミス・レイヴンウッドに見直してもらえるのかという考えがもやもやと頭をめぐった。

あの瞳に浮かんでいた落胆。どうすれば挽回できるのだろう?

どうしてこれほど気になってしまうのかを解明したいとは思わない。そうとも、頭を悩まされる日常から逃れるためにここに来たのに、これではたったひとつの気がかりに心を煩わされつづけることになってしまう。

ロンドンでは家族について、妹たちや亡き母が世間にどのように見られているのか、自分たちが亡きあとも公爵家は存続できるのかといったことに絶えず気を煩わされていた。だがここに来て、いまはあの女性に評価してもらえるのをウィルは望んでいた。自分のことをだ。家族や、名誉をではなく。

馬車宿の周辺はウィルがこの地に到着したときよりずいぶんと賑やかだった。外に停められている馬車の数はあの日の二倍近くにのぼり、パブのなかも混んでいるのだろうと思われた。

窓から店内を窺おうと足をとめたとき、年嵩の男がそばにやって来た。ウィルと並んで腕組みをした。

「いつも以上に賑やかだな」

「そうなんですか？」

「そりゃそうだ。なにせ王族のご訪問がある」

「ですが数週間先のことですよね」

「そのとおり。大勢の人が詰めかけるまえに海辺で過ごそうとやって来た行楽客が多いんだろう」

なんという皮肉。自分は騒がしいロンドンを離れようとして、これからイングランド一混雑する海辺の町にやって来てしまったわけだ。ウィルにとってなにより意外なのは、コーラがこの厄介な遭遇に思い至らなかったことだ。つねにあらゆる可能性を想定して計画を立てる妹だというのに。

「まだいくつか空席があるな」年嵩の男がそう言ってパブの扉を押し開き、なかへ入っていく。

「よかった」ウィルも応じ、少し間を取って男のあとに続いた。

ロンドンで客間や大広間に入るときにはたいがい免れない怖気はいっさい覚えずにパブに足を踏み入れた。ここには面識のある人物はいない。自分の顔も名前も知られていないだろうし、堅物の気難し屋だとの評判は誰も知る由がないのはなによりありがたい。

　いわば何者でもない人物になれたような気がして、それがこんなにも気楽なものだとはウィルは想像したこともなかった。

　新鮮な空気と晴天を楽しみながら歩いてきたので、熱気のこもった天井の低い酒場はよけいに息苦しく感じられた。ほかの人々には居心地がよいのかもしれないが、匂いや騒々しさにウィルは閉口した。笑い声、食器が触れあう甲高い響き、食べ物と飲み物の匂い。それでもやはり腹は鳴る。

　外で言葉を交わした年嵩の男はわが物顔で奥の仕切り席に向かった。ウィルは扉口でいったん立ちどまり、客がひしめくなかに空いている席はないかと見渡した。

　ところがそのうちに、店内がしだいに静かになってきた。昼食をとっていたご婦人の二人組がロンドンの舞踏場にいる人々と同じくらい興味津々にこちらを見ている。それより手前から紳士たちが向ける眼差しはもう少し用心深い。

　ウィルは空席を見つけて、そこに腰を落ち着けた。

「ヘイヴン・コーヴへようこそ」給仕係の女性は自分と同じくらい疲れているように見えたが、温かい思いやりのこもった笑みを浮かべて迎えてくれた。暖炉のそばのご婦人がたに負けじとまじまじとこちらを眺めている。いやもっとあからさまに。「わたしたちの美しい町にどのくらい滞在されるご予定で？」

「残念ながら、そう長くは」ウィルは低い声で答えたが、店内の誰もが聞き耳を立てているように感じられた。ますます視線がこちらに集まっている。

「新たなお客様にはみんな興味津々なんです」給仕係の女性は笑顔でウインクしてみせた。「あなたのようにすてきな男性ならなおのこと」女性は近くのテーブルからじっと見つめるご婦人がたの目を遮るように立ち位置を調整してから、前かがみになって続けた。「気になるようでしたら、べつの席をご用意します。ですがまずは飲み物と料理を何かご注文なさいますか？」

「ありがとう、そうさせてくれ」

運ばれてきた料理――パイ生地に調味した肉とジャガイモとタマネギを詰めたもので、思いのほか旨かった――を味わい、グラス一杯のエールを飲み干した頃には、ささやき声や視線はすっかり気にならなくなった。いまは自分が注目の的でも、パブに入ってきた人々は誰もが同じような関心を向けられるのだろう。

食後のコーヒーを頼むと、先ほどの給仕係の女性がロンドンの最高級のコーヒーハウスにも劣らず濃厚で湯気の立ったコーヒーのカップを運んできた。皿がぶつかり合う音も響いている混雑したパブの賑わいに、ウィルは心なぐさめられるようにすら思えてきた。

あちらこちらで交わされている言葉から、この町のほとんど誰もが王族の訪問の準備に追われているのが聞きとれた。住人たちは王女が〝ヘイヴン・コーヴを名だたる町〟にしてくれることを期待している。たとえば王女がある服飾小物店で買い物をすれば、たちまち〝イングランドの誰もがこの町の品物を欲しがるようになる〟と。ビアトリス王女はコーンウォールのこのような田舎町に自分が少し立ち寄る程度でこれほどの期待が寄せられることに果たして気づいているのだろうかとウィルは思いめぐらせた。

火傷しそうに熱いコーヒーをひと口含んで、香ばしい風味を楽しんでいると、がやがやとした会話からふと、ある名称が耳に入ってきた。

レイヴンウッド。

ウィルは店内にさりげなく目を走らせ、会話の主を探した。奥まった片隅で給仕係の女性と話している白髪頭の男だ。

「そんなことはわから……」給仕係の女性がそのあとどのような言葉を継いだにしろ、パブの喧騒に掻き消されてしまった。

年寄りの男は自分に向けられる視線を感じとったらしく、すばやく見定めるような眼差しをウィルに返した。

「……時間の問題だ……」傲慢さがありありと聞きとれる口ぶりだ。

給仕係の女性が去ると、男は酒を何口かでいっきに飲み干し、グラスをテーブルに置いて、深皿の煮込み料理をたいらげにかかった。

べつの男が扉口へ向かう途中に白髪頭の男のそばで足をとめた。少し言葉を交わしてから肩をぽんと叩いて去っていった。白髪頭の男はロングフォードと呼びかけられていた。

ウィルはテーブルに硬貨を置いて、バー・カウンターのほうへ向かった。そのすぐそばの仕切り席でロングフォードが飲み納めだとでもいうようにまたもエールのグラスをがぶがぶと飲み干していた。

「失礼ながら」ウィルはカウンターに身をおきながらもロングフォードのほうを向いて声をかけた。「先ほどレイヴンウッド種苗園とおっしゃってましたよね」ウィルはその名称を必要以上に少し大きな声で、ことさら強調して問いかけた。

横目でちらりと見ていると、ロングフォードがグラスを持ち上げていた手をとめ、こちらに顔を振り向けた。「たしかに言ったが」

「そこをよくご存じなのですか？」ウィルは呼び寄せられたかのようにロングフォードの仕切り席の向かいに入って腰をおろした。

ロングフォードからの返答は濃い眉をわずかに上げただけだった。「わしはどなたと話しておるのかな？　ロングフォード・ファームズのイーライ・ロングフォードだが」

ロングフォード・ファームズとはいったいどこにある何なのか、ウィルにはさっぱりわからなかったが、老人はやけに誇らしげにその名称を告げた。

「お目にかかれて光栄です、ロングフォード。ウィリアム・ハートです」ウィルが片手を差しだすと、老人はがっちりとつかんで短い握手をした。

「レイヴンウッドについてどんなことを知りたいのかね？」

「教えていただけるのならなんでも」

「ミスター・ハート、あそことの取引を考えているのでは？」

「選択肢はいろいろと検討していますよ」ウィルはポットを手にコーヒーを注ぎ足しに来てくれた給仕係の女性にうなずきで礼を伝えた。

「あそこを創業したレイヴンウッドとは知り合いだった。奥さんともな。彼は公爵家の庭園管理人だったのだ。そこから、自分で土地を所有して商売を始めた」ロングフォードはウィルにちらっと値踏みするような視線を投げた。ロンドンにいるときのような装いではないものの、きちんとアイロンがかけられた清潔な衣類を身に着けている。ただし、職業や身分がひと目でわかるようなものではないはずだ。「何か植物でも探しているのかね？」

「そんなところです」まったくの偽りを口にするのは気が引けたが、この男がミス・レイヴンウッドと彼女の事業にどのような関わりがあるのかに興味をそそられた。「どうしてレイヴンウッドとお知り合いに？」

「種苗園を経営する仲間としてだ。彼がデヴォンに樹木を見に訪れたときに、たまたま話す機会があったんだ。旦那もロングフォード・ファームズに来てみるといい。レイヴンウッドよりはるかに広大だぞ。それに庭園で必要なものならなんでも造れる。温床、冷床、温室、蔓棚」

最後の言葉を聞いて、マデリンがカーンワイスのぐらつく蔓棚を登ろうとしていた姿がウィルの頭に呼び起こされた。

「では、いまもミスター・レイヴンウッドが経営されているのですか？」

ロングフォードが顔をしかめた。「いや。二年まえに亡くなったんだ、神よ、安らかに眠らせたまえ。彼の娘が愚かにもすべてを受け継いだ。寄ってきたばかりなんだが、あそこの事業は彼女が引き継いでから衰退するいっぽうだと言わざるをえまい」

「ほんとうに、そうなんですか？」

「あたりまえだろうが。洒落た庭園造りや花をちまちま植えることばかりに夢中になっている娘っ子に、この地域一帯の造園を担う事業がどれだけ大変なものなのかわかるはずもなかろう」

「では、その女性は庭園の設計を？」ウィルは、レディ・トレンメアが若い女性に庭園の設計を新たに依頼したとダヴィーナが話していたのを思い起こした。マデリンがその設計者だとすれば、ロンドンを訪れていたのもまるでふしぎはない。「じつは、彼女が知人の庭園の設計をまかされていると聞いて、同じように私も依頼できないかと思っていたのです」

今度はまったくの偽りではない。カーンワイスではそのつもりはないだけのことだ。いつの日かマデリンをサセックスのアッシュモアの所領に招き、新たに庭園を設計してもらうのはなかなかの妙案だ。

いつの日か。

いや、やはりばかげた考えなのだろう。ロンドンに戻れば、ミス・レイヴンウッドとの繋がりは断たれるのだから。

「こちらに土地を所有しておられるのかな、ミスター・ハート？」

「そうです」ウィルは認めたものの、荘園屋敷の名称を口に出すようなことをして、このパブにせっかく何者でもなくいられるひと時を台無しにするつもりはなかった。

「それでは、やはり彼女と話をなさりたいと」ロングフォードは肉づきのよい手を上着の内側に差し入れ、やや折れ曲がった名刺をウィルに差しだした。「それでも、造園に必要なものを一括してご提供できる事業者をお探しなら、ヘイヴン・コーヴからそう遠くないところにもうすぐ新たな種苗園を設立する予定なので」ロングフォードはまたも酒をぐびぐびと呷り、大きなジョッキから飲み干してしまった。

「あす訪ねてみようかと思っています」ウィルはおかげでだいぶ事情が呑み込めてきた。ミスター・ロングフォードはミス・レイヴンウッドが両親から引き継いだ事業を本心から気にかけているふうには見えない。むしろ、しくじるのを望んでいるとしか思えないような印象を受けた。しかも近くでまた事業を立ち上げようとしているのなら、辻褄も合う。

「では、ごゆっくり」ロングフォードはテーブルに手をついて立ちあがり、げっぷをして、のんびりとした足どりで扉口に向かった。

ウィルはロングフォードが店を出るのを見届けて、元の席へと引き返した。まだカーンワイスに帰りたい気分ではないし、ミス・レイヴンウッドについてほかにも地元の誰かから話を聞けるかもしれない。

席に戻ろうとして、耳にした言葉につと足をとめた。

今度はマデリンではなく自分の名だ。

アッシュモア。

ウィルは息を凝らしたが、会話の主のふたりのご婦人は噂話にすっかり夢中になっていた。新たな公爵がカーンワイスにやって来たとの情報を耳にしたらしいが、どちらもこちらにほんのちらりと目を向けただけだったので、ウィルはそのまま席へ歩を進めた。さいわいにも、ご婦人がたは自分たちが噂している人物がそこにいるとは気づいていない。

ウィルは元の席に腰を落ち着けて、安堵の息をついた。ところがほっとできたのも束の間だった。

「あら彼女よ」噂話をしていたご婦人ががたが驚いたように言った。

ウィルは顔を振り向けるなり、先ほどまでの安堵がより強力な感情にすり替わった。

「ミス・レイヴンウッド！」ご婦人がたのひとりが呼びかけた。

ミス・レイヴンウッドはパブに入ると、扉を閉めてドレスや髪をそよがせていた強風を遮った。ささっとスカーフとスカートを整え、乱れた髪を指で梳いて直してから、ご婦人がたから呼びかけられているのに気づき、混雑したパブのなかに視線を走らせた。

ご婦人がたのほうに手を上げて振ったとき、ちらりとこちらにも目が向いた。ほんとうにかすめる程度の一瞥だったが、ウィルには彼女とともに涼風が吹き込んだように感じられた。

「こちらに、マディー、ぜんぶ聞かせて」ご婦人がたのひとりが呼び寄せた。

マディー。ウィルはその名を小さくつぶやいてみた。心地よい響きで、気軽にそう呼べるくらい親しい間柄のご婦人がたが無性にうらやましくなった。

「あの悪名高いお屋敷を訪ねたそうね」もうひとりのご婦人が息をはずませてせっかちにひそやかな声で尋ねた。「どんなご様子だった？　彼はどんな方なの？」

マデリンはそのご婦人のほうに身を寄せるでもなく、ウィルに挨拶をするそぶりもなかった。さりげなくこちらをそっと見やると、ご婦人がたの問いに答えた。「たいして見られなかったの。そもそも、公爵様とはお屋敷の外でお話ししただけだから」

「あの庭園をあなたがよみがえらせるのではないの？　恐ろしげだとか、感じがいいとか、どんな方だった？」

「エレノア、少し休む時間くらい与えてあげて。まだお話ししていたいところだけれど、わたしたちはもう食事を終えたし、仕立て屋と約束があるのよ」年上のほうのご婦人がリボンで飾りつけられた帽子の位置を直した。「何週間も待たされたんだもの。王女様のご訪問に備えて、みなさん新しいドレスを仕立てたいんでしょう」

「当然よね」ミス・レイヴンウッドは心からの笑みを浮かべて応じた。「おふたりの新しいドレスを拝見するのが楽しみだわ」

ご婦人がたがパブをあとにするとすぐに、ミス・レイヴンウッドはこちらにまともに目を向けた。

「ありがとう」ウィルは立ちあがって声をかけた。「これでまた、きみに借りができてしまった」

「あなたをふたりに差しだすのは公平ではないと思ったから」マデリンはちらりと笑みを浮かべた。

ウィルは思わずほころんだ顔を隠そうともしなかった。それどころか、この時間をともにしたくて、自分の席の空いている椅子に座るよう身ぶりで勧めた。

「その借りを返してもらう方法については、きわめて現実的なご提案があるわ」マデリンはこぞとばかりに告げたが、その声はもう前日の帰りぎわのような張りつめた調子ではなかった。

「昼食かな？」

マデリンが笑い、ウィルはすぐにもまたその声が聞きたくなった。

「あなたはすでに終えられたようだけれど」

「パンを少し。飲み物も。そろそろ出ようかと思っていたんだが、きみが現れたとなればまたべつだ」本心だった。ここに滞在中、もし毎日このパブで彼女に会えるのなら、休暇をもう少し延ばすのもいいかもしれない。

正直な思いはマデリンに感じとってもらえたらしい。目が合ってマデリンは頬をほんのりピンク色に染めた。それから、給仕係の女性に片手を上げ、女性が心得たように応じた。

「あまり時間はないんだけど、お話しできるのはよかったわ」

「また王族訪問委員会の代表者としてだろうか？」

マデリンはじっくりと見返し、ウィルの予想どおり、またもその目に決然とした輝きを灯した。「あなたを説得する機会を少しでもいただければとは思ってたけど」

ウィルはその説得の手段として本人にはそんなつもりがないのは承知のうえで、つい勝手に空想せずにはいられない行為を頭から振り払おうと、もう冷めてしまったコーヒーを飲んだ。

「聞いていただけるの？」マデリンが返事を急かした。

「たぶん」

考えを読みとられてしまったのだろうか？　接近するたびウィルが悩まされるようになってしまった切迫をマデリンはひしひしと感じとっているかのようにドレスの立ち襟をなにげなく掻き寄せた。

「解決策はきっと見いだせるはずよ」マデリンは力を込めて言った。「案はいくつもあるの」

「そうだろうとも」ウィルもそれは同じだったが、こちらの案はどの場合にもまずは彼女とふたりきりになるのが前提だ。マデリンのピンで留められた髪をほどき、この手で梳いて肩に垂らし、あるいは自分のベッドに横たわらせ、広がった髪を……。

いや、だめだ、いったい何を考えてるんだ？

マデリンは不適切な考えはすべてお見通しだとでもいうように美しい赤みがかった眉をきゅっとひそめている。

給仕係の女性がマデリンのために紅茶のカップとスープの深皿を運んできて、ふたりのあいだに漂う張りつめた空気を断ち切った。マディー、いや、ミス・レイヴンウッドがスプーンを取りあげ、濃厚なスープに差し入れたところで、こちらに申し訳なさそうな目を向けた。

「お腹がすいてるの。礼儀を欠いてしまうけれど」

ウィルは笑い声を立てた。この気さくさが好ましい。「どうぞ味わってくれ」

マデリンはひと口含んで、至福の喜びだとでもいうように目を閉じ、さらに満足そうな吐息をついた。

ウィルは彼女の唇と頰の端にふわりとかかった長い巻き毛を見つめ、まぬけ面を晒してしまうまえに無理やりカップのコーヒーの残りかすに目を戻した。

「今朝は忙しかったのかい？」物欲しそうに見つめないようにして問いかけた。

マデリンはさっと頰に手をあて、それから風に吹かれて乱れた髪を指で梳いた。「ひどい姿よね」

「とんでもない、ほんとうだ」ウィルは手のひらでカップをまわした。手が熱を帯び、自分をこのような状態にさせる女性とどう向き合えばよいのか急にわからなくなってしまったようで落ち着かなかった。「だが種苗園の仕事はさぞ大変だろう」

「そのぶん、やりがいもあるわ」マデリンの声は警戒するような響きを含んでいた。

「敬服する。ひとりで事業を行なっているとは。しかもヘイヴン・コーヴのためにほかにも多くの役割を担いながらだ」

「忙しいのが好きなのよ」なおも警戒しているような口ぶりだ。そんなふうに彼女を自己弁護しなければいけない気持ちにさせている自分がウィルは腹立たしかった。

「種苗園を訪ねてもいいだろうか？」話題を転じたのは、これ以上マデリンに気詰まりな思いをさせる轍《てつ》は踏みたくなかったのと、彼女がその名称ごと両親から受け継いで多くの時間と労力を注いでいる場所をほんとうに見てみたかったからだ。

「もちろんだわ」だがマデリンは落ち着かなげにスープをつつくようにしながら答えた。

「いつ？」

「日時を指定してくれれば、それに合わせて伺う。いまのところ社交の予定はまったくないしな」

「社交訪問ね」マデリンはまじまじとこちらを見ながらゆっくりと紅茶を飲んで、カップを置いて言った。「それならじつは、あなたがカーンワイスの庭園をよみがえらせるために、うちの会社への発注を検討してもらえたらと思ってたの」

ウィルもそれは考えていた。まったくの打算的な理由からだが。あの不愉快な地所の庭園を改修しようなどとはみじんも思わないが、それでマデリンと顔を合わせられるのならまたべつだ。

その瞬間、ウィルは理性でどうにか抑えてはいるものの、どれほどこの女性と会いたいと思っているのかをまざまざと自覚した。にわかに、もはやマデリンとともに過ごせないなら、コーンウォールに休暇で滞在する意味すらないように思えてきた。

マデリンがきつく握ったカップを急に置いたせいで、そのカップが倒れかけた。紅茶がこぼれないよう彼女がまた即座にカップをつかもうとして、ウィルも同時に手を伸ばした。ふたりの指がぶつかり、ウィルはゆっくりと腕を引き戻した。

「どうしても気は変わらない？」カーンワイスで話したときにも感じとれたマデリンのいらだちはなお燻っていた。

「あの屋敷の修繕にはまるで気が進まないが、きみの提案はぜひとも伺いたい。妥協点なら見いだせるはずだ」

「ほんとうに？」

これがあのいまいましい荘園屋敷のことでなければどれほどよかったか。そうでなければ、マデリンの期待に満ちてきらめく瞳を見られるのなら喜んで同意していただろう。

ウィルは前かがみにテーブルに両肘をつき、低い声で言った。「私はそれほど非情な男ではない」

誰もがたとえ異を唱えようと、自分ではそうではないと信じたい。

「あら、いけない」マデリンは目を大きく見開いて、急いで紅茶の残りを飲み干すと、スカーフを首にかけて巻き直した。「行かないと。遅れちゃう」

「何に？」

「委員会よ」

馬車で来ていれば送ってやれたのにとウィルは悔やんだが、すでにマデリンは椅子から腰を上げていた。委員会についても話を聞きたいが、彼女がすぐにもパブを出たがっているのはあきらかだ。ポケットから硬貨を取りだしたので、ウィルは片手を上げてとどめた。

「昼食はご馳走すると言っただろう」

「ありがとう」マデリンは気を揉むそぶりをいったんやめて、しっかりとウィルと向き合った。「週末にバラを取りに伺うので、そのときにいくつか提案もさせてもらうわね」

「楽しみにしている、ミス・レイヴンウッド」意図せずしてかすれがかった声になった。またマデリンに会える機会がコーンウォールでの最大の楽しみになりつつある。ウィルは言い添えずにはいられなかった。「前向きに考えると約束する」

10

「これより王族訪問委員会の会議を始めます」ジェイン・リーヴが長い楕円形のテーブルの上座に立ち、マディーにうなずいた。ふたりは緊密に連携して委員会の仕事に取り組み、同じ目標に向かって絆を深めていた。マディーとジェインは互いに敬意を抱いている。

「ミス・レイヴンウッド、議題を読みあげていただけますか？」

そう呼びかけられるのはごく自然なことだった。もう何十回も会議は開かれていて、これがいつもの最初の手順だからだ。ところがマディーは書類挟みを開きもせず、きちんと議題が書かれた紙は目の前に用意されていなかった。きのうアッシュモア公爵と話してから、予想もしていなかった道に迷い込んでしまったかのように、落ち着かない気分になっていた。

そしてきょうパブに立ち寄ったところで、嬉しい偶然で公爵と出くわした。もし公爵を説得しなければいけない問題など何もなくて、ただ昼食をとりながら会話を楽しめたなら、どんなによかっただろう。

「どうかしたの？」リーヴ夫人がほんの小さくあけた口の端からささやいた。「わたしが何か適当に議題を挙げておきましょうか」

「いえ、ここにあるので」マディーは紙挟みの書類を探り、今朝早くに書き上げた議題をようやく取りだした。「まず、ご訪問の各準備団体からそれぞれの進捗状況をご報告願います。リーヴ夫人からはホテルの敷地内に新たに加える装備についてお話しいただき、ミス・コールデコットには――」

「協議事項の追加をお願いできますでしょうか？」ペンデニング夫人が言葉を挟み、ちょっとしたニュースを発表しようとでもいうように頬を赤らめて目を輝かせた。

「なんでしょう、ペンデニング夫人？」マディーは好奇心を抑えきれなかった。アガサが伝えようとしていることのほうがはるかに気をそそられるので、残りの議題は後回しでもかまわない。

ペンデニング夫人は椅子の上で腰をずらし、同じように興味津々に耳を傾けている委員会のほかの面々には目もくれず、片手で口を覆うようにしてマディーに向き直った。

「公爵様」ペンデニング夫人がひそひそ声で言う。「アッシュモア公爵がヘイヴン・コーヴに戻って来られたのよね」

「新しい公爵様よ」アガサの向こうに座っている委員会のメンバーが正した。

「ええ、もちろん、新しい方よ、ベス。先代は亡くなられたのだから」

委員たちはみな身を乗りだして、テニスの試合さながらに質問をぽんぽん投げ交わしはじめた。

「お姿を見たの？」

「どうしてこちらに？」

「どれくらい滞在されるの？」

好奇心に満ちた活気あふれるやりとりではあるものの、ほとんど返答は得られないものばかりのようだ。マディーは口をつぐみ、公爵とは知り合い――もうそう言ってもいいのよね？――であるのを打ち明けるべきかと思いめぐらせた。

けれどホッブズ夫人がいつものようにその浮ついたお喋りを遮って、目下の現実的な問題に関心を引き戻した。「なにより重要なのは、カーンワイスの嘆かわしい外観について何か策を講じてもらえるのかということでは？」

「ええ、カーンワイスの修繕のみならず、わたしたちにも検討できることがあるわ」リーヴ夫人はなお立ったままで、全員がそちらに目を向けた。「あのお屋敷は少し廃れているけれど、木々で隠すこともできるでしょう」問いかけるふうにマディーを見やった。「どうかしら？」

「何か考えてみま――」

「あるいは、蔓棚をずらりとこしらえて目隠ししてしまうとか」

マディーはうなずいたが、レイヴンウッド種苗園では庭園建造物の建築は行なっていないとは口に出さなかった。植物と木々を専門にしている。ただしそう遠くないところに、庭園の建築物を得意とする会社もある――ロングフォード・ファームズだ。

リーヴ夫人はテーブルに両手をついて身を乗りだした。目を輝かせ、熱っぽく低い声で言った。「王族のご訪問に公爵様にもお骨折りいただけないかしら。王女様をもてなしたり、カーンワイスにもっと大勢のお客様を呼び寄せたり。あの荘園屋敷でパーティを開いていただいてもいいわ。なにしろ名の通ったお屋敷ですもの。多くの人たちが訪れるでしょうから、王女様のご滞在中にその方々にも催しに出席したり、地元の店でみやげ物を買ったり、ホテルで食事したりしてもらうのよ」

「いずれについても公爵様に承諾してもらえるとは思えません」マディーはひそかな確信を込めて言った。「さほど社交的な方ではなさそうなので」

「公爵様と話したの？」ミス・ディクスンが興奮した面持ちで訊き、あいだにもうひとり座っているにもかかわず、隣席の若いご婦人越しに勢い込んで身を乗りだした。「どのような方なの？」

テーブルについている人々の熱烈な関心が手に取るように伝わってくる。息を凝らしているご婦人がたもいて、それ以外の人々も息を荒くしていた。あの公爵にみな関心を抱いている。必要に迫られてではない。もう何年もまえから老嬢を自認しているミス・メリックですら見るからにうっとりとした面持ちだ。

「どうなの、ミス・レイヴンウッド」ホッブズ夫人が返事を急かした。「あなたが新しいアッシュモア公爵について何かしらお喋りしてご婦人がたを納得させてあげなければ、この会議がまったく進まないのはあきらかだわ」

マディーは十二人の好奇心に満ちた視線をひしひしと感じた。自分が知っていることと、公爵がおそらく明かしてほしくないと思っているはずのことが忙しく頭をめぐった。

「たまたまお目にかかったのよ」何人の出席者が納得してくれるかはわからないが、これは真実だ。「カーンワイスへは休暇で来られたそうよ。休んで英気を養うために」ホテルのフロントに置いてあるパンフレットからの受け売りだけれど、公爵が話していた内容がちょうどうまく要約されていた。

「なんでまた休まなくてはならないんだ?」ミスター・ペレグリンが言葉を差し挟んだ。

「貴族とはそんなにくたびれるものなんだろうか?」

何人かのご婦人がくすくすと笑った。

「ロンドンで噂話の的となって逃げだして来られたのね」ホッブズ夫人がやや不自然なくらいに顎を上げて言った。「あるご令嬢に振られたそうよ。その理由がちょっと恐ろしげな殿方だからだとか。相当にいけ好かない方だとも聞いたわ」

マディーは我慢しきれずにぷっと噴いてしまい、それをとめる間もなく笑いがこみあげてきた。「それほどの悪人とは思えないわ」あの哀しげな琥珀色がかった瞳や、完璧な形の唇の両脇に薄く刻まれた笑い皺からしても。最近はたいしてその口元を緩ませてはいないのかもしれないけれど。

「噂どおりの美男子なの？」

「ええ」ほとんど無意識にため息まじりの声が出た。容姿については隠しようがない。彼を見れば誰もが同意してくれるだろう。

ミス・メリックが空咳をして、マディーの目を引いた。「すぐにもご結婚を望んでらっしゃるのかしら？」

「もちろん、そんな話はしていないので」

「独身の若き公爵様が、このヘイヴン・コーヴに。ああ、ほんとうに、なんてすてきなことなんでしょう」ミス・ディスクンが夢見心地の口ぶりで言った。「この絶好の機会をうまく生かさなければ。公爵様を競りにかけるなんてどう？」

しんと静まり返り、ミス・ディクスンは説明を加えた。「もちろん、ダンスをするということよ。その催しにコーンウォールの良家のみなさんをご招待する。もっと広くお呼びしてもいいわ。王族訪問委員会に寄付を募って、最高額を提示された方が公爵様とのダンスを勝ち取れるわけ」

「慈善行事の当たりくじ《ラッフル》みたい」ミス・メリックが的外れな喩えを挙げた。

「冗談でしょう」マディーは息苦しさを覚えてドレスの襟の内側を指でなぞった。胸がもやもやして、いらだちが火を放ち、頬を燃え立たせた。「あの方はわたしたちに競りにかけられたりダンスをさせられたりするためにいらしたのではないわ。ロンドンから離れて静かな二週間を過ごしたくてやって来た。滞在していることを知られるのをいやがっていたくらいだもの」

「それはまたどうして？」ミスター・ペレグリンが不満げに訊いた。

マディーはテーブルを囲んだ人々を身ぶりで示した。「きっとこうなるからよね。何かを頼まれ、求められ、期待される」いまなら公爵がどうしてひとりで過ごしたがっていたのかがマディーにも理解できた。ここなら彼に何かを求める領民も知人もいない。それでも、ヘイヴン・コーヴの人々はみな、公爵には自分たちのためにしてもらわなければいけないことがたっぷりあると考えているらしい。

「王族のご訪問に際して、最高位の貴族である地主なら、果たすべき役割があるだろう」

「王女と面識があるかもしれないし」委員会のほかのメンバーも強い口調であとに続いた。

「王女のご訪問についてはご存じだったのかしら？」ミス・メリックが尋ねた。「それで来られたのではないの？」

「まったくご存じなかったのよ」

ペレグリンがふんといらだたしげな息を吐いた。「王女が到着されるまえに、とっとと消える腹なのか」

「いいえ、そうはさせないわ」リーヴ夫人はすでに腰をおろしていたが、まっさらな紙の上で手にペンをかまえた。アッシュモア公爵にとっては寝耳に水だった王女のご訪問を成功させるため、果たしてもらわなければならないことを書きだそうとしているのはあきらかだ。「いてもらわなくては困るのよ。だからそうするよう説得しなければ」リーヴ夫人はマディーの目をしっかりと見据えた。「ご訪問の準備をお手伝いいただけないか、お尋ねした？」

「カーンワイスの修繕をお勧めしました」その結果、落胆させられて、屋敷をさっさとあとにしたことまで伝える必要はない。しかも公爵がそこにいるだけで心の平穏が乱される。それなのに、たまたま顔を合わせれば必ず頭がどうかしているのではと思うほど嬉しくなってしまうので、きょうも昼食をともにした。

あの男性について考えることはどれも支離滅裂で混乱している。

「あなたの陳情は快く受け入れてもらえたわけではないのね？」リーヴ夫人が鋭く指摘した。

出席者たちの眉が上がった。みな首を伸ばして、心待ち顔でマディーを見ていた。

「修繕を行なうつもりはないと」理由はどうあれ、公爵はカーンワイスに関心がないことを露わにしていた。「あの地所を維持するつもりはないようです」

「それなら、すぐにもわたしたちで買い手を見つけなければ」リーヴ夫人は自分のものでもない不動産の売却について、こともなげに宣言した。「そうすれば、あのお屋敷がかつての栄華を取り戻せるかもしれない」

　数人のご婦人がたは目をそらした。

　ヘイヴン・コーヴではカーンワイスへの誉め言葉を口にする者はほとんどいない。先代の公爵が生前にそこで行なっていたことのせいだけでなく、昔からずっとどこかが壊れているような館だったからだ。

「栄華はふさわしい表現とは思えないけれど」ホッブズ夫人がいぶかしげに言う。「先代の公爵は悪党だったし、今度のご当主はまるで役立たずのならず者ってところかしら」

「取り壊すおつもりかしら？」ミス・ディクスンは心配しているというより心から知りたがっている口調で問いかけた。

「言わせてもらえば、先代の公爵が戻ってきたほうがましだったかもな」ミスター・ペレグリンは腕組みをして向かいに座るご婦人がたと目を合わせ、それからリーヴ夫人のほうを見やった。「恥知らずな男だったかもしれないが、町に訪問者を呼び寄せた。金を落としてくれた。ヘイヴン・コーヴにとってはありがたい男だったわけだ。今度のろくでなしとは違って」

「ミスター・ペレグリン、先代の公爵は死んだのよ。もう戻って来ない」リーヴ夫人は子供に現実をわからせるのが自分の役目とばかりに辛抱強い口調で言葉を継いだ。「だからわたしたちが立ち向かわなければいけないのは新しい公爵様で、拒まれてもすんなり受け入れるわけにはいかないの。わたしが公爵様のところに伺いましょう」そう告げると、マディーに挑むような目を向けた。

生まれながらに二十六年間、培われてきたマディーの頑固な気性に火がついた。リーヴ夫人とはおおむねとてもうまくやってきた。王女のご訪問をヘイヴン・コーヴの歴史に残る出来事として成功させるという同じ目標を持っている。でも、リーヴ夫人はアッシュモア公爵を知らない。マディーは知っていた。

ある程度は。

「わたしがもう一度伺ってみるのが最善だと思うのですが」

「あなたはもう失敗したのよね」

失敗。マディーは奥歯を嚙みしめた。なんていやな言葉だろう。父亡きあと、失敗への不安が夏の嵐を呼ぶ雲みたいにずっと胸に垂れこめているように感じている。町の人々のひそひそ話も耳に入っていた。マディーがレイヴンウッド種苗園を果たして父親のように存続させていけるのかと、みな疑念を抱いている。

マディーには荷が重いだろうと考えているのはこのコーンウォールでイーライ・ロングフォードだけではない。

でも無理だと思われることにも挑むのがマディーらしさで、あきらめない頑固さも生まれながらの性分だ。

　マディーはいらだちを抑えた。おまえは感情に動かされやすいと父からよく言われていた。そうなのかもしれないけれど、いまはこれまで以上に冷静に頭を働かせなければいけない。

「もう一度伺えば、きっと説得できると思います。公爵はあの荘園屋敷の状態を把握できていないようにお見受けしました。これまでカーンワイスを訪れたことはなかったのですから」

「しかも気にかけてもいなかった」ミスター・ペレグリンは本心から新しいアッシュモア公爵が気に入らないようだ。

「これまで訪れなかった理由がどうあれ、公爵様には当委員会からの求めに応じなければならない理由もありません」マディーは一拍おいて、すぐにまた言葉を継いだ。「ですが、わたしは話し合える関係を築いています」

「その話し合いで公爵を説得することも可能だと？」リーヴ夫人は瞬きもせずにマディーを見つめた。

　ホテル経営者はどうしてこれほど自分にけんか腰の態度をとるのだろう？　敵対関係ではなかったのに。どちらの事業も王族のご訪問の成功に命運がかかっている。

「失敗しませんので」マディーは年上のリーヴ夫人の気をなだめようとしっかりと見返した。自分の場合には公爵からすでにまた訪問を歓迎すると言われているのだから、すぐにも実行できる。リーヴ夫人はそのような訪問の許しを得ていない。

「いいでしょう」ホテル経営者はうなずいて、マディーに笑いかけた。「あなたの判断を信じるわ、ミス・レイヴンウッド」

マディーは安堵の息をついた。委員会の代表者ふたりがほかの委員たちの前で言い争うのは避けたかった。全員に週一度の会議に出席してもらい、来たる一大行事のために協力して準備を進めるのはただでさえむずかしい。

リーヴ夫人が彼女らしくもなく何か考え込んでいる。それからまたマディーをまっすぐに見据えた。「ホテルにぜひいらしてくださるようにと公爵様にお伝えして。お部屋でくつろいだり、食堂でお食事を味わっていただきたいわ。テニスコートやプールを利用なさってもいいし」

リーヴ夫人のホテルはロンドンの一流ホテルにも負けない充実した施設を呼び物としている。夫人は亡き夫とともに購入した土地を最大限に生かし、出費を惜しまずにホテルの至るところを豪華に造り上げた。今回の一大行事を成功させるために、リーヴ夫人が公爵にも尽力してほしいと願うのはもっともなことだ。マディーはその心情を理解し、なおさら決意を新たにした。

「お伝えします。王女のご訪問に際してご尽力くださることの意義を公爵様にもきっとご理解いただけるはずですわ」

「期待しているわ、ミス・レイヴンウッド。では先へ進めましょうか」リーヴ夫人は王女のご訪問に向けて自身のホテルで進めている準備の経過を報告し、ほかの紳士淑女も次々とそれぞれの進捗状況を伝えた。

会議が終了すると、マディーは一刻も早く帰らなければと急いで部屋を出た。終業時刻までに種苗園で来客と会う約束をしていた。

ホテルは賑わっていて、玄関ホールまでたどり着けても正面玄関から出るのは思っていた以上に時間がかかりそうだった。広間の一角に立ちはだかるご婦人がたの群れをすり抜けようと試みたのち、マディーは大きなバルコニーを通り抜ける近道を選択した。そこには二人用と四人用の優雅な誂えのテーブルがいくつもあるが、バルコニーの端側は散歩やホテルからの海の絶景を楽しめる広い通路となっている。

マディーも海のほうを眺めずにはいられなかった。午後の陽光が注ぐ入り江の崖はひときわ美しい。

自然と歩を緩めた。バルコニーの遊歩道の端に立つ男性の人影が、明るい空を背景に浮かびあがっていた。男性はこちらに背を向け、入り江とその先に広がる海を眺めている。ちょうど反対側の崖にはカーンワイスの地所と崩れかけて廃れた屋敷の前面が見える。

肩幅の広さとウェーブのかかった艶《つや》やかな濃い色の髪は見間違えようがなかった。

アッシュモア公爵の視線は入り江の向かいのカーンワイスの光景に釘付けとなっている

ようだ。物事を自分の目で見なければ信用できない男性なのだろう。たしか前向きに考えると言っていたし。

納得してくれたのだろうか？

時計を確かめると、もう行かなければいけない時間だった。発注してくれる可能性のある来客と約束した時刻までに種苗園に着くには、割ける時間は何分もない。

それでも我慢できずにマディーは公爵のほうへ歩きだした。この男性にはいつもなぜか引き寄せられてしまうような気がする。

「納得していただけた？」歩み寄りながら静かに問いかけた。

公爵が振り返り、ほんの一瞬驚いたような表情をよぎらせた。それからすぐに笑みを浮かべた。いつの間にかずいぶんと気さくに笑顔を見せてくれるようになった。

「ひどい有様だ。王女が廃墟好きなら話はべつだが。あるいはゴシック建築の趣きがあると言えなくもないかな」

マディーは公爵と並んで立ち、ふたりの肘はあと十センチ足らずのところまで近づいた。

「カーンワイスがゴシック様式ですらなければ、廃墟というより目障りよね」

公爵は含み笑いを洩らし、黒っぽい眉を片方だけ吊り上げた。「自分と同じくらいあれを毛嫌いしている人物がいたとは新鮮な驚きだ」

「あら、わたしは毛嫌いしているわけではないわ。あのお屋敷のことはまだそれほどよく知らないのだから、決めつけるのは失礼だもの」

「すでに目にしたところだけではまだ足りないと？」

「ええ」マディーはカーンワイスの正面玄関の艶めかしい彫刻画、ちらりと覗き見えた玄関広間の壁画、放置された庭園のほとんど布をまとっていない女神たちの彫像を思い起こした。「想像していたとおりだったというだけ。色鮮やかで華やかなものは好きだし」

公爵は入り江の景色からマディーのほうに向き直った。あの屋敷をどれほど嫌っているのか辛辣な言葉を返されるのかと思ったのに、いたってのんびりとしたそぶりだ。会うごとに公爵はどんどん気さくになっているように見える。

「それなら、きみがバラを取りに来たときに、もっと詳しく屋敷を案内しよう」

「ぜひそうしていただけたら――」

マディーはミス・ディクスンの声を耳にして凍りついた。さらにそれに答えるミス・メリックの声も聞こえてきた。ふたりは遊歩道をのんびりとこちらに向かって歩いてくる。

「どうしたんだ？」公爵が気遣わしげにマディーの腕にすっと手をかけた。

「右手側からご婦人がたがこちらに来るわ。わたしと一緒にいるところを見られたら、たぶんあなたがアッシュモア公爵だと気づかれてしまう」

公爵はマディーの頭越しにご婦人がたの姿を直接確かめてから、一歩遠ざかった。「ここで気づかれるのは避けたいところだが、そう長く隠れてもいられないだろう」眉根を寄せて顔をしかめ、また向き直った。「それともきみも私といるのを見られては評判に傷がつくと心配しているのか？」声を落とした。「ヘイヴン・コーヴでのきみの名声を危うくするようなことはしたくない。評判がいかに大切なものかは身に染みている」

ほんとうに自分のことを案じてくれているような公爵のそぶりにマディーは心を動かされた。

「いいえ、言ったでしょう。誰も、わたしのことは地元の事業主の老嬢としか思っていないのよ」

「そうだとしたら、きみが紳士と話している姿は奇妙に見えるということか？」

「あなたはふつうの紳士にはとても見えない」

マディーは近づいてくる委員会のメンバーたちとは反対方向へ公爵を押しやりたい気持ちをこらえた。「わたしにあなたを紹介させたくなければ、もう行って」

「訪問してくれるんだよな？　晩餐を用意しておく。じつのところ、料理人が一人を相手にするよりもっと多くの人に腕前を披露したくてうずうずしているんだ」

カーンワイスでの晩餐。公爵様との晩餐会に招待されるなんて、マディーは想像したこともなかった。お招きにあずかりたい気持ちはあっても、ミス・メリックとミス・ディクスンがどんどん迫ってくるのを感じていた。耳に届く会話の声がしだいに大きくなり、当然のごとくふたりは新しい公爵を話題にしている。

「種苗園で来客と会う約束があるの」マディーはちらりと目を向けて言った。

「ロンドンでの私より忙しそうだな。妹がきみと知り合ったら、休暇に送りだされてしまうぞ」

マディーは気が気ではなく答えられなかった。

「ミス・レイヴンウッド、もう帰られたのかと思ってたわ」ミス・メリックがこちらに目を留めて呼びかけてきた。

「すぐに来てくれ」公爵がすっとそばに来て、マディーは彼の熱い吐息を耳に感じたけれど、顔を振り向けたときにはもうその姿は消えていた。

ご婦人がたに手を振った。「ごめんなさい、もう仕事に戻らないと」そそくさと反対方向へ歩きだし、マディーがバルコニーの端までたどり着いてもまだご婦人がたの話し声は響きわたっていた。

ホテルの玄関口で公爵が待っていてくれるのではと淡い期待を抱いたけれど、そこに彼の姿はなく、自分の愚かしさにマディーは気が沈んだ。

出口へと向かうあいだにミス・メリックが自分の名を口にする声が耳に届いた。

「あの紳士はミス・レイヴンウッドに言い寄っていたのかしら？」

「たぶん、彼女の事業のお客様でしょう」

マディーは足を速めてホテルをあとにした。噂話に聞き耳を立てている暇はない。

アッシュモア公爵――ご婦人がたはその正体をまだ知らないわけだけれど――がわたしに言い寄っていたですって？　マディーはくすっと笑った。なんて的外れなばかばかしい憶測だろう。ありえないことだ。

それなのにふと、そんなことが現実になればと想像せずにはいられなかった。

11

そこに滞在しながら当の屋敷を避けつづけるのはむずかしくなるいっぽうだった。

ウィルは寝室にしている来客用のひと部屋にばかり閉じこもっていたくないので、なるべく戸外へ出るようにしていた。だが雲ひとつない青空だろうと、嵐が吹き寄せる暗雲に覆われていても、つねに海風は吹いている。

髪はもつれ、肌は叩きまくられ、手はかじかんで、それでも曇り空の下で突風に耐えながらできるだけ長く座りつづける。晴れた日の風のほうがはるかにましだ。きょうは夜明けから夢のような青空が広がり、ウィルは海辺へ散歩に行けるものと期待したのだが、目覚めのコーヒーに口をつけるより早く煤のような灰色の雲が垂れこめはじめた。

ため息をつき、スケッチ道具を手にして、いつも朝食が用意されている食堂へ向かった。

カーンワイスに来てから芸術に没頭するのがすっかり逃げ場になっていた。これを芸術と呼べればだが。子供の頃はよくスケッチをしたし、大学時代も建築を真剣に学ぶ傍ら、画家の真似事もしていたが、指導教官たちから公爵家の跡取りには励む価値のないことだと咎められて、やめてしまった。以来いっさい描いていなかったのだが、この屋敷をかつて訪れた誰かが残していったスケッチブックと鉛筆を見つけて、数日のうちに半分のページを絵で満たしていた。雲、入り江の対岸のホテル、崖から浜辺へくだる道、美しい景色には絵心を掻き立てられる。

だがそれ以外にも描きたい気持ちをそそられたものがある。

ほかの人々と同じように自分をいらだたしい人物だと思っているに違いない愛らしいミス・レイヴンウッドも画用紙に描きだされていた。

まだ片手で数えられるほどしか会っていないが、細かなところまでウィルはマデリンについて記憶していた。必ずピンから少しだけほつれて顔にかかっているように思われる巻き毛。顎の真ん中の小さなくぼみ。それにあの瞳。どんなに晴れ渡ったコーンウォールの青空でも、彼女の瞳の青さには及ばない。

毎日、ウィルはマデリンを探しに出かけようかと逡巡している。ホテルで出くわしてから三日が経っていた。週末にバラを取りに来ると言っていたはずだが、きょうは日曜日だ。ふだんは忍耐強い男でも、コーンウォールで彼女に会えずに過ぎていく日々はすでに想像がついていたこととはいえ侘しかった。

それにミス・レイヴンウッドと過ごしたいと願う自分を誰が責められるだろう？ なにしろこのコーンウォールでの知り合いと言えば、カーンワイスの使用人を除けば彼女しかいない。いや、ほんとうにそうだろうか？ 執事によれば、レディ・トレンメアの別宅はカーンワイスからさほど遠くないところにあるという。とはいえ、今後あの伯爵未亡人と会う機会など訪れるのだろうか。婚約が破棄された晩以来、顔を合わせていない。

使用人が用意してくれていた盆から釣鐘型の銀蓋を持ち上げると、ポーチドエッグと燻製ニシンが現れ、その匂いに胸がむかついた。さいわいにもまだ沸かし器にコーヒーが入っていたので、ウィルは気慰《なぐさ》めにコーヒーをもう一杯飲んだ。

それから、変わりやすい天候を確かめに窓辺へ歩いていく。そこへたどり着くまでのあいだにある燭台は女性のくびれた肢体が金箔で象《かたど》られ、船の帆柱並みに壁から突きだしていた。ウィルが脇をかすめたせいでその壁付き燭台が傾き、片方の枝が自然崩落の目撃者を待ちわびていたとでもいうように折れた。

ウィルは唸り声を洩らした。この屋敷には修繕が必要なことを日々思い知らされている。毎朝目覚めれば、来客用の寝室の天井でフラスコ画を振り動かしているのではと思うほどベッド脇のテーブルに漆喰の屑を見つける。ミスター・ブライによれば、先代の公爵に何度も天井の塗装や修復を進言したが、聞き入れてはもらえなかったという。どうやら父は友人や悪行仲間たちにこの屋敷を好き勝手に使わせて、放蕩パーティによる損壊も適切に修復していなかったようだ。さらにコーンウォールを何度も襲った猛烈な嵐で、外観も打撃を受けていた。風が吹くたび屋敷の東側がぎしぎしと音を立て、ウィルはミス・レイヴンウッドに指摘された朽ちかけた石壁を思い起こし、屋敷の片側が崩壊するのではないかと不安を覚えた。

屋敷のどこかから哀れっぽい音が響いてくる。

風が壁のあちこちの穴を吹き抜けているのはまず間違いない。

コーヒーをもうひと口飲んで気を取り直し、べつのことを考えようとした。そろそろミス・レイヴンウッドの種苗園を訪ねてもよい頃だろう。

するとまたも物音が聞こえた。さらに大きく長く続いた。

「いまのは聞こえたか？」ウィルは食堂のあけ放したドア口へ歩いていき、銀盆を手に廊下を通りかかった若いメイドに声をかけた。

メイドはくるりと振り返り、不安げに目を大きく見開いた。「何をでございますか、旦那様？」

ウィルは指を立てた。「あれだ。あの音」くぐもっているが、たしかに聞こえる。「泣き声のような、それも咽び泣きにも聞こえる。誰かが嘆き悲しんでいるみたいだ。使用人の誰かが病気にかかったのか？」

「そのようなことは聞いておりませんが」

ウィルはメイドの言葉が信じられなかった。見咎められるのを恐れるように話すときに視線をそらしている。ウィルは食堂を出て、音が聞こえてくるほうへ歩きだした。音がいったんやみ、ウィルも足をとめ、また聞こえてくるのを待った。

屋敷の奥のほうからハスケル夫人の声が響きわたった。愉快そうな声ではなく、言葉までは聞きとれない。ウィルがさらに廊下を進みだすと、またもあの音が聞こえた。いっそう動物の哀れっぽい鳴き声に近づいている。

恐ろしい想像が頭をめぐった。ロンドンの富裕層には来客を驚かせ、楽しませるために野獣をペットとして飼っている人々がいると聞いている。父は家族にペットを飼うことをけっして許さなかったが——手も金もかかるわりに見返りはほとんどないというのが理由だ——余興の小道具として生き物を使うのはじゅうぶん考えられる。

誰にも知らされないまま珍獣まで受け継がされてしまったのだろうか？

廊下の突き当たりに近い部屋から家政婦が出てきて、その後ろでばたんとドアが閉まった。ハスケル夫人はウィルを目にしてぎくりとしたようだった。

「旦那様、朝食がお気に召されませんでしたでしょうか？」

「朝食はどうでもいい。なんの音なのかを確かめに来た。聞こえただろう？　動物の鳴き声のようなものを」

「いいえ」家政婦はゆっくりと首を振り、いかにも真剣に心当たりを探しているふうに口元をゆがめた。「そのような動物はおりませんもの」

鳴き声らしきものがまた聞こえた。さらに大きくなって、どうやら家政婦の背後の部屋から聞こえてくるようだ。

ウィルは年嵩の婦人をじろりと見たが、家政婦は押し黙っている。

「その部屋に何がいるんだ、ハスケル夫人？」

「その部屋？　あなた様のお父上が舞踏場として使っておられた部屋です。ですが、わたしどもは……」大きく息を吸い込み、背筋をぴんと伸ばして続けた。「倉庫として使っております、旦那様」

「倉庫？　どうしてまた舞踏場を？」

「使い勝手がよいからではと」

「見せてくれ」

家政婦は思い直してくれるのを待つようにひとしきり黙ってウィルを見つめてから、ようやく脇に退いてその部屋の錠前をはずした。

「どうぞご覧ください、旦那様」

ウィルはドア口をまたいですぐにくしゃみをしたくてたまらなくなった。「なんだこれは」

「時とともにこうなりました」ハスケル夫人が力ない声で答えた。「ひとつ、またひとつと」

天井の高い部屋に家具調度が乱雑に詰め込まれていた。戦場の防壁のごとく積み上がっている。埃だらけの傾いた防塞だ。ソファの上には椅子が重ねられている。水没して引き上げられたかのように背がたわんだ書棚に立て掛けられているのは、脚が一本折れた机だ。そもそも、この部屋全体がかび臭い。

「天井から雨漏りしているのか？」

「いえ、ここでは」

ウィルは家政婦に片方の眉を吊り上げた。いまの返答からすれば、ほかには雨漏りをしている部屋があるということだ。屋敷の海側の損傷はすでに目にしている。ここでは驚くほどの頻度で雨が降るのだから、そのぶん内側にも染み込んでいるはずだ。

「それにしても家具を入れておくには不似合いな場所だな」ウィルは数歩進んで見上げ、そこから全体に目を走らせ、埃と土と黴びた衣類の混じり合った臭気に顔をしかめた。

「何かが壊れると、ここに入れるんです」家政婦は言葉を選ぶようにゆっくりと説明した。「いつかちゃんと片づけなければと思いながら。でも半年も経たずにまた激しい嵐がきて、東側の窓が壊れて、家具がほとんど濡れてしまって。窓が修復されるまで、ここで乾かしておこうと思ったんです」

ウィルは屋敷の東側の部屋にはほとんどまだ足を踏み入れていなかった。屋敷のなかを見てまわることにはまるで気が進まず、毎晩寝ている来客用の部屋のなかか、裏手のテラスや放置された庭園といった戸外で過ごしていた。

後ろめたさが砂袋を肩にかついだようにずっしり重くのしかかってきた。父の振る舞いを嫌悪し、この屋敷を放蕩暮らしの殿堂と見ていようとも、爵位を継いだ瞬間からもう自分が責任を負うべきものとなっていた。気に入らないものは見て見ぬふりをするのは父のやり口で、ウィルはそうならないと昔から誓ってきたはずだった。

だがあの日テラスでマデリンに言われたとおりだ。貴族は雇用した人々に対して責任がある。それなのに自分も父も、カーンワイスの使用人たちを崩れかけた荘園屋敷に住まわせつづけてきたわけだ。

「窓を修理してからもなぜ家具を戻さなかったんだ？」

家政婦は首をすくめ、顔色を窺うように見やった。「窓はすべて修理されたわけではないんです。費用が出せなかったので、旦那様」

ウィルは眉をひそめた。「屋敷の維持費は送金されていたのではないのか？」

父の各地にある享楽の隠れ家について対処を後回しにしてきたのは自分に非があると認めざるをえないが、ロンドンの土地管理人に必要な資金を送るようにと指示していた。

「旦那様、維持費で修繕費までは賄えませんので」家政婦はドレスのベルトにピンで留めた鍵束をいじりながら視線をまた落としたが、ウィルがその先を尋ねるまえに、新たな音が聞こえてきた。先ほどまでの鳴き声よりも、小さくて静かな弱々しい声だ。

「猫か？」壊れて使い物にならなくなった家具の隙間で猫を飼ってるのか？

「ハスケル夫人、ミルクを持ってきました」ケイトが舞踏場に入ってきて、ドア口でぴたりと足をとめた。「まあ、こちらにいらっしゃるとは……」

ミャオ。ウィルが視線を落とすと、ブーツの足もとで仔猫がこちらを見上げ、ズボンに身をすり寄せてきた。それから埃っぽい物陰からもう一匹、さらに二匹、そして五匹目も姿を現した。最後に出てきた仔猫はほかのよりも小さく、足どりもたよりなげだ。

「仔猫の溜まり場なのか」ウィルは皮肉めかして言った。一匹はくつろぐのにぴったりの場所を見つけたとばかりに足もとに座り込んでいる。

「床の穴から母猫が入ってきたんです」

ウィルは顔をゆがめた。「床にはどれくらい穴があいているんだ？」

「猫が通れるのはひとつだけですわ」ケイトが愉快げに言う。

「それならよかった」ウィルは積み重なった家具を眺めてから、しゃがんでオレンジと白い毛の交じった仔猫を拾い上げた。興味深そうにこちらを見ているが、しっかりとつかまれて安心しているようだ。「どうして私から隠し通そうとしていたんだ？」

ハスケル夫人がちらっとケイトを一瞥して答えた。「こちらに滞在なさるのは短いあいだと伺ったので、お気を煩わせないようにと思いまして」家政婦は仔猫が前脚で公爵の顎を蹴ったのを見て表情をやわらげた。「先代の公爵様は動物を好まれず、屋敷のなかに入れるなどもってのほかでしたけれど、その点は似てらっしゃらないのですね」

「そうとも」ウィルはきっぱりと言いきった。

子供のときにはみな一度はペットを手に入れたいと願うものだ。ウィルは犬を飼いたかった。コーラはオウムを欲しがっていた。いちばん粘り強く食いさがったのがデイジーで、仔猫を飼いたがっていた。いま足もとで寄り集まって鳴いている仔猫たちを見たら、妹はさぞ可愛がっただろう。

　ウィルは父については考えないようにして、あんなふうにはなるまいと努力してきた。だが責任と義務から逃れたがるのがその父の顕著な特質で、結局は自分もこのカーンワイスに同じことをしていたのではないのか？

「もっと安全な場所に移したほうがいいな」山積みの家具のそばでは、控えめに言っても危険だ。

「厨房のそばにサンルームがあります。そちらに移してはいかがでしょう、旦那様」

「うってつけではないか」

「そうでございますよね」ハスケル夫人はぱっと目を輝かせ、うなずいて、打ちふるえるような笑みを浮かべた。「さっそくこの子たちの場所を用意します。ありがとうございます、旦那様」

　何か承諾したくらいでこれほどに驚かれてしまうとは、どれほど恐ろしい男だと思われていることやら。

「まあ、ほんとうにきれい」マディーは足早に温室に入っていき、上等なドレスを汚れた机や園芸用具に擦らせないように気をつけながらしゃがんで、ヴィクトリアと名づけたバラをつくづく眺めた。咲きほころんだ花びらの外側へいくにつれピーチ色から艶やかな珊瑚色に深まっていく美しい色彩のバラだ。母の黄金色のオールドローズに赤いティーローズを交配させて生みだした。

国家君主から名前をとるのはおこがましいのではとだいぶ悩みもしたが、ビアトリス王女のご息女の名前でもあるので、王女に今回のご訪問にちなんで誕生させた特別な花なのだと知ってほしかった。品評会で一等に選ばれなかったとしても、せめて王女の目に留まればいいのだけれど。

ハイブリッド・ティーローズの品種は一八六七年にフランスで最初に生みだされて以来、庭師やバラの愛好者たちのあいだできわめて高い人気を誇ってきた。丈夫で独特な色彩の品種がまた誕生したとなれば、評判を呼び、国じゅうの種苗園や庭師からたくさんの注文を得られるかもしれない。しかもそのバラが王女に気に入られたとなれば、きっとまぎれもない成功を手にできるだろう。マディーは庭園や種苗園が様々に交配したバラが紹介されている雑誌を収集していた。そこに〝ビアトリス王女がコーンウォール来訪時に気に入られた〟バラとして掲載される日が待ち遠しい。

「やはりこちらにいらしたんですね」アリスに温室の扉口から呼びかけられ、マディーは物思いからはっとわれに返った。「書付が届いています。リーヴ夫人からあなた宛てに」

マディーは身を硬くした。きょうは公爵の邸宅を訪問する日だ。まさかホテル経営者の婦人に先を越されてしまったのだろうか？　リーヴ夫人から信頼されていないのかもしれないと感じたのは初めてのことで、マディーは心苦しかった。どうにかしてお互いへの疑念を取り払いたい。

「どんなお知らせかしら？」マディーは園芸用の手袋をつけてバラの鉢植えを手にしていた。もう少し日光が必要なので、温室の壁ぎわへ移しておこう。

アリスが書付の紙を広げて、文面に目を通し、きゅっと片方の眉を上げてマディーを見やった。「まるで暗号文みたいなのですが、あなたならきっとおわかりになりますよね。こう書かれています。『当ホテルにご滞在くだされば、お名前をスイートルームに付けさせていただきますとお伝えして。貴賓をお迎えした際にはそのように最大限の敬意を表しているので』」

「ありがとう、アリス。アッシュモア公爵のことなのよ」

「きょう、会いに行かれるのですね？」

マディーは肩越しにちらりと目を向けた。「どうして知ってるの？」

アリスはにっこりと顔をほころばせた。「これまでいちばんすてきなドレスをお召しになっているから」

「古いものよ」マディーは言い返したものの、じつのところ手持ちの上等なドレスはどれも古かった。業績が好調だった頃に、両親――とりわけ母――が淑女のための学院への入学や、町の若い紳士との今後の縁談に備えて、マディーに仕立ててくれたものだからだ。

「すてき。青がよくお似合いですわ。ちょっと濃いだけであなたの瞳と同じ色ですもの」

マディーは日の当たる机にバラの鉢植えを移して、手袋を脱いだ。手の甲を頬にあてると案の定、燃えているように熱い。朝からずっとやたら気が高ぶっているけれど、アリスに褒められて、よけいに不安を煽られた。それになんだか自分が少し滑稽にも感じられる。上等なドレスを選んだうえに、髪も念入りに整えているなんて。

「あの方を説得しなくてはいけないから、自信を持ってお会いできるようにと思ったの」

きょうはもともとバラを引き取りに行くつもりだったのに、委員会の会議のせいで用向きが変わってしまった。私的な心配事はさておき、王族の来訪に関わる問題を解決しなくてはいけない。

「自信をお持ちください。あなたはヘイヴン・コーヴの先導者なのですから」

「先導者などではないわ」

アリスが愉快げに目をきらめかせ、くすっと小さく笑った。「あなたは王族訪問委員会の代表者で――」

「共同代表者よ」その筆頭者はリーヴ夫人のほうだとマディーは心得ている。

「それにヘイヴン・コーヴの園芸協会の創設メンバーで、歴史協会の会計責任者で、婦人図書館協議会の議長でもある」アリスは大きく息を吸い込んで、笑い声を立てた。「もう、これだけ挙げただけで息切れしちゃう」

マディーは苦笑して返すことしかできなかった。ずいぶんと引き受けてしまったものだけれど、これでもうじゅうぶんだとも思えない。もっと達成感を得られるものがあるはずだ。まだ見つけられていないだけで。「忙しいわね」

「ええ、しかもすべてしっかりと務められていますが」

「それはどうかしら」認めたくないくらいに疲れているし、最近は公爵に気を煩わされているせいで眠れない夜があまりに多い。もうずいぶんと長く、ただのんびりとする一日を過ごせていない。

「ご自分ではお認めにならなくても、あなたはほんとうに有能な方です」アリスはリーヴ夫人からの書付を差しだした。「きっとたちまち思いのままに公爵様に膝をつかせてしまうことでしょう」

マディーは息を詰まらせて、咳をしてごまかし、書付を受けとった。アッシュモア公爵が目の前で片膝をついた姿がありありと頭に浮かび、頰から爪先まで全身に熱さがめぐった。

ポニーに牽かせた馬車でカーンワイスへ向かうあいだにも、そのとんでもなく場違いな想像がまたよみがえった。足どりがやけに遅いので、マディーは牝馬を急き立てた。公爵から同意を得られさえすれば、この落ち着かない胸の奥のふるえもきっと治まるだろう。

太陽が照り輝いて、カーンワイスの外観のまぎれもなく麗しいところを引き立てていた。

上階のダイヤモンド形の窓ガラスが午後の陽射しを受けてきらめいている。

マディーは前回訪ねたときと同じように拒まれても足を踏み入れる覚悟で玄関扉に歩み寄った。

ところが拒まれはしなかった。そもそも、彫刻が施された大きな扉はわずかに開いていた。隙間から覗き込むと、大理石の長い廊下の先で慌ただしく動く人影が見えた。思いきって足を踏み入れた。

「こんにちは」

メイドが廊下の奥の部屋から出てきて、入れ違いにまたべつのメイドが部屋のなかへ消えた。入っていったメイドが出てきたメイドに呼びかけた。

「ケイト、もっとミルクが要りそうよ」

マディーは廊下を歩きだし、階下へ通じる階段の脇のドアから出てきた従僕とぶつかりかけた。従僕は両手いっぱいにシーツをかかえ、マディーと衝突寸前で足をとめた。

「失礼いたしました」従僕は慌てて言い、すぐにまた先ほどメイドが入っていった部屋へと向かった。

「アッシュモア公爵様を探しているのですが」マディーは即座に言ったが、若い従僕は先を急ぐので精一杯のようだった。

みなどうしてこれほどばたばたしているのだろう？　マディーは一つひとつ部屋を覗き

込みながら廊下を進んだが、公爵の姿はどこにも見当たらなかった。

「いたたっ！」

短い叫び声は聞き憶えのある男性のもので、この屋敷で起きている何らかの緊急事態の中心地と見られる部屋から発せられたようだ。

「ちび助め」やさしげな深みのある声だ。

ドア口のそばまで来ると、ケイトが小さなおくるみを抱いて出てきた。

「あら」ケイトはマディーに気づいて声を発した。「こんにちは、ミス・レイヴンウッド。公爵様は舞踏場におられるわ」出てきたばかりの部屋のほうへちょこっと頭を傾けた。

マディーはドア口から足を踏み入れ、息を呑んだ。捨て置かれたような家具が部屋じゅうに山のように積み上げられていた。

それから、自分が会いに来た相手を目にした。公爵は部屋の片隅にしゃがみ込んでいる。人の気配を感じたらしくドア口を振り返ると、その膝から小さな虎縞の仔猫が滑り落ちた。

「来てくれたのか」優雅な身ごなしで立ちあがった公爵の片腕には白い仔猫が抱きかかえられていた。「仔猫にご関心は？」

マディーはくすりと笑って、しゃがんで、よたよたと近づいてきたオレンジと白い毛の交じった仔猫を受けとめた。

「ご覧のとおり、手に余るほどいる」公爵が埃っぽい舞踏場をこちらに歩いてくると、マディーは立ちあがって、その胸に抱かれている仔猫をそっと撫でた。

「この舞踏場はいったいどうしてしまったの。それにどうしてここに仔猫ちゃんたちが？」

公爵はしばしじっとマディーの顔を見つめてから、口を開いた。「どうやら使用人たちはこの事態を私に隠し通そうとしていたらしい。母猫がいつの間にか入り込んでいたんだ」

「戸外より暖かいものね。それにここなら手出しされる心配もなさそうだし」

「メイドたちがこの猫たちを見つけたのが今朝で、私もこの部屋の惨状を知ることとなった」

「大変な収蔵物《コレクション》よね」

ウィルはシャツの袖から小さな脚を慎重に引き離させて仔猫をよこした。前回マディーが訪問したときと同じ装いで、ゆったりとしたドレスシャツのボタンは首まで留めず、クラヴァットをしていないし、ベストのボタンも半分はずれている。

マディーはとたんに自分の上等なドレス姿がかしこまり過ぎているように思えた。

公爵が視線に気づいて、困ったように眉根を寄せた。「無礼を許してほしい。今朝は散歩をしていて、きみが来るまでには着替えようと思っていたんだ」

「海賊みたいなのもいいと思うけど」

公爵は口元にちらっと皮肉っぽい笑みを浮かべた。「どうせなら剣と眼帯も手に入れて完璧にしなければ」

マディーは公爵が船の甲板を歩く姿を想像して微笑んだ。ええ、とっても似合いそう。「ここはひどく埃っぽい。居間に移ろう」廊下の向かい側の部屋を手ぶりで示し、マディーに先に入るよう促した。

公爵が華美な部屋の家具調度を見渡し、金色のビロード張りの椅子を身ぶりで勧めて言った。「座ろう」マディーのほうを振り返って付け加える。「公的な用件で来たのだよな」

「バラを引き取りに来るつもりだったんだけど、こちらのほうが重要な用件だと思うのよ。それに、わたしの提案を聞きたいとおっしゃってくださったでしょう」マディーは公爵がそれまでの気さくな空気を切り替えようとしているのを察して、急にどうしたのだろうと思った。とりあえず椅子に腰をおろし、お喋りを楽しみに来たわけではないのだからと気を取り直す。

公爵も席についたが、毛足の長いビロード張りの椅子にほんの浅く腰かけた。「まいったな、またも一覧表をお持ちくださったのかな？」ポケットから折りたたんだ筆記用紙を取りだしたマディーに問いかけた。

「きちんと整理しておきたい質《たち》なの」膝に心地よさそうに座っている仔猫を撫でて、またうとうととさせてから、あらためて説明した。「ほんとうよ。これはお願いしたいことの一覧表ではないわ。わたしが備忘録として書きだしただけ」

「つまり、それほどたくさんあると」

「気に入っていただけるものもあるはずよ」

公爵はウェーブのかかった黒っぽい髪を片手で掻き上げた。「念のため、この屋敷を何箇所か修繕することはすでに決めた」

マディーはその言葉にごくりと唾を飲み込んだ。ほんとうに聞き入れてくれたわけ？

「まずはあの舞踏場に山積みに捨て置かれている家具をなんとかしなければだものね？」

マディーは冗談めかして言ってから、調子に乗りすぎただろうかと不安を覚えた。いわば花が咲くまえの球根を数え上げるのは気が早い。それでも、また公爵にちらっと苦笑してもらえたらとも期待した。

でも、公爵は微笑んではくれなかった。顎をこわばらせ、真剣な目つきに変わった。

「着手するには妥当な場所だな。窓の修繕も必要だし、天井の漆喰も塗り直さなければいけないし、舞踏場の床には少なくとも穴がひとつはあいている」

「ほんとうに、このお屋敷の修繕を決意されたの？」

「ああ、きみに言われたとおり、私の義務だ」

マディーは公爵の目に誠意を見てとり、気分が高揚して自分の鼓動が耳に大きく響いてきた。これならきっとうまくいく。

「修繕の仕方とか、せめて王女様が訪問されるまでに東側の外観を隠せるように、いくつか提案事項を書いてきたの。背の高い鉢植えの灌木や木々で覆う手もあるわ。あとは、格子状の蔓棚を建てて、うちの種苗園で育てている蔓植物で飾りつけてもいいし」

公爵はしっかりと話を聞き終えてから、揺るぎない眼差しを向けた。「私がまず優先したいのは屋敷内の安全の確保だ。損傷部分を修繕しなければ」部屋のなかにすばやく視線をぐるりと走らせてから、マディーに目を戻す。「いまだ私にとってはここのどこも見る気がしない。だが彼らがいる」公爵は居間のドア口のほうに顎をしゃくった。「父は壊れた家具が積み上がったようなところで彼らを働かせていた。そして私もこの地所の管理者としてこれまで何もしていなかった」

マディーの目には公爵の幅広の肩が後ろめたさと疲れから前かがみになっているようにすら見えた。それもただカーンワイスのためだけではない。「あなたには大変な気苦労がある」

「むろん義務を果たす能力があることは請け合う」公爵は気を悪くしたのかもしれない。すぐに背を起こして椅子に座り直したが、このように大柄な男性向けに作られた椅子ではないので、長い脚の膝が見るからに高くなっている。肘掛けの端に両手をのせた姿は王座に就いた君主のようだ。

「わたしは何も判断する立場にはないわ。観察するだけのことで」

「きみは若いながらもきわめて観察力に優れたご婦人だ。出会ったときからそうだっただろう？　ヤシの木の陰から私を観察していた」

「あなたを見ていたのではないわ」

「そうなのか。でも、私はきみを見ていた」公爵は笑みを浮かべて、ふうと息を吐いた。

「じつを言うと、舞踏場を直したら、舞踏会を開けと言われるのではないかと恐れている」

マディーはつい目を瞠ってしまったらしく、公爵がぎょっとした顔になった。

「ああ、まさか。頼むからその一覧表に書いてあるなんて言わないでくれ」

「ほかにも選択肢はあるわ」

「すばらしい」

「あなたが舞踏会を開くか――」

「論外だ」

「あとは……ホテルでダンスに参加するか」

「舞踏会がどれほど嫌いかはとうてい言い表せないくらいだ」全身で怖気を表現しながらも、うなずいた。「だがもしそれで舞踏会を開かなくてすむのなら、ダンスに参加することも考えてみよう」公爵は手のひらを巻き上げるようにして先を促した。「ほかには？」

「あのホテルの経営者、リーヴ夫人があなたに催しで王女様をもてなしてほしいと望んでいるの。たとえば、少人数での昼食会とか――」

「王族の来訪までここにいるつもりはない」

「それもここに書いてきたわ。王女様がご来訪されるまでこちらにとどまってほしいのよ」

「ロンドンでやらなければならないことが山ほどある」

「休暇は二週間の予定だとおっしゃってたわよね。王女様はその期間内に来られるわ」

「ほかには？」

「そうね、では簡単なことから片づけましょう。お屋敷の崩れかけているところをどうやって見えないようにするのか。うちの種苗園で育てているシカモアの鉢植えなら、海側の壁の損傷を見栄えよく隠せるはずよ」

「それで王女やホテルでの催しに訪れる人々すべてを満足させられるくらい、美しくなるんだろうか？」

「わたしがそうなるようにする。それに、わたしたちはいろいろな催しを計画しているから、王女様もほかのみなさんもとても忙しくなるはずよ。王女様がカーンワイスのほうをご覧になったとしても、まず目が向くのは海でしょうし」

「それでも、私に王女を昼食会にご招待しろと？」

「ホテルで王女様をもてなしてくだされればいいの。特別にお部屋を設けてくださるそうだから」

公爵は椅子の肘掛けをとんとんと指で打った。「それはできれば避けたいが、そのほかのことについては承知した」

「そうなの？」マディーの胸は小躍りしていた。「ほんとうに？　すばらしいわ」興奮のあまり一覧表を取り落としてしまい、仔猫がそこに飛び乗った。

「ただし……」公爵がそこまで言って口をつぐんだ。

マディーは公爵へ視線を上げるなり、安堵で舞い上がった心がいっきに突き落とされたように感じられた。公爵がじっとこちらを見ている。思慮深げに。じっくりと。そのうちにマディーは自分の考えを見透かされているかのように思えてきた。

「私からも頼みたいことがある」

マディーには予想外の言葉だったが、不合理なことでもなかった。とはいえ、かの公爵様からヘイヴン・コーヴの住人たちに何を望むというのか見当もつかない。

公爵は目をそらし、思案げに顎の下で両手の指を合わせた。

「私はここに休暇で来た。妹の言葉を借りれば……楽しむためにだ」言い慣れないだけでなく、声に出すのもいらだたしい言葉だとでもいう口ぶりだ。「そこで、この土地に精通しているはずのきみに、興味深い場所を案内してはもらえないだろうか。私でも楽しめそうなことがあるといいんだが」

公爵はいたって大真面目に案内役を頼んでいる。マディーは男性からこんなふうに全幅の信頼を抱いてもらえたのは初めてだった。

「楽しめそうなこと」自然と破廉恥なことへ考えがめぐった。ちょっぴり想像する程度とはいいえ好奇心をそそられていることを彼とできたとしたら。この男性に抱き寄せられるのはどんな感じなのだろう？　気難しげに口角を下げていてもたまにどきりとさせられる笑みを浮かべるあの唇とキスをしたとしたら？

「無理な頼みだろうか？」

「いいえ」思いのほか息苦しそうな声になった。「そんなことないわ。案内場所の候補なら、一覧表にしてさしあげられるくらいあるから」

「そうだとしても、できれば話して聞かせてほしい」

「いちばん手っ取り早いのは、ちょっとした小船遊びね。カーンワイスにもたぶん納屋に小船が保管されているのではないかしら。そうでなければ借りてもいいし。船を貸しだしている方をお教えするわね。あすは穏やかな晴天に恵まれそうよ。ぜひご検討なさって」

「完璧だ」心は決まったかのように公爵はうなずき、またもマディーをじっと見据えた。

「それならむろん、きみも来てくれるんだよな」

「だめなの」マディーの鼓動が今度もまた激しく高鳴りだした。どうしてこんなふうにいちいち公爵に心を掻き乱されてしまうのだろう？「王女のご訪問に備えてしなければいけないことがたくさんあって」

「ちょっと船遊びをするくらいならさほど時間はかからないだろう」公爵は海側の窓のほうをさりげなく身ぶりで示した。「ここは海に囲まれている。これからすぐにでも小船を確保できるだろうし」

これ以上この男性とともに過ごせば、よけいに気を煩わされてしまうのは間違いない。ただでさえマディーはこのところ公爵のことばかり考えるようになり、そのたび必ずとんでもない夢想をふくらませているような気がした。けれどほかにどうすればいいというのだろう？ 公爵から同意を得ることにまたも失敗したなんて、リーヴ夫人に報告するわけにはいかない。

「ご一緒するわ」こうするしか王族訪問委員会への義務は果たせないし、短く切り上げればすむことだ。「あす」

「それで話は決まりだ」

「わたしが小船を手配するわね」こちらで段取りをつければそれだけ速やかに事をすませられるとマディーは考えた。

「では、お願いする」

「そろそろおいとましないと」マディーは最後にもう一度だけ仔猫の柔らかな毛を撫でた。立ちあがると、公爵も腰を上げた。

「ほかにも約束が？」

「歴史協会の会議よ」

公爵が面白がるように唇をすぼめた。「なるほど。ミス・レイヴンウッドは忙しいわけだ」

マディーは忙しさを公爵にからかわれるのには慣れてきたものの、その口ぶりには自嘲もいくらか含まれているのに気づいていた。なにしろ仕事のしすぎで妹たちから休暇へ行くようにと追い立てられて来たくらいなのだから。

「われわれの船遊びにそんな暗い顔は不要だ」公爵が静かに言った。「きみもきっと楽しめる」濃い色の瞳がいたずらっぽく誘うようにきらめいた。

公爵と楽しい時間を過ごせるのは疑いようがない。だからこそマディーは恐れていた。

12

にした。

「ブライ?　きみなのか?」ウィルはドアをあけ放した寝室で廊下からかすかな足音を耳にした。

　気配りの過ぎる近侍から逃れてほんの週間でクラヴァットの結び方すら忘れてしまった。鞄に詰めてきた衣類から亜麻布のスーツを探りだしてみたものの、着心地の軽さは抜群でも、やはりやけに堅苦しく感じられる。船遊びにはどんな装いをするものなのやら。

　それを言うなら、いったいどうしてまた船遊びなど提案してしまったのだろう?

　ウィルはこれまで船には一度も、ロンドンの人々が嬉々としてサーペンタイン池で借りて遊んでいる足漕ぎボートにすら、乗ったことがなかった。ここに来るまでに海辺へ出かけた経験と言えば、母と妹たちと一緒にブライトンを何度か訪れた程度だ。そこでも海に出るのではなく、もっぱら海岸の遊歩道を歩いたり、社交界の催しに出たりしていた。

「ブライ?」静かな足音はもうとまっているのに、執事は姿を見せなかった。ウィルは首にかけて捩じっていた布を取り去り、両手で丸めた。

「ミスター・ブライを呼んでお手伝いさせましょうか、旦那様」ウィルが寝室に使っている来客用の部屋のドア口にハスケル夫人が現れた。この家政婦には泥棒もうらやみそうなくらいこっそり近づける特技がある。好奇心が強く、ことさら注意深いご婦人だ。

「その必要はない。着替えくらい自分でやれる」ウィルがちらりと目をやると、家政婦は訳知り顔でこちらを眺めていた。

「ミス・レイヴンウッドと小船に乗る」使用人たちに行動をあれこれ詮索されるくらいなら、先に言ってしまったほうがいいだろう。

「あの若いご婦人とはまたお会いになるものと思っておりました、旦那様」

「ハスケル夫人、あなたは先見の明がある」

家政婦は軽く頭をさげて笑みを隠した。「相性のよいおふたりであるのはさほど頭を使わずともわかります」

「彼女のことはよく知っているのか？」すぐそばに注意深く物知りなハスケル夫人がいるのだから、パブでぶっきらぼうな年配の男たちにわざわざ尋ねるまでもなかった。

「ええ、よく存じあげてますわ。子供の頃からですので。いまではすっかり聡明なお嬢さんに成長されて。しかもご活躍されている。ご自分がやれることにはけっして労を惜しまず協力して手を差し伸べる方ですわ」

「誰を助けてるんだ？」マディーが事業や地域での活動に取り組んでいるのにはむろん目的があるはずだ。

「地域社会、様々な委員会、団体、倶楽部。彼女が参加していないものを挙げるほうが簡単かもしれませんわね」ハスケル夫人は誇らしげにすら聞こえる口ぶりで続けた。「彼女のお母様もそうでした——有能で慈悲にあふれた女性だったんです。お家柄から身に着いたものなんでしょう」

ウィルはもう一度結び直してみようかとクラヴァットをまっすぐに伸ばした。「彼女の母親は名家の出なのか？」

「レイヴンウッド夫人は良家の子女だったのです、旦那様。子爵のご令嬢だったのですが、レイヴンウッドに嫁いでから子爵家とは疎遠になってしまったようで。お嬢さんのおやさしいところは亡きお母様にそっくり。でも、言わせていただくなら、ちょっと働きすぎですわね」

どうやらそこは自分との共通点というわけだ。

「どうかな？」ウィルは完璧とは言えないが一応はクラヴァットを首に巻いて家政婦に向き直った。

ハスケル夫人は眉間に皺を寄せて小首をかしげ、ぷっと噴いた。「そのようにしまらないお姿をわざわざ見せたいわけでもないかぎり、お勧めできませんわ」

家政婦の助言には反論の余地もない。ウィルがまたクラヴァットをほどくと、ちょうど部屋の隅から装飾の凝った金塗りの時計が十時を告げる鐘を鳴らした。

「ありがとう、ハスケル夫人。もう行かなくては」ウィルは階段を駆け下り、いったん気が急かされると歩を緩めることができなかった。

太陽が高く昇り、暖かな気候だ。前夜にミス・レイヴンウッドから午前十時に入り江の先端で待っていると書付が届けられていた。例の崩れかけた壁の下から海辺まで小径が続いている。歩くうちに潮の香りを乗せた穏やかな風のおかげで、身体を沸き立たせていた高ぶりがいくらかなだめられた。

またミス・レイヴンウッドに会えると思うと嬉しさがこみあげた。コーンウォールで楽しく過ごそうとするなら、彼女の存在はもはやなくてはならないものらしい。

機転が利いて率直なマデリンと話しているとくつろげる。知り合ってまだまもないというのに、ほかの誰よりも自分の恥ずべき姿を見せていることを考えれば、理屈に合わない。それでもどういうわけか、みっともない予想外の出来事であれ、彼女と顔を合わせた場面はどれも愉快に思い起こしてしまう。

ミス・レイヴンウッドには、ロンドンも、対処しなければいけない数知れない問題も、周囲から気難し屋だと思われていることも、つまりはほかのすべてを忘れさせてくれる不可思議な魅力がある。

そもそも、そうしたことから逃れるためにコーンウォールにやって来たんだったよな？

屋敷から小径をくだって、入り江の反対側の崖へ折り返す岐路まで至るとすぐに、ミス・レイヴンウッドの姿が見えた。

海は穏やかで、彼女はこちらに背を向けて立っている。赤褐色の髪を太い一本の三つ編みにして、片手に持っているのはとても大きな麦わら帽子だ。淡い色の薄地のドレスがそよ風になびいている。のどかに佇んでいるように見えるが、ウィルは身勝手にも振り返ってほしくてたまらなかった。ところがミス・レイヴンウッドはスカートのポケットに手を入れて、懐中時計を取りだした。

公爵はどうしたのかと気を揉んでいるのだろうか？

「長く待たせたのでなければいいんだが」ウィルは声をかけた。

ミス・レイヴンウッドはくるりと振り返り、はっとしたように唇を開いた。「ほんの四分よ」

「それなら許していただけるかな？」

マディーは海辺へ下りてくる公爵を目にするなり、動けなくなった。ほんの一週間で、ずいぶんとくつろいで過ごせるようになったらしい。いかり肩ではないし、眉間に皺も寄っていないし、いかめしかった口元はやわらいで、かすかに笑みすら浮かべている。

けれどマディーが答えずにいると、すぐさまあのしかめ面に戻った。

「船を出すのを手伝ってくださるなら、許してあげてもいいわ」

公爵はイームズの手漕ぎ船にさっと目をやり、海辺へ颯爽と下りてきたときの自信に満ちた態度はたちまち失われた。もっとりっぱな船でも想像していたのだろうか？

「では、さっそく出発するのか？」

公爵は初めて出会った晩と同じように強い眼差しでちらりと見やった。あの目つきには気を焦らされる。急に目に見えて警戒心を抱きはじめた。

「ええ、もちろんよ」こんなふうに一瞥でその場に刺しとめられてしまうとしたら、必要以上に長い時間をともに過ごせば、きっととんでもないことになる。「あと二、三時間は風は落ち着いているはず。いまが狙い目ね」

マディーは公爵を見ながら帽子をかぶり、顎の下でリボンを結んだ。

公爵は初めて目にしたとでもいうように小船を戸惑い顔で眺めている。マディーは片側の引綱をつかんでイームズが結びつけてくれていた岩からはずした。思ったとおり、イームズは快く小船を貸してくれたうえ、ありがたいことになんのために使うのかについてはほとんど何も尋ねなかった。

公爵も向かい側で見よう見真似で引綱をはずし、小船は右舷からすんなりと浅瀬に進水した。

「残念ながら、この段階ではどうしてもどちらも濡れてしまうのよ」海水はすでにマディーのふくらはぎまで打ち寄せていて、軽いスカートの裾が重みを増していた。

「とうに感じている」公爵は濡れたブーツとズボンを見下ろした。

「乗って」マディーは言った。「あとはわたしが押しだすから」

公爵が物問いたげに見返した。「櫂はなんのためにあるんだ？」

「もう少し先へ押しだしてからでないと」マディーは小船の中央を指差した。「お願い、公爵様。乗って」

「こんなちっぽけなものにともに命をあずけるのなら、せめてウィルと呼んでくれないか」

ウィル。打ち解けて楽しげなときの公爵にはぴったりの呼び名だ。マディーはその名が気に入ったし、自分も名で呼んでほしかった。

「ウィル、お願いだから乗って」

「それで私はきみをなんて呼べばいいのかな？」その口ぶりには期待が滲みでていた。

「船長かしら」ああもう、何を浮かれているのだろう。「マディー。みんなからそう呼ばれてるの」

「これでも安全に航海できるんだよな？」

「もちろんよ」わりあい小さいけれど頑丈な造りの手漕ぎ船で、イームズもよくこれで海に出ているのをマディーは知っていた。

公爵が険しい手漕ぎ船を見つめ、ぐっと息を呑み込んで、こくりとうなずいた。それから乗り込んだ。

「真ん中のほうへ」マディーは大きな声で指示し、水がバシャッとなかへ跳ね上がるくらい船を勢いよく海面へ押しだした。公爵はじろりと見やりながらも指示されたとおり長い脚と大柄な身体をどうにか縮めて中ほどの漕ぎ座へ進んだ。公爵の重みで船体は傾き、少し水が入ったが注意を要するほどではない。むしろ押しだしやすくなった。マディーがさらに深みに入ってぐいと押すと、小船はより海のほうへと進みだした。

あとを追ううち、海水が腰の辺りまで跳ね上がってスカートが孕み、ふっと息を呑んだ。

「私をひとりで海に送りだそうというわけではないよな？」公爵の濃い色の瞳には本物の不安が表れていた。

海に慣れていないのはあきらかだ。ひょっとしたら泳ぎ方も知らないのかもしれない。

マディーは小船の片側へ進み、端をつかんで片脚を上げ、ウィルのほうに手を伸ばした。ウィルがすかさずマディーの片手をつかんで支えてくれた。身をひねって乗り上がろうとしたけれど、濡れたスカートがまとわりついて思うようにいかなかった。

公爵はすぐに気づいて、マディーの腰に腕をまわし、つかめるところを探して手をたどらせた。その手はお尻のふくらみへと滑りおり、そこをぐいと引っぱり上げられ、マディーは不格好に小船の床に着地した。脚もぶじ乗り上げられたものの、顎の下で結んでいたリボンが公爵のブーツに引っかかり、帽子が脱げてしまった。

「帽子が！」

小船が傾いたかと思うとバシャッと水しぶきの音がして、さらにウィルの低い声が聞こえた。「私が持っている。心配ない」

マディーがそろそろと進んでウィルの前の漕ぎ座につくと、濡れて脚にまとわりついていたスカートを彼が引きだしてくれた。

ふたりの目が合い、ウィルが面白がるように瞳をきらめかせた。

「紳士なら、面白がってはいけないわ」マディーはほとんど自分自身に淑女の慎みを呼び起こすために言ったようなものだった。公爵に触れられたところがどこも熱くなっている状態ではそれもなかなかむずかしい。

「きみがスカートに引きずられないようにしておかなければ楽しめない」ウィルが大真面目なふりで言う。「それに私がきみの帽子を救ったんだぞ」麦わら帽子は少し形が崩れ、リボンも濡れてしまっていたけれど、マディーは感謝のしるしにうなずいて帽子を取り戻した。

「ありがとう。ここに桟橋があれば、もっと楽に出せるのに」マディーはドレスの布地をつかんで絡げ持ち、できるだけ端に寄せて水気を絞った。「以前はあったのよ」

「父と友人たちのためにか」父親の話になったとたん、公爵の目は侘しげに翳り、怒りでざらついた声になった。

どうしてそのように父と息子のあいだに憎しみが生じたのか、マディーは好奇心を掻き立てられながらも、公爵のそぶりを見るとそれ以上尋ねるのは気が引けた。先代の公爵の破廉恥な評判だけが理由なのだろうか？　貴族は少なからずそうした醜聞を取り沙汰されるのは仕方のないことのように思えるけれど、このアッシュモア公爵、いいえ、ウィルは周囲から自分がどう見られているのかをとても気にかけているように見える。初めて出会ったあの晩も、マディーは他言しないよう求められた。

「そろそろ入り江の外へ漕ぎだしたほうがいいわね」マディーは片方の櫂をつかんだ。「せっかくきみが紳士としての振る舞いを思いださせてくれたのだから、私が漕ごう」そう口に出してはみたものの、公爵は心もとなげなそぶりだった。

「やったことがないのよね？」

「一度も」

「船には何度も乗ってらっしゃるのでしょう？」

「乗ったことがない」ほんの数日のあいだに、ウィルの肌は日焼けして逞しく色づいていたが、気まずさのせいでよけいに赤みを帯びているのがマディーには見てとれた。「きょうまでは」

「それなら、わたしが漕ぐわ」マディーは両側の櫂に手をかけようとしたが、ウィルに先を越された。

「やらせてくれ」ウィルは木製の櫂をしっかりと握り直した。

「頑固な方ね」マディーも公爵に負けじと櫂をつかんで引き寄せようとした。

「きっときみを感心させてやる」

「より経験のある相手にまかせる分別を示してくれたほうが、感心できると思うけど」

「きみの言いぶんはつねに筋が通っている」ウィルは笑い返し、深々と大げさに息を吐いて、櫂を手放した。「お手本を見せてくれ」

ただ教えを請うているだけではない。挑まれているように感じられた。

マディーは櫂を海水に浸けて前かがみになり、背を引いて水をすくい上げた。船首に座って漕ぎだすのはなおさらむずかしい。

「場所を交替したほうがいいわ」もうひと掻き、長めに漕ぎながら提案した。

ウィルの口角がわずかに上がった。笑みとまでは言えないまでも、いまにもほころびそうな顔つきだ。

「こちらで私と並んで漕げばいい」公爵が横並びに座れるよう脇にずれた。「私がそちらに移動すれば船首に重心が偏ってしまう」

マディーは頰の内側を嚙んだ。自分の大きな鼓動の音が聞こえてくる。この男性に接近する光景は何度も想像していたのに？

「私ときみで一本ずつ櫂を持つ。実際にやりながら教えてもらったほうがいいんじゃないか？」

こんなふうに陽気に誘いかけてくるような男性があの晩ロンドンで出会った紳士と同一

人物だとはとても信じられない。声も、眼差しも、そぶりからしても。思慮の足りない女性なら、言い寄られているものと勘違いしてしまうだろう。

ここで公爵の言うなりに横並びに座ったら、なぜかもう礼儀にこだわらずにいられる関係には戻れなくなってしまうような気がした。

いっぽうで、いたずらっぽい笑みにも惑わされずにいるマディーの理性は、それがむしろ当然のことなのだからと受けとめていた。いまは彼に近づきたいし、そんな機会はもう二度とないかもしれない。

マディーが片手を差しだすと、公爵は気が変わるのを恐れるようにすばやくその手を取った。軽く手を引かれ、できるだけ小船を揺らさないように気をつけて立ちあがり、向きを変えて腰をおろそうとした。

繋いでいたウィルの手がマディーの腰にまわされ、お尻をかすめて、しっかりと横並びに座るまで支えてくれた。

なんて公爵の身体は温かいのだろう。ふたりの腰は横並びに密着し、互いの腕は触れあい、彼がこちらに顔を向ければ、その瞳が単に少しだけ琥珀色がかった濃いチョコレート色ではないのもわかった。レディ・トレンメアの温室で育ちはじめたインドゴムノキの葉のような緑色の斑点が見える。

「ふたりで合わせて漕ぐんだよな？」

マディーは唾を飲み込み、いつもの冷静な声を必死に取り戻そうとした。「ええ」自分の櫂をつかみ、ウィルももう片方の櫂をつかむ。「あなたは両手で櫂の先端をつかんでいたほうがいいわ。こんなふうに」やってみせると、ふたりの身体が擦れあった。

公爵が唇を舐めて、ちらりとこちらを見やった。「やれそうだ」

「そうしたら、前に押して後ろに引く」

「ふたりで合わせて」

「そうよ」マディーの声は静かすぎるし、かすれがかっていた。

ふたりで櫂を前に押しだし、ウィルがマディーに倣って後ろに引いた。またそれを繰り返す。マディーが公爵と同じくらい引き戻すには懸命に力を入れなければならず、しかも彼より遅れてしまうので、ふたりの動きが揃わなくなってきた。

「わたしに合わせてもらわないと」マディーは言った。彼の香りのせいで口のなかが湿ってしまうし、目の端でちらりと見られると気が動転して平常心を保てなくなる。

「こんなふうにか？」ウィルが櫂を漕ぐ力を緩めると、小船は熱したナイフでゼリーを切るように海上をなめらかに進みだした。何度も漕ぐのを繰り返すうちにふたりの動きがぴったり揃ってきた。

「この辺りまで来ればもうよさそうね」父と小船に乗るときにはもっと沖合まで出ていたけれど、調子に乗って公爵を船酔いさせるようなことはしたくない。

「入り江の向こう側の海岸すらほとんど見えない。もうちょっと出てもいいんじゃないか？」ウィルはたまに見せるあのいたずらっぽくきらめく瞳で眉まで上げて挑むように問いかけた。「だいぶこつがつかめてきたみたいだ」

公爵は得意げで、無邪気な少年のように嬉しそうなので、マディーは拒めなかった。

「ちょっとだけね」ウィルとふたりきりで大海原に浮かんでいると、解放感のようなものを覚えた。礼儀作法やヘイヴン・コーヴの人々の視線を気にする必要もない。

さらに沖合のほうへ漕ぎだしながら、ウィルが静かに問いかけた。「きみはよく海に出るのか？」

「いいえ。いまはもう。父は海に出るのが好きだったの。釣りをしたり、ただ静かに考えごとをしたり。陸地は息が詰まると言ってた」自分でも思いがけずくすりと笑った。父のことを思いだすときにはたいがい自分が背負った義務や期待も考えずにはいられなかったのに。

「きみのお母上は？」

「母は海を眺めているのが好きだった」母が夕暮れの海を描いていたときの記憶が鮮明によみがえった。あの色彩は脳裏に焼きついていて、いまでも何もかもが金色に輝いて見えてくる。「それを描いてもいたの。しじゅう。わたしには魔法のように見えた。わたしも綿密に距離を測って、庭園の設計図を書くことはできるわ。でも母は目にしたものを描きだせるんですもの」ふたりの視線がかち合った。「あなたもそうよね」

「私の場合はスケッチするだけで、たいしてうまくもない」

「ほらまた、その話になるとあなたは謙虚になる」

「きみに反論するには描くのをやめるか、うぬぼれ屋になるしかなさそうだ」

「自分の絵にもっと自信を持つべきだわ。すばらしいもの」

「私が船酔いしないように褒めて気を散らす作戦だな？」

「うまくいってる？」

「たぶん船酔いの解消については。だが、おかげできみを褒め返せるきっかけがつかめた。ハスケル夫人によれば、きみがこの町のために関わっていないことはないくらいだと」

「大げさね」

「きみはいくつもの倶楽部や協会や委員会のメンバーだと言っていた」

「いくつもどころではないわ」

公爵はマディーのほうに身を乗りだして、両方の櫂を引いて力強く押しだした。「どれくらい？」

「あなたは貴族だもの、慈善団体や委員会に関わってらっしゃるのよね」マディーは陽光にきらめく海面を見つめて、公爵の揺るぎない視線をかわした。「所領はどれくらいあるの？」

「見事な切り返しだが、先にきみに答えてもらわなくては」

「十」マディーは年に一度しか開かれない冬季装飾委員会は数に入れなかった。

「十とはずいぶんあるな」

公爵が感心してくれているのか、呆れているのか、マディーには見定められなかった。この男性には石板を洗い流したかのように表情を消し去るときがある。目だけはつねに温かみの感じられる光が灯されているのだけれど。

「アッシュモアの所領はサセックスにあるだけだ。だが父があちこちの地所を購入したり相続したりしていた」

マディーは目を上げたものの、崖の上にそびえ立つ悪名高い当の荘園屋敷のほうは見なかった。「カーンワイスもそのうちのひとつに過ぎないわけね」

「いや。そんなもんじゃない」櫂をとめて、公爵は崖のほうへ顔を振り向けた。「ここだけは避けてきた」

「お父様のせいね」マディーは公爵にとって触れられたくない事柄なのを察して、静かに言葉を補った。

「父があの屋敷でしていたことのせいだ」

「パーティ？　逢引き？」

公爵が目を大きく見開き、陽射しを受けた瞳が濃厚な蜂蜜色にきらめいた。「ミス・レイヴンウッド、きみに逢引きなんてものがわかるのか？」

「わたしにはそういったことはまるで縁がないとでも？」

「あるということか」

マディーは唇を噛みしめた。公爵にこうして片方の眉を吊り上げられると、ふしぎと心を動かされてしまう。諜報員並みの観察力を備えているなどと言われたけれど、ウィルもこちらが自然と口を開きたくなるような何かを漂わせている。たぶん、ほんとうに知りたそうに見えるし、聞き上手でもあるのだろう。

「許してくれ。立ち入りすぎた」

「ある青年がいて、両親には認めてもらえなかった」

「それで密会していたのか？」

「両親には内緒で何度か散歩をした程度」

「彼を愛していたのか？　求婚されたのか？」公爵は両腕を膝において訊き、背を丸めて前かがみにこちらを向いた。手を伸ばせばその額にかかっている髪の房を払いのけられるくらいそばにいる。マディーは彼に触れたい衝動のほうに気を取られていた。

記憶が呼び起こされた。幸せな思い出も、そうではないものも。

公爵はマディーの沈黙を気を悪くしたせいだと取り違えていた。「すまない。ぶしつけだったよな」

「いいえ、求婚されてはいないわ。それに彼を愛していたのかもわからない」マディーはトム・ヘイルについて思いだしたり、べつの結果になっていたらと想像したりすることはほとんどなかった。「いっときの恋心だったのね」

なぜか公爵にそう認めるのはどんなことよりためらわれた。トムにどんな感情を抱いていたにしろ、〝ウィル〟に感じているものとはまるで違うからだ。

目の端でちらりと様子を窺うと、ウィルは陽に照らされた海へ目を凝らすように眉をひそめて何か考え込んでいた。

「あの温室にいたご婦人とは？」マディーはなるべくさりげない調子で問いかけた。あまりうまくはいかなかったけれど。

「ダヴィーナか？」公爵の眉間の皺が深くなった。「結末は見ていただろう」ふっと浮かべた笑みは硬く、どことなく気まずげだ。あの晩の憤った顔つきとはまるで違う。

「ええ、でもどうしてそうなったのかを見たわけではないから」

「もともと取引だったんだ」公爵は櫂をぎゅっと握ってから手を緩めた。「互いに与えられるものがあったから合意した。花嫁持参金。爵位。交換条件だ」

マディーは母から貴族社会の婚姻はそのように決められることが多いとは聞かされていた。さらに、そのような結婚をしてはいけないとつねに娘の自分に言い聞かせていた母の激しい口調も忘れられない。〝いいわね、結婚は愛のためにするものなの。それ以上に重要なことはない〟

はっと、公爵に見つめられているのに気づいた。

「そんなふうに気持ちとは関係なく結婚を決められるなんて、わたしには考えられない」

「たぶん、私は非情なんだろう」

マディーは唇を引き結び、それから笑みを浮かべた。「あの晩、自分はそうなんだと言ってたわね」

「いまはどうかな？」公爵は片側の櫂から手を放してマディーの頰をすうっと撫でた。

マディーは背筋がぞくりとして、それからすぐにお腹の下のほうが熱くとろけそうに感じられた。

目を上げると、ウィルの目にも同じくらいの熱っぽさが見てとれた。「いまの私をきみはどう思う、マディー？」

「わたしは……」頭のなかに何か考えがあったとしても、見つけだせなかった。感じることと欲することしかできないし、そういった本能に従うほうが言葉よりもはるかに大切に思える。

マディーは手を伸ばし、ウィルの無精鬚が生えかけた顎のくっきりとした輪郭をなぞった。さらに身を近づける。ウィルの息遣いが速くなり、呼気がマディーの肌をくすぐった。目を上げ、指でなぞったところを今度は唇でかすめると、彼の唇が開いた。さらに頰に唇をずらしてみる。もう唇も味わわずにはいられない。そっと触れさせると、ウィルが喉の奥からくぐもった小さな音を洩らした。両手でマディーの顔を包み込む。灼けつくような眼差しを向けてから、また互いの唇を触れあわせた。けれど今度はウィルのほうから口づけを深めて、マディーの首筋を手でたどりながら舌を絡ませてきた。

マディーが息を呑むと、ウィルは身を引いて、互いのおでこをくっつけた。どちらも息を乱していて、マディーは彼に触れるのをやめられそうになかった。片手はまだウィルの肩にのせたまま、もう片方の手でシャツのボタンを探る。こうして自分を非情だと言いながらも、どう思われているのかを心から知りたそうにこちらを見つめている彼のそばにいられるのが心地いい。

触れあうのをやめれば、あとはもう引き返すだけ。つい先ほどまでの最低限の礼儀を守っていたふたりに。見つめ合ったり、ささやきあったりするのは避けようとしていた。それぞれにまたふさわしい役割を果たさなくてはいけない。

シューッという音がした。さらに金属が擦れる音も。マディーがとっさに目をやると、公爵の櫂が櫂掛けをすり抜けて海にポチャンと落ちるのが見えた。

ウィルはすぐさまマディーから手を離して、櫂のほうへ身を乗りだした。小船が大きく傾き、マディーは彼のシャツの背中をつかんで海に落ちないように引きとめた。櫂の平らな先端は浮かんで見えているが、穏やかな海流に乗って小船から離れていく。マディーはウィルの前から身を乗りだして櫂をつかもうとした。ウィルに腰を抱きかかえられ、このまま引き戻されるのだろうと思った。でもすぐに、さらに手を伸ばせるように支えてくれているのだとわかった。小船が片側に傾き、マディーの上半身が海水に浸かったものの、あと少しで……

「取れたわ」

「よくやった」ウィルは熱っぽく応じてマディーの頭越しに櫂をつかんで引き込んだ。

マディーが小船の縁をつかんで姿勢を立て直そうとしたとき、形の崩れた帽子が風にさらわれ、海面へ飛ばされかけた。慌てて上体を乗りだしてつかめたものの、ウィルに強く引き戻された。背中が彼の胸にぶつかった。

「それを失くしても、私がいくらでも買ってやる。頼むからじっとしていてくれ」

荒い呼吸で胸が波打ち、ドレスはまたも濡れてしまったけれど、これほどの温かみを感じられたことはなかった。安心だと思えた。

「落ちないように支えてくれてありがとう」

「きみを支えるためならできるかぎりのことはするとも」ウィルはマディーの頬に唇をすり寄せてから耳もとでささやいた。「またきみにキスしたい」

マディーは顔をずらして、ウィルに唇を奪われた。最初はやさしく探るような触れあいだったが、マディーはさっきみたいにむさぼるように口づけてほしかった。片手を彼の首の後ろにまわし、目を見据える。

そのとき、ぱっと光が瞬いた。ホテルのそばの崖に誰かが立っている。その男性が身体の前に構えた器械らしきものが陽光を反射していた。

「カメラ？」

ウィルはすばやくマディーの視線の先を振り返るなり両腕を脇に引き戻した。「そうだ。こちらに向けていたわけではなさそうだが」

「ええ、海の写真を撮っていたみたい。でも、戻ったほうがよさそうね」

「そうだろうか？」ウィルが片手を伸ばし、マディーのほつれ毛を耳の後ろにかけてくれた。「船遊びには不安もあったんだが、今回の休暇でいまがいちばん楽しめている」

「わたしもよ」マディーは彼のそばにいて、指先でそっと頰をなぞられ、熱っぽく見つめられるこのひと時にうっとりとしていた。けれどすぐに自分が発してしまった言葉に気づいて、微笑んだ。「わたしは休暇中ではないけれど。ほんの一時間だけ、この船旅を楽しもうと思って来たの」

「ところが私がきみにキスをして、その計画をひっくり返してしまった」

「たしか、キスをしたのはわたしのほうからだけど」

公爵は何も言葉を返さなかったが、眼差しがとろけるようにやわらいだ。「ああ、その瞬間が間違いなく今回の船遊びのいちばんいいところだったな」

それからウィルはこれ以上にない笑みを浮かべた。穏やかさと温かみにあふれていて、しかも心そそられずにはいられない。この時間がずっと続くかのように思わせてくれる笑顔。こんなふうにふたりでいるだけで幸せな日々がいつまでも過ごせたなら。

でも、そんなことはただの夢物語。公爵にはすぐにロンドンに戻ってやらなければいけない務めがあり、マディーにもこの船が岸に戻ればすぐに取りかからなければならない仕事が待っていた。もともと一時間だけの船旅の予定だったのだから。

「またそんな目をして」ウィルが先ほどまでの陽気さをまだ残した口ぶりで静かに言った。

「どんな目なの？」

「きみの一覧表に加えなくてはいけないことを何か思いだそうとしているような目だ。自分にも同じようなところがあるからよくわかる。楽しく過ごせているときほど、そうなるんだ」櫂を握っているマディーの手にウィルが自分の手を重ねた。「戻るとするか？」

「そうしたほうがいいのよね」

「せめて私に漕がせてくれ。岸に着くまでどちらの櫂ももう手放さないと約束する」

マディーは笑って応じたが、自分の手をウィルが放して櫂を持ち替えると、寂しさを覚えた。がっかりさせてしまったのだとしても、そんなそぶりをウィルはみじんも見せなかった。

「きょうは楽しかった」マディーはしんみりと言った。

ウィルはいたずらっぽい笑みを返した。「きみがいちばん楽しめたのはどのときだろう？　びしょ濡れになったときか、溺れかけたとき？」

あれほどすばらしいキスをしたのに、このほんの短い船旅で何度も惨事に見舞われかけたのが可笑しくて、マディーは笑い声を立てた。

答えるより先に、ウィルが言った。「王族の来訪までにまた出かけられないかな」

「ええ」意気込みを自制する間もなく即答していた。

「それに、今度はずっとうまく漕げるはずだ」ウィルは安定したリズムで櫂を引いては押しだし、小船はなめらかに水を切って進んだ。

「すっかり手慣れた漕ぎ方だわ。もう櫂を失くしてしまう心配もなさそうだし」

「言わせてもらえば、櫂を失くしたわけじゃない」心外だとでも言いたげに冗談めかしてちらっと目を向けたウィルの顔は悔しいくらいにすてきだった。

マディーは入り江の内側へ向かって漕ぐウィルの前腕の筋肉が隆起するさまをうっとりと眺めた。岸にたどり着くとウィルはすぐさま先に小船を降りて、船体が動かないように支えつつ、マディーが降りるのを手助けした。

「どうだろう」マディーがイームズの小船を係留しているあいだにウィルが言った。「見方によっては、私がその櫂を救ったとも言える」

「わたしの帽子も」

「そのとおり」

「だからあなたにお礼すべきだと？」

「いただけるなら」ウィルが近づいてきた。またアフター・シェーブ・ローションのネズの実の香りがして、さらにいまは海の匂いもほのかに混じっていた。

ウィルがマディーの唇に視線をさげた。まだ熱く腫れているように感じられる唇に。先ほどまでのキスで奪いとられたと思っていた熱情がふたたび燃え立たされた。これからずっと頭から離れなくなってしまうのではと思うと恐ろしい。もう二度と叶わないことかもしれないのに。

ふつうに考えればもう叶わない。ウィルには公爵として果たさなければならない務めがあるし、自分も一日じゅう仕事に忙殺されている。

それなのにいつの間にか、彼の唇を焦がれるように見つめていた。胸に焼きつけておくために。

ウィルが前かがみになって手のひらでマディーの頬を包み込んだ。肌にぴたりと触れた手のぬくもりが心地いい。

「お礼をしてもらうのにいい方法がある」

マディーは思わず目を瞠り、みぞおちからさらに下へ、太腿のあいだまでが疼きだした。この人が欲しい。「教えて」低い声はかすれてざらつき、鼓動があまりに速く激しくなり、支えとぬくもりを求めて彼の胸に手をおいた。

ウィルはすぐにその手に自分の手を重ねた。束の間、重ねあわせたふたりの手に黙って視線を落としてから、薄黒い睫毛の下からマディーの顔を見やった。

「あす、レイヴンウッド種苗園を案内してくれ」

マディーは目をしばたたき、淑女には不似合いな大きな笑い声を立てた。そんなことを言われるとはまったく予想していなかった。

「ほんとうに種苗園をご覧になりたいの？」

「もちろんだ。ただし経営者ご本人からじかに案内してもらいたい」

ウィルはまだ手を重ねていたけれど、マディーはその温かみから、午前中に予定されていた会議や、ほかにもやらなければいけない仕事のほうへどうにか考えを振り向けた。

気もそぞろな目つきにウィルが気づいた。「時間があればだが。べつの日でもかまわない」

「いいえ、あす、いらして」彼と過ごすのは一時間だけであとは仕事に戻ると心に決めていたマディーの理性は吹き飛んだ。目の前に立つ男性の針葉樹と香辛料のような匂いはもう自分の衣類からも漂っていて、キスで身体の奥底のほうから燃え立たされていた。

いまはただ何にもまして、すぐにでもまた彼に会いたくてたまらない。

「時間は作るわ」

13

レイヴンウッド種苗園にたどり着く頃にはウィルは息を切らし、暑いくらいだったが、歩いてきたのを後悔してはいなかった。涼やかな海風に背を押され、雨上がりの朝の空気がまたすがすがしい。自分がコーンウォールに着いた晩にマディーがこの道を通ってきたのだと想像しながら歩くのも楽しめた。

種苗園までの最後の道のりは少し上り坂になっていて、名称と入口への矢印が刻まれた大きな岩が見えてくると香りが押し寄せてきた。甘く濃厚な花の香りだけでなく、水分をたっぷり含んだ肥沃な土壌の匂いもする。坂を上りきったところには、色とりどりの花の世界が広がっていた——赤色、黄色、ピーチ色、薄紫色の花々が濃淡の様々な緑の表面を彩っている。

そこに彼女の姿を見つけた。花の大海原に、長身で燃えるような赤毛の美しい女性が前日に海で吹き流されかけた大きな麦わら帽子をかぶって立っていた。最初に目にしたのはマディーだけだったが、すぐにそのそばで動いているものにもウィルは気づいた。仕立てのよい黒いスーツを着た年嵩の紳士が背中で両手を組み、マディーの真後ろから、指し示されるものをつくづく眺めながら歩いていた。さらに離れたところでは種苗園の従業員たちが花や灌木や苗木の世話で働いているのも見える。

近づくにつれ、マディーたちの会話が断片的に耳に届いてきた。紳士は得意客か、発注を検討中の人物のようだ。

「子爵様はきわだつものを好まれると思います」紳士が言った。

マディーが自信にあふれた笑顔を向けた。「きわだつように設えますわ、ミスター・ビール」苗圃の左側のほうを見渡して、遠くにいる大柄の男に手ぶりで合図した。向き直ったときに、一瞬こちらに目を留めたのがわかった。

愛らしい目を大きく見開いて、温かなやさしい笑みを浮かべた。だが苗圃の奥のほうから男が緋色の低木を何本か積んだ荷車を押してやって来ると、マディーはまた客のほうを向いた。

「たしかに、これはよさそうだ」ミスター・ビールは縁の細い眼鏡を鼻の上に押しあげた。

「イロハモミジです」マディーは葉が赤く色づいた小ぶりの木を示して言った。「装飾用の地被植物の候補をすでにいくつかご提案していましたが、こちらは目を引く多年生植物ですので、子爵様の邸宅の入口をきわだたせるはずですわ」

「大変けっこう、ミス・レイヴンウッド」紳士は手帳にその情報を書き留めた。「その木も加えた設計書を送ってくれれば、私からプレストウィック卿にすべてお届けして、ご決断を仰ぐことができる」

「ありがとうございます、ミスター・ビール」

ウィルはその紳士が去るのを待って、近づいていった。「獲得できたんじゃないか」

「どうなるかしらね」マディーは荷車を押してきた男にうなずいて、色鮮やかな木を元の場所に戻すよう暗黙の指示を伝えた。

「早く着いてしまった」ウィルは朝起きてからほとんどじっとしていられず、できるかぎり早く屋敷を出た。

「そんなことないわ」マディーは手袋をはずして、歩み寄った。陽に照らされた瞳はいつにもまして青く澄んでいる。嬉しいことにその目はウィルの顔を眺めてからシャツの襟が開いたところに下りて、また微笑みかけた。「温室からでいいかしら？」

「案内してくれ」

マディーは先導しながら、いま通り抜けている花畑の花はほとんどが多年生だが、入口のほうでは一年生の植物も育てていると説明した。

「植樹はもっと奥のほうで行なっていて、厩の向こう側はすべて灌木を育てている区画なの」マディーはウィルがまだ耳を傾けているか確かめるかのようにちらりと振り返った。

「花を咲かせる低木や、ツゲみたいに装飾向きの木々を」

巨大な温室に入ると、マディーは気がほぐれたように見えた。帽子を脱ぎ、袖口のボタンをはずして捲りあげる。ガラス天井の下で陽光の熱がこもり、温室のなかはなおさら暖かく、バラの甘い香りに満たされている。

　きれいに片づけられているがたくさんのものが詰め込まれた空間をウィルは見渡し、毎日ここで実験し、苗を植えつけ、育てているマディーの姿を想像した。

「王女様に捧げるバラも見ていただける？」マディーの声は緊張でかすかにふるえていて、ウィルはその新種のバラを見せてもらったのはこれまで何人くらいなのだろうかと考えた。

「もちろんだ」ウィルは近づいていき、マディーの案内で鉢植えに埋め尽くされている奥の壁ぎわの机へと向かった。ほんのひとつだけ芽吹いている苗もある。ほかにも花がほころびかけているものや、さらに色鮮やかなバラがふっくらと見事に咲き誇っている鉢がいくつかあった。

「カーンワイスで母が育てたバラとティーローズの新種を交配させたら、こんなにきれいなピーチ色の花が生まれたの」マディーは物問いたげな目でウィルを見やった。「この色はお好き？」

「好きだとも」ウィルは即答した。それに本心からそう思った。内側の淡いピーチ色が外側にいくにつれ濃く色づいた優雅で美しいバラだ。だがマディーの世界が表れた色彩であるのがまた好ましい。マディーはその周りのすべてがより鮮やかに見えてくるような活気に満ちている。

「これならきっと認めてもらえると思うの」マディーはさらに静かな声で続けた。「そう願ってる。この一年、試行錯誤して咲かせることができたんだもの」

「つまり、ここで実験の日々を過ごしているわけか」ウィルは温室の片隅の椅子と机に目を留めていた。虫眼鏡、顕微鏡、いろいろな道具があって、どこかの実験室のようだ。

「だいたいは」マディーはウィルの目にここがどのように映っているのか確かめるかのように見まわした。陽射しのもとで埃の粒子が舞っている。ウィルがマディーの視線の先を追うと、ガラス屋根の片隅の高いところに蜘蛛の巣が張っていた。「見た目より居心地はいいのよ」

ウィルは含み笑いをした。「居心地はよさそうだ。私の書斎よりも」そこは贅の凝らされた部屋だが、先代のいまいましい葉巻の匂いが染みついていて、どこを見ても父を呼び起こさずにはいられなかった。

マディーが何か読みとろうとするようにしばし見つめてから問いかけた。「書斎ではいつも何をして過ごされているの？」

ウィルは鼓動が急に遅くなったように思えた。質問をして、マディーについていろいろとわかってくるのは楽しかった。こちらは上流社会の大半に煙たがられながら、父の悪行を探りだすのに日々を費やしているなどとどうして打ち明けられるだろう？

「公爵領の運営とでも言うのかな」やけに軽く、少しも真実味の感じられない口調になってしまった。

「言うのかな、だなんて」マディーは口角をきゅっと上げて、茶目っ気のある笑みを浮かべた。「公爵領の運営とはどのようなことなのかしら」

「帳簿付けだ。たくさんの帳簿がある。それに書状のやりとり。大量の書類への署名」

「レディ・トレンメアが開いていたようなパーティには？」

「たまにはかな」ウィルは答えて、あの晩、予期せずしてこの女性と出会ったことを思い返した。「なるべく避けてはいるが」

マディーは笑った。「どうして？」

「ダンスがあまり得意ではないんだ。会話についてはさらにひどい」ウィルは長方形の鉢の土から芽吹いているいくつかの苗を眺めた。「こんなふうに」

「とてもうまく話せてるわ」マディーは励ますように言った。「だけどものすごく謎めいてる」

「そうかもな」ウィルはいくぶんもったいをつけて言ってみたものの、マディーにはまるで動じるそぶりはない。胸の前で腕組みをして、こちらに赤褐色の眉を片方だけ吊り上げてみせた。

ウィルは息を吐いた。「父の評判についてはもう話したよな」

「町で噂されていることはだいたい知ってるわ。わたしの両親はカーンワイスの仕事を辞めてから、あなたのお父様についてはいっさい話さなかった」

「父は悪党だった」ウィルは顔をしかめた。「いや、そんな言い方では生易しいな。嘘つきで、いかさま男で、詐欺師で、父と付き合って裏切られなかった人物を探すほうがむずかしい」

「残念ね」マディーが腕組みをほどいて、こちらに踏みだしたとき、頭上から射す光が変化した。

ふたり同時に、その直前まで陽光に温められていた高いガラスの天井を見上げた。急に暗い雲が空に垂れこめ、風が温室の壁をかたかたと揺らしはじめた。

「雨になるのを忘れるところだった」マディーはそう言いながら温室の中央へ向かった。「天井の窓を閉めておけば、このなかのものはすべて安全よ」壁に取りつけられた金属のクランクを指差して、その反対側の壁のクランクのほうへ歩いていく。「あなたがそちらをまわしてくれれば、わたしがこちらを動かすわ」

ウィルが手早くクランクをまわすと、頭上のガラス戸がすぐにぴたりと閉じた。

「そちらも私がやろう」マディーが握っているクランクのほうへ歩み寄っていった。

「錆びていて、手に余るのよね」

この心と同じだ。ウィルはそんなことをふと思った。だがそれから、額にかかった髪をふうっと吹き払ったマディーを見て、笑みをこぼさずにはいられなかった。

「まかせてくれ」櫂をめぐって小競り合いをしたことが思いだされた。

あのときはこちらが譲歩したのだが、今回はマディーがクランクを手放したので、ウィルがそこに身を差し入れて体重をかけた。びくともしない。そのうちに開いていた窓から冷たい雨滴がぽとんぽとんと落ちてきた。

マディーが頬にぽとんと落ちた雨滴を手で払いのけた。ウィルの額にも滴が落ちて、目に入るまえにマディーが指でぬぐってくれた。

「ありがとう」

「これくらいしかできないから」マディーはウィルが動かそうとしているクランクのレバーに目を向けた。

何度か試みるうちにクランクが動きだし、ガラス戸は金属が軋む音を鳴らしながらゆっくりと閉まった。

「やったわ」マディーににっこり笑いかけられて、ウィルはほかにもまだ手強いクランクがないものかと思った。

マディーがすぐさま苗の鉢の移動に取りかかり、いくつかを机から動かし、残りも温室の壁ぎわから離して置き換えた。

「毎日、公爵領の運営にあたっているのは事実だが、父亡きあとはその行ないをすべてあきらかにすることにもっぱら時間を費やしている。どんな嘘をつき、どれだけ約束を破り、人を騙したのかを」

マディーはひと呼吸おいて振り返り、話の続きを待つように押し黙っている。

「父が盗みとったものは返し、裏切った人々には詫びて、犯した過ちはできるかぎり正したい。妹たちのためにもアッシュモア公爵家の名誉を少しでも取り戻さなくては」

「妹さんは何人いらっしゃるの？」

「ふたり。コーラがすぐ下の妹で、デイジーは末っ子だ」片手で髪を掻き上げた。「デイジーは結婚を控えている。婚約パーティが今週開かれることになっていた」毎日、準備は進んでいるだろうか、ぶじ成功するだろうかとついつい考えていたのだが、問題が生じたのならコーラが必ず知らせてくれたはずだ。

「一族の名誉を取り戻すためにそれほど力を尽くしてくれるお兄様がいて、妹さんたちはとても幸せだわ」

ウィルは返事をせずに、雷鳴が轟いている頭上の高い天井を見上げた。その侘しげな目にマディーは不意を衝かれた。褒めたつもりだったからだ。父親の過ちを償おうとするのはりっぱなことなのに、ウィルにとってはあまり触れられたくない話題らしい。

「妹たちはそんなふうには思っていない」ようやくウィルがぽつりと答えた。哀しげな口ぶりだ。つらそうにすら聞こえた。

「どうして？」

ウィルが近づいてきた。「きみと出会った晩のことを憶えているかな」

「ええ」自分の世界から彼が消えて、元の世界に帰ってしまったとしても、マディーにとってあの晩のことは忘れられるはずもなかった。

「ではこれも憶えていると思うが、婚約者は私に激怒していた」

「ひどいことを言われていたわよね」

ウィルは口元をゆがめたものの、もう笑みは戻らなかった。「彼女の個人的な理由で怒っていたんだ。私が父について調べるなかで、彼女の親族についてもある事実を知った。親族にとってはきわめてきまりの悪いことなので、おおやけになるのを恐れていたんだ」

「あなたがおおやけにしたの？」

「いや。ひと言も」ウィルは少しうつむいてからまたマディーのほうを見た。「だが恐れとは強烈な感情だ。貴族の行ないがあきらかにされると思うだけでも、ある種の敵意が生みだされる」

「それであなたはロンドンの貴族のあいだで恐れられているわけね？」

「疎まれているというほうが近いだろう」ようやくまたウィルが笑みを浮かべ、いつものようにマディーの内面に不可思議な変化をもたらした。「だからここにいる」

雨が温室の屋根を叩く音が聞こえてきて、マディーはロンドンで疎まれていることがどうしてコーンウォールに休暇に来る理由になるのかという難問を解き明かそうと考えた。

「あなたは身を潜めているわけ？」

　ウィルがぱっと目を合わせ、いきなり大きな笑い声をあげた。温かで深みのある愉快そうな彼の笑い声はガラスの壁に反響し、マディーの胸のなかまでふるわせた。

「ちゃんと始めから説明しなければだよな」笑い声は困惑ぎみの含み笑いに鎮められた。「それにまったくの間違いとも言えない。だが、もっとも愛あるやり方で追い払われたとでも言うべきだろうか。妹たちはデイジーの婚約パーティには私に出てもらいたくなかった。そこで、コーラが楽しむ時間も必要だと私を説得した」

　ウィルがじっとこちらを見ている。

　マディーはいつの間にか袖のボタンをいじり、留め直してははずすのを繰り返していた。時間の感覚が失われている。ウィルと一緒にいるといつもこうなる。ふたりで温室に入ってからどのくらいの時間が経ったのだろう。イームズが探しているかもしれないし、きょう人と会う約束はほかにしていないとはいえ、やらなければいけない仕事はたくさんある。

　でもまずは知りたいことを聞いておかなければ。

「それで楽しめているの？」

　ウィルはもう一歩近づいて、さらに歩み寄った。ロンドンであの晩、髪に付いた葉を取ってもらったときと同じくらいそばにいる。

「きみといるときには」

　まさにマディーが聞きたかった言葉だけれど、言ってもらえるとは思っていなかった。

すでに察していたことだ。前日に小船に乗っていたときに、どちらも心から楽しめているのがたしかに感じられた。けれど正直に彼の口から言ってもらえてマディーは胸が詰まった。

「わたしも」小声で伝えた。

「それなら、ぜひお願いしたいことを思いついた」

マディーは小首をかしげて、待った。

「カーンワイスの家政婦からボドミンで夏祭りがあると聞いている。一緒に行ってくれないか？」

マディーは即答しかけて、はっと後ろめたさと責任感に襲われた。リーヴ夫人、委員会、まだやっておかなければいけないことが次々と浮かんできた。

「無理だわ」

「一緒にいるのを見られたら、どう思われるのかを気にしているのか？」

「いいえ、そうではないの。わたしは自立した女性なのだから」

「だったら、行かないか？」

「王女様のご訪問まであと一週間よ。二日後にはまた委員会の特別計画会議が開かれる」

「あすはどうかな？」

「大変な粘り強さね」

「私の決意の強さは昔からよく知られている。説得力についてはさておき」ウィルがマディーの手を取った。やさしく。とてもかけがえのないものに触れるかのように。「きみは私に何かを起こしてくれたんだ、ミス・レイヴ――、いや、マディー。それを呑気に喜んでいていいものなのかはわからないが」ウィルは頭を垂れてマディーの手の甲に口づけた。

彼の唇が肌をかすめるとマディーの全身にたちまち熱さがめぐった。じゅうぶんな説得力だ。

「迎えに来ていいだろうか？　うちの厩にちょうどいい馬車があるはずだ」

マディーは下唇を噛んで、頭のなかで後回しにできることや、委員会の会議の準備に最低限必要な時間を計算した。「朝早くでも？」

「お望みなら」

「それなら、あすにしましょう。ウィル」マディーは言い添えて、その名前の響きを快く噛みしめた。

ウィルは不意を衝かれたように飾り気のない苦笑いを浮かべた。「ありがとう、マディー」

ああ、ほんとうにコーンウォールに身を潜めにやって来た公爵様が本気で自分に好意を抱いているなんてことがありうるの？

14

ウィルはさらに少し屋敷内を見てまわり、天井にギリシア神話のサチュロスたちが描かれてピンクと金色に彩られた、午前中のスケッチには最適な明るさの埃っぽい部屋を三階に見つけていた。マディーと船遊びをしてから丸二日はそこにこもって過ごした。なにより好都合だったのは、その部屋からもすばらしい海の景色が眺められることだ。とはいえ、スケッチブックを埋めたのは海ではない。おもに目立って描かれているのは小船だ。ほっそりとした鼻と意志の強そうな顎つきの女性の横顔とともに。

彼女の頑固さを思い返し、自分とそっくりだと顧みて、ウィルは含み笑いを洩らした。ボドミンで開かれている祭りに誘ったとき、ウィルは息を凝らして返事を待った。果たさなければいけない務めがあるというミス・マデリン・レイヴンウッドの責任感の強さが感じられたからだ。

それだけに、自分のために時間を割いてもらえた幸運を嚙みしめた。

じつのところ、マディーの自立心には感心させられていた。自分自身や自分の計画、目指すものに対する自信が窺える。目的を持って生きているのは同じでも、ウィルの場合には必ずしも自分で見いだしたものとは言えなかった。

なおさら感銘を受けたのは、マディーが家業の仕事に力を尽くしながら、ほかの人々のためにも行動していることだ。そのような女性が、そこらじゅうで助けが求められているロンドンにやって来たとしたら、どうなるのだろう？　一カ月と経たずに、ロンドンの貴族たちをひとり残らず何かの委員会に加入させてしまいそうだ。その美貌と志に自分の知人の誰もが魅了されている隙に、ウィルはマディーを連れ去って、そうした務めとはまるで関係のない行為にいそしめたならと思いめぐらせた。

とうとう自分もサーペンタイン池であの愚かしい足漕ぎボートを借りるはめとなるのだろうか。

ウィルはかぶりを振り、立ちあがって伸びをした。まったく、ばかげた空想にもほどがある。ふたりの将来に夢はふくらむものの、いまのマディーにへイヴン・コーヴでみずから築き上げてきた暮らしを捨て去ることができるとはウィルにはまだ思えなかった。

だが椅子にまた腰を落ち着けるなり、考えは先走った。妹たちはマデリン・レイヴンウッドをどのように思うだろう？

そんな考えが頭を離れなかった。ついには画用紙の上に鉛筆をとめて考えだした。

コーラはマディーを気に入るだろう。ふたりには有能で意志が強いという共通点がある。デイジーは戦々恐々といったところだろうか。末の妹は務めを理解して、おおむね果たしてはいるのだが、みずから進んで行なっているわけではなく、好機とみればすぐさま一カ月にも及ぶ休暇に出かけてしまいかねない。

ウィルとマディーにも違うところはあった。ウィルは自分に求められている務めは承知していても、最近は内心でいくぶんいらだちも覚えていた。かたやマディーは自分で築いている人生に満足しているように見える。昔の想い人ですら、尋ねられなければもう忘れていたようだった。

「旦那様？」ブライが呼びかけてから咳ばらいをした。

ウィルは鉛筆を取り落とし、金塗りの机に乗せていた足をおろした。「なんだ、ブライ！　ハスケル夫人並みの忍び足だな」

「二度、お呼びしました、旦那様。考え込んでおられるご様子でしたので」

これまで出会ったなかでもっとも多忙な女性について考えにふけっていた。

「このお屋敷の現状を憂慮されておられたのですか？」老執事の瞳は期待で輝いている。

いまではウィルもこの屋敷の状態については責任の重さをじゅうぶん感じていた。まぎれもなく奇妙に造り込まれた建物だ。たしかにけばけばしく飾り立てられてはいるが、かつて目にしたことがないほどの絶景を見下ろせる場所でもある。このようなところに住めるだけでも幸運と呼べるのだろう。サセックスのアッシュモア公爵家の本邸は荘厳だが内陸にあり、広壮すぎて侘しく感じられるときも多い。このカーンワイスがしじゅう父を呼び起こさせる場所でさえなければよかったのだが。

「舞踏場と屋敷の東側の修繕方法について話し合いの時間を取らなければ」ウィルはようやく執事にそう答えた。売却するにしろ貸しだすにしても、もっとよい状態に修復しておかなくてはいけない。もともとこの屋敷は放置して、ロンドンに戻ってから土地管理人を派遣すればいいと考えていた。だが実際に訪れてみて、海へ崩れ落ちそうなカーンワイスをそのままにしてロンドンへ帰ることはできなくなった。

「大変ありがたいことでございます、旦那様」執事の瞳は喜びに満ちていた。「では、お嬢様が落ち着かれたあとで」

「なんだって？」ウィルは執事が何か取り違えているとしか思えなかった。「ブライ、妹たちはロンドンにいる」

「おひとりはそうでございましょう。ですが、上のお嬢様はたしかにこちらにいらっしゃいます」執事はあけ放したドアのほうをちらりと振り返った。「すぐにも……お目にかかりたいと」

それでようやくウィルは階下の物音に耳を傾けた。女性たちの話し声。片方の声がより大きい。自分のものと同じくらい聞き憶えのある声だ。コーラ。

ウィルは執事の脇をすり抜けて歩きだし、妹がロンドンからわざわざやって来た事情を解き明かそうと考えをめぐらせながら、大股で階段へ向かった。不安に急き立てられて、階段をいっきに駆け下りる。

「どうしたんだ？　デイジーは？」

コーラは腕に抱いた仔猫を手袋をした手でやさしく撫でながら振り返った。「もう、ウィルお兄様、大声は出さないで。仔猫ちゃんが怖がるでしょう」それから、付け足しのように続けた。「ご覧のとおり、わたしは元気よ。それにデイジーも。あの子は婚約者の妹さんのところに二日ほど滞在することになってるわ」

「それはなによりだ」ウィルは大きく安堵の息をついたが、それならどうしてコーラが妹の結婚準備を放りだしてコーンウォールまでやって来たのかが解せない。「ではどういうわけで、どうやってここに？」

「かの偉人ブルネルのおかげで、コーンウォール鉄道で。ほんとうに賢い方よね？」

「ああ、すばらしい設計者だとも。私もその鉄道を使った。だが、八時間の長旅だったし、パディントン発は朝十時だろう。まだ九時にもなっていない」どう計算してみたところで、辻褄が合わない。

「あら、到着したのは夕べだもの。馬車宿に泊まったのよ」

「馬車宿に泊まっ――」

「お兄様は泊まったことがある？　なかなかすてきだったわ。ぜひ試してみて」

「コーラ。どうしたんだ。どうしてここに」

「ええ、そうよね」コーラは仔猫に鼻をすり寄せて、妙な装飾が施された居間を見まわし、藤紫色の長椅子を選んだ。うとうとしている仔猫を起こさないようにそっと腰かける。

「説明するから、どうぞ座って」

ウィルは座っていられるような気分ではなかったが、とりあえず腰をおろした。説明を聞くためなら仕方がない。

「お兄様のことが心配で来たのよ。まったくお兄様らしくない話を聞いてしまったから」

コーラはいまやまじまじと兄を見て、いとも不満げに眉を上げた。「それにずいぶん見違えたわね」

ウィルにもその自覚はあった。つねに肩をいからせていた緊張がいくぶんやわらぎ、目覚めの潮騒の音に思いのほかなぐさめられている。現に一度も目覚めずに何時間もゆっくりと眠れる。それだけでも気分が明るくなった。

ところがコーラに顔や髪や装いを心配そうにつくづく眺められているうちに、どうやら妹は兄がよいほうに変わったとは思っていないらしいことに気づいた。

「ひどい身なりだわ」

ウィルはアイロンをかけたばかりの清潔な亜麻布のズボン、白いシャツ、黄金色のベストを見下ろした。きょうはマディーと出かけるので精一杯めかし込んでいる。

「やっぱり、近侍を連れてくるべきだったのよ。剃刀は持ってこなかったの？　だいたい、衣装はどこにあるの？　一週間も上着もなしで歩きまわっていたわけではないわよね？」

「これが私の衣装だ、コーラ」ウィルはいらだちを呑みくだした。「いいか、休暇中なんだぞ。客人をもてなすわけでなし、地元の人々から夕食会に招かれてもいない」

「ある方を除けば、と伺っているけれど」コーラにこの独特な眼差しで見据えられると、ウィルはいつも鋭い光で隅々まで心を見透かされているような気分になる。

布張りの椅子を指でとんとんと打ちながら、顎が痛くなるほど奥歯を嚙みしめた。

「コーンウォールに滞在中の私についてロンドンにまで話が伝わっているのか？」妹に投げかけられた言葉のせいでウィルは大声を発しかけて、言い争いたくはないばかりに、とりあえずはぐらかそうとした。カーンワイスに来てからの日々のことなら妹にいくらでも語ってやれる。

マディーと過ごした時間について以外なら。彼女とのことは、いまはどのような関係でこれからどうなるにしろ、いっさい口にしないのが得策だと直感した。

「噂話がどれほど早く広まるものなのかはわかってるでしょう。うちの一族ならもうよくわかっていて当然よね？　だからこそ、お兄様もわたしもけっして礼儀を欠かないように最善を尽くしてきたんだものね？」

「不適切なことなど何もしていない」マディーとのキスが鮮明によみがえった。だが人けのない入り江で小船に乗っていて、そばには誰もいなかった。「噂になるようなことは断じてしていない。そもそもコーンウォールのように離れた場所から誰が話を広めるというんだ？」

コーラは首を傾けて、兄を黙って見つめた。兄の良心の呵責に訴えるいつもの手だ。

「一週間後に、ビアトリス王女がこの小さな海辺の町にいらっしゃるそうね。エスキス卿が王女様をお迎えする準備に万全を期して先に来られているのは知ってた？」

「いや」あのやつれ顔の貴族に最後に会ったのはレディ・トレンメアのパーティだ。エスキス卿に疎まれているのはあきらかだが、その理由は釈然としない。単に父への友情からだろうか？　とはいえそもそも、父の過ちを正すために連絡をとった貴族のなかで喜んで質問に答えてくれた者は誰ひとりいなかった。

コーラが心待ち顔でこちらを見つめている。兄からそれ以上何も聞けないとわかると、不満げに息を吐いた。「ホテルに滞在されているわ。お兄様が若いご婦人とキスをするのを見ていたそうよ」

ウィルは急にこわばってきた首の後ろをつかんだ。「どうやってそれを知ったんだ？　エスキス卿と手紙のやりとりでもしているのか？」

コーラは憤慨して頬を紅潮させた。「お兄様は若いご婦人をロンドンの噂話の餌食にさせるようなことをしておいて、弁解するどころか、わたしがどうやって嗅ぎつけたかを知りたいわけ？」

「そんなことはない。そんなことはどうでもいい」ウィルは両手をこぶしに丸めた。ああ、なんと考えなしに軽率なことをしてしまったのか。自分の欲望のせいで、マディーを傷つけてしまうかもしれないと思うと胃が絞られるように感じられた。

コーラが大きく息を吐き、落ち着こうとしているらしい。それから立ちあがり、寝ている仔猫を起こさないように気をつけながら、手提げ袋《レティキュール》から折りたたまれた一枚の紙を取りだして、兄のほうへ突きだした。

「レディ・トレンメアからの電報。これでわたしは知ったの。彼女はエスキス卿の友人なのよ」コーラは説明した。「あの伯爵未亡人はどなたのこともご存じのようだけれど。へイヴン・コーヴにも邸宅があって、もちろん、エスキス卿はそこでの晩餐や昼食会に招かれているわ」

「伯爵未亡人がおまえに送ってきたのか？」

コーラはうなずいた。「これも」さらに小さな紙も取りだした。「それで、すぐに来なければと思ったの」

それはゴシップ紙の切り抜きだった。


ハートがレディ・D・Dとの恥ずべき破談後、ついにその傷心《ハート》をなぐさめてくれる跳ね返りの若い牝馬を見つけたらしい。コーンウォールの海辺から届いた知らせによれば、当のA公爵は父親から受け継いだ邸宅のあるその小さな港町で商いを営む平民のR嬢と悦楽に浸っているとのこと。

「マディー」ウィルは静かに名前をつぶやき、自分の無責任な行動で彼女の暮らしを危機に陥らせてしまった罪の意識で打ち砕かれそうな思いがした。「私はどうしようもない愚か者だ」

「レディ・トレンメアはその若いご婦人をよくご存じのようね。彼女の評判と生活を心配なさってるわ」

コーラは腕組みをして、腹立たしそうに息を吐いた。「お兄様、いったいどういうことなの？　こちらに来てほんの一週間で、もう女性と戯れているなんて。無垢なお嬢さんを穢したのだとしたら――」

「それは違う」ウィルは唐突に椅子から立ちあがり、やたらに華美な部屋のなかをゆっくりと歩きだした。

自分は父とは違うし、あのような男にはけっしてならない。女性との戯れにうつつを抜かすようなことはしないし、相手がマディーであれ、それは同じだ。マディーは自分のなかにあって忘れかけていた感情を呼び起こさせてくれた。彼女を欲している――ああ、どれほど欲していることか――が、それだけではない。

「言わせてもらうなら、ロンドンの客間でそのようなことをしたら、お相手の女性に求婚せざるをえなくなるのよ」

「そうすべきなんだろう」そうすんなり口をついて出て、ウィルはそれがもう何度も自問していたのに声には出さなかった言葉なのだと気づいた。

コーラが呆然と口をあけ、そんな言葉を兄から耳にするとは想像できたかしらと思い返しているかのように目をぱちくりさせた。「考えていたことなの？」

「いや、まったく」そんな言葉を口にすることになるとは自分でも意外だった。先を見越して方策を尽くす男だったはずだ。ところが、ロンドンを発ってからは何ひとつ計画を立てていなかった。まさかマディーと再会するとは考えもせず、当然ながらそれによってまた生きる活力を与えられるとは予想できたはずもない。第一、もともとコーンウォールに来ようとも考えてはいなかったのだから。

「公爵夫人になるおつもりはあるのかしら？」コーラが口調をやわらげて尋ねた。

「それは――」それこそウィルが自問していたことで、まだ答えは出ていない。「ここで充実した暮らしを送っている女性だ。それも、貴族のような気晴らしを楽しんで良縁を望んでいるわけではない。事業をみずから経営している。結婚を望んでいるのかすらわからない」ウィルが妹を見ると、その表情から憤りは消えて、濃い色の眉を興味深そうに上げてじっと耳を傾けていた。

「事業の経営は公爵夫人になるにあたって無駄な経験ではないわよね。使用人たちの管理や、お屋敷の切り盛りに生かせるはずだし、みなさんとお目にかかるのも苦ではないでしょうから」

今度はウィルのほうが驚かされる番だった。「賛成してくれるのか？」

「レディ・トレンメアが電報のあとに手紙も送ってきたの。その方のお母様は貴族の子女だったのよね。それに、ご本人もきわめて有能なお嬢さんなのだと書かれていたわ」

「そのとおりだ。ほかにもすばらしいところがたくさんある」

「あらあら」妹は手袋を脱いで、兄が座っていた椅子からいちばん近い椅子にどさりと腰を落とした。「とても好きなのね。のぼせあがってるんじゃないの？」

そうなのか？　のぼせあがっているとは、マディーに対する想いを表現する言葉としては軽々しすぎやしないだろうか。ウィルはまだ彼女への気持ちをしっかりと整理できていなかった。もう何年も忘れていた感情を呼び起こされただけで舞い上がっていた。

たぶん相当に。マディーがいとおしい。そんな想いが燃え立たされるにつれ、彼女も同じ想いを抱いてくれているはずだと感じられるようになった。

「ともに過ごすのが楽しい」

「そうでしょうとも」妹はいまになってようやく周りのものに目が向いたらしい。部屋のなかを見渡し、派手はでしい色彩、もう古ぼけてしまった豪華な家具調度、猥褻な美術品へと目を移すうちに妹の表情が変わっていく。「ここにいればわれを忘れてしまうわね」

「コーラ、おまえが私をここに来させたんだぞ」

「わかってる」コーラは下唇を嚙み、申し訳なさそうな目で兄を見やった。「助言を聞き入れなければよかった」

「誰の助言だ?」だがそう尋ねてすぐに、ウィルは誰の助言なのかに思い当たった。

「レディ・トレンメア」コーラが答えた。「お兄様がここを気に入ってよみがえらせてくれるかもしれないと望みをかけていらしたのではないかしら」

つまりは、王族の来訪に備えてカーンワイスを修復させようとの計略にまんまと乗せられて自分はここに来たのか? 誰もがそのいまいましい一大行事のために策を練り、だからエスキス卿もここにやって来た。あの男がそれほどのお喋り好きだったとは知るはずもなかったが。

ウィルは部屋のなかを歩きまわりながら、窓の向こうの海に目をくれた。ロンドンにいたときとは違って、外へ出たくてうずうずしてしまう。何にもましてマディーに会いたいが、また誰かに見られて、まことしやかな戯言を書き立てられるかもしれないと思うと、彼女の評判を守るため軽率な行動は控えざるをえない。

「お兄様は家長なのよ。どんなことでも頼りにしているし、いままでもずっとわたしたちの面倒をみてきてくれたわ」

「これからもずっとそのつもりだ」ウィルの胸に哀しみと怒りが押し寄せた。父にかかわる話になるといつもそうだ。あの男は守り思いやるべき家族をないがしろにして、自分が悦楽を求めることにかまけていた。

「お母様もできるかぎりのことはしてくれたわね」コーラが言い添えた。

それ以上の言葉は不要だった。どちらも母が亡き公爵の振る舞いに目をそむけ、あるいは黙認するのにどれほど苦しんでいたかを憶えている。

コーラが押し黙り、ウィルも口を閉じて、ともにふだんは過去に埋めようと努めている記憶に沈み込んだ。

「あの男を好きではなかった。今後も好きにはなれないだろう。この屋敷に一週間いたくらいで父親に似てくるわけがない」

「当然だわ、お兄様。お兄様の人となりはよくわかってるもの。その若いご婦人はきっとすてきな方なのね」

「そうなんだ」ウィルはマディーのことを考えるたび乱される胸のうちをコーラには見通されているのかもしれないと感じた。この妹には昔から誰よりもたやすく考えを読みとられてしまう。

コーラの目から不安げな影が消えた。それから、さらに静かに話しだした。「お互いにほぼずっと自分に求められているものを胸にかかえて生きてきたんですもの。お兄様の務めをあえて口にするつもりはないわ。誰よりわかっているはずだから」妹は椅子から腰を上げ、ウィルと並んで西側の窓辺に立った。

「お兄様がこちらに来て楽しめているのならよかった。しかもコーンウォールで期待していた以上のものを見つけられたかもしれないんだもの。だけど、ミス・レイヴンウッドにほんとうにどうしてあげたいのかを考えてね。お兄様の決断はいろいろなことに影響を及ぼすのだから」

ウィルは石のように硬いものが喉につかえて、呑みくだした。いつものようにコーラの言うとおりだ。ふたりとも父の選択によって人生を左右されたあげく、母も失った。

「それと、もうすぐここを離れなければいけないことも忘れないで」仔猫の頭をやさしく撫でてから、コーラはまた手袋をつかんだ。「わたしと一緒に帰ってもいいし。きょうの午後には発つわ。婚約パーティは大成功に終わったのよ」

「よかった」デイジーのためにはほっとしたものの、まだロンドンに戻りたいとは思わない。「私もすぐに戻ると約束する。だが、きょうは無理だ。約束がある」

「その女性と？」

「ああ」

コーラはいくらか顔を曇らせた。「お兄様、あまり好ましい考えとは――」

「用心するよ、コーラ。一族の名誉を守らなければいけないことは承知しているし、むろん、彼女の評判についても同じだ」ウィルはマディーが懸念していた屋敷の修繕箇所については対処することをすでに決めていたが、もう一度会っておかなければならなかった。このままコーンウォールを発つのは考えられない。出かける約束をしたし、あと一週間のうちにできるかぎりマディーに会っておかなければと早くも思いめぐらせずにはいられなくなっていた。

コーラが歩み寄り、兄の腕に手をかけた。親愛の情をことさら態度で示す家族ではないので、妹のしぐさにウィルは虚を衝かれた。

「お兄様を信頼しているし信じてる。それでも実際に会って確かめたかったの。ここに来て自分の口から噂について伝えるのがわたしの役目だと思った。レディ・トレンメアはそのお嬢さんをとても気にかけているわ。お兄様もそうなのよね。わたしもすぐにもぜひお目にかかりたい」

ウィルもぜひ会わせたかったが、いまはそう言ったところで意味がないように思えた。

「会えてよかった。どんな理由で来てくれたにしろ」

ウィルはその部屋に入ってから初めて妹の笑顔を目にした。それからコーラは小首をかしげて、またも兄の頭から爪先を見定めるように眺めおろした。「デュマ（『三銃士』や『モンテ＝クリスト伯』で知られるフランスの作家）の小説から抜けだしてきたみたいな恰好ね」

「あとは剣があればだな」

「それと口髭に顎鬚、あふれんばかりの復讐心も」

「どうやれば手に入るのか考えてみよう」

マディーは温室を元どおりに片づけて、リーヴ夫人から王女のため特別に敷設する遊歩道用に追加発注されたサクラソウを準備した。それから、フラワー・ショーに出品するヴィクトリアと名づけたバラの発育状態をあまり手をかけすぎないようにと思いつつも確かめた。

ウィルとボドミンへ出かけるには、早朝から忙しく動きまわらなければならなかった。彼と出かけるのを考えると自然と笑みが浮かび、胸のなかで何かがひらひら舞っているような気がしてくる。けれどそんな期待も、今朝届いたロングフォードからの手紙を読んだあとのいらだちを消し去ってはくれなかった。

その手紙でロングフォードは自分ならいかに事業を拡大させられるか、そしてマディーの父が種苗園で成し遂げたかったことを理解している自分だからこそそれを実現できるのだと綴り、レイヴンウッドの売却を迫っていた。さらには売却金によりマディーが得られるものの一覧表まで添えて。なんて傲慢で身勝手な男なのだろう。

マディーは深く息を吸い込んで、自分が育てたバラの香りを楽しんだ。ロングフォードとあんな驕り高ぶった手紙に、このかけがえのない日々を台無しにさせはしない。

温室がきちんと整ったのを見定めて、事務所へ向かった。月曜日はアリスの休日なので、未処理の注文が残されていないか確かめておきたかった。事務所に入って机の上にきちんと重ねられた書類に目を通しはじめてすぐに、扉が開かれる軋む音とアリスの甲高い驚きの声が聞こえた。

「ここにおられるとは思わなかったので。でも、ちょうどよかったです」

「どうしたの？」マディーは机の後ろから出ていった。

アリスは汚れた顔で荒い息をつき、額には汗が噴きだしている。マディーはその顔から彼女の手に視線を移し、どこかにけがなど負っていませんようにと祈った。

「大変なご報告があるんです」アリスは息を切らして小声で言った。それからほとんど叫ぶように続けた。「アランから求婚されました」マディーの胸に飛び込んできて、笑い声をあふれさせながら抱きついた。「すばらしいでしょう？」

「ええ」

「信じられます？」

「もちろんよ」マディーは笑いながら抱擁をとき、アリスも少しおいてやっと身を引いた。「彼はあなたのことがとても好きだもの」

食料雑貨商の青年がアリスに想いを寄せて、ふたりが会うようになってもう一年近くが経っている。アリスは彼を気に入ってくれない父親に不満をつのらせていたので、マディーもいろいろと話を聞かされていた。

「彼に愛されていると心から信じられます」

「間違いないわ。そうとしか考えられないでしょう？」アリスが自分の父親の機嫌をとっても無駄だと説得しても、青年はあきらめずに想いを伝えようと努めてきた。

マディーはアリスの喜びに水を差したくはないものの、訊いておかずにはいられなかった。「お父様はアランを認めてくれてるの？」

アリスの満面の笑みが揺らいで、顎がふるえだした。そのまま来客用の椅子にへたり込み、涙で頬を濡らした。「いいえ、まだたいして」

マディーは椅子を引き寄せて腰をおろし、アリスの両手を包み込むように取った。「わたしもできるかぎり力になるわ」

「父はものすごく頑固で、わたしがアランについて話そうとすると追い払われてしまって。父に〝色惚け娘〟だと呼ばれるたびに硬貨を貯めていれば、もうきっと大変なお金持ちになっていたわ」アリスは椅子の背にもたれかかり、真剣な顔つきになった。「わたしは恋に溺れているのかもしれない。だけど、だからといって自分が進む道を決めてはいけないの？」

マディーは励ますようにアリスの両手を握った。「そんなことはないわ。わたしたちはできるかぎり、自分たちの望む将来を切り開いていくべきなのよ」

その言葉を口に出したとたん、マディーは喉が締めつけられるように感じて、唾を飲みくだした。そうすべきだと信じているけれど、そのとおりに生きられている自信はない。

アリスがマディーの表情の意味を取り違えて言った。「マディー、心配しないでください。わたしの後任が見つかるまでは辞めません。ほんとうはできるだけ長く仕事を続けたい。新しい家族が増えるまでは。それにすぐにはその予定はないし」

「そのことを考えていたのではないわ。それに、あなたはそんなことを心配しなくていいの。あなたの代わりになれる人が見つかるとは思えないけど、わたしはひとりじゃない」

「もちろんです」アリスはにっこりした。「わたしの父がいるし、父はいつもずっとここにいるつもりだと言ってますから」

「あれほど誠実な方はいないわ」

「ええ。父はどんなこともうまくやれますもの。だからわたしにもたくさんのことを期待する」

マディーの父と同じだった。父とイームズがあれほどうまくやれていたのも当然だ。似た者同士だったのだから。

「あなたは父をよく知ってますよね。わたしが父を説得できると思いますか？」

「婚約を認めてもらえるかということ？　ええ。アランがあなたにふさわしいすてきな人だと信じてもらうには少し時間がかかるかもしれないけれど」

「時間はたっぷりあるので」アリスが屈託のない笑みを見せ、マディーはその若さを思い知らされた。「父は岩並みに頑丈だけど、時間をかけてしっかり説得すれば、さすがに疲れてくるでしょうし」

イームズは頑丈で、レイヴンウッドでいつまでも働いてくれるものとマディーは信じていた。じつを言えば、事業の経営者になってもすばらしい仕事をするに違いなかった。父は長年庭師頭を務めてくれていたイームズに事業を引き継ごうとは考えていなかったのだろうか？　予期せずして心臓発作で倒れたので、遺言書は用意されていなかった。

「それに」アリスが夢見るように続ける。「アランとわたしはこれからいつまでも一緒なのだから、父の説得に何週間か取られるくらい、なんでもないわ」

いつまでも。マディーはつねに次にやるべきことに追われていて、自分自身のずっと先のことまで考える余裕がなかった。それどころか、近い将来のことですら。もちろん、バラや、これからの庭園設計について、それに両親の事業を運営していくための戦略なら、何ページにもわたって書けるくらいの計画を抱いている。それでも以前はアリスのように愛に満ちた将来に希望をふくらませていた頃もあった。両親は愛しあっていた。母は父と出会って、定められていた人生の進路を完全に方向転換してしまうくらいに。

自分にも同じことができるだろうかと考えてしまう。もしウィルに求婚されたとしたら。そんなことはありえないのに。

「何を考えてるんです？」アリスの声に物思いを遮られた。

アリスが心得たふうな笑みを浮かべている。先ほどまで目を潤ませて哀しそうだった顔に明るさが戻り、マディーもほっとした。

「あなたのいつまでもという言葉にちょっと思うところがあって。ごめんなさい」マディーはとりとめのない考えはさらりと払いのけるつもりで、ほつれた巻き毛を耳の後ろに戻した。

「謝る必要なんてありません。でもなんだかとても哀しそうに微笑んでいたので。いま、ヘイヴン・コーヴを訪れている方と関係のあることですか?」

マディーは押し黙ったが、アリスは何か読みとったらしい。

「そうなんですね」アリスが目を見開き、求婚されたことを知らせに事務所に飛び込んできたときと同じくらい興奮しているように見えた。身を乗りだし、ほかには誰もいないのに声をひそめた。「マディー、その方に求婚されそうなの?」

「いいえ」そんなことはありえない理由ならいくらでも思いつけるけれど、まったく考えていなかったと言えば嘘になる。「それはなさそうね」

「あら、わからないわ。わたしたちはいまふたりとも、とても幸せになる運命にあるのかもしれないでしょう?」

「あなたはわたしが気にかけていることを早合点してるわ。もし求婚されたとしても、わたしがコーンウォールとこの種苗園を放りだしていけると思う?」

「あなたのお母様はそれまでの暮らしをすべて捨てて、ダービーシャーのお屋敷を出て、あなたのお父様と結婚されたんですよね」

マディーは目を細く狭めてアリスを見やった。両親のことを持ちだすのは筋違いだ。頭のなかで懐かしい母の声がよみがえった。〃いいわね、結婚は愛のためにするものなの、それ以上に重要なことはない〃

「わたしにはここで果たさなければいけない務めがある。それに公爵夫人の暮らしも務めを負うのは同じよね？　またべつの責任をしょい込む人生をわざわざ選ぼうと思う？」

アリスは唇を引き結んだが、いたずらっぽく口元をゆがめた。「だから考えてしまうんですね」

「そんなには」

ふたり同時に噴きだしたものの、いまのやりとりのせいでマディーは落ち着かない気分になっていた。すぐにも対処しなければいけない現実的な問題があるというのに、空想をふくらませて、ありえない将来を考えている場合ではない。

時計が時刻を鳴らし、マディーは椅子から慌てて腰を上げた。

「お約束があるんですか？」アリスが笑った。「そうですよね。フラワー・ショーまでにやらなければいけないことはたくさんありますもの。来週、事務所の外でもわたしに手伝えることがあれば、どうぞ申しつけてください」

やはり公爵との外出は取りやめたほうがいいのだろうか？　ええ。その答えはすぐに出た。あきらかだ。現実的に考えるなら。田舎へ遊びに出かけている暇はない。公爵とは違って休暇中ではないのだから。あちらはいま気ままな身だ。でもこちらはと言えば、やらなければいけないことだらけ。

それなのに、心の奥底のより粘り強いもうひとりの自分が公爵と出かけたほうがいいと訴えていた。すてきなやさしい男性にキスでまぎれもない切望を燃え立たされたのに、せっかくまた一緒に過ごせる機会を逃していいのかと。公爵はもうすぐ去る。これからもずっと種苗園を続けるのなら、このような機会はもう二度とないかもしれないでしょう？

「約束があるんだけど、わたしにできることがあれば、あなたのお父様に話を聞くとか、説得することもやってみるわ」

アリスは椅子から立って、マディーの手を引いてともに立たせた。「あなたは約束した方のところへ行ってください。わたしはただもうアランから求婚されたことを伝えたかっただけなので。父とはまたそのうち話してみます」

マディーの鼓動が速まりだした。出かけるのを取りやめる必要はなさそうだ。しかもばかみたいだし破廉恥だけれど、公爵とまたキスをすることで頭はいっぱいだ。

アリスがマディーの机の後ろに向かった。レイヴンウッド種苗園の管理用カレンダーを指でたどる。「きょうはほかに約束は書かれてませんけど、あすはリーヴ夫人と企画会議の予定がありますね」

「ええ、最終確認を行なう最後の会議」

「でしたら、その会議の準備以外はきょうのご予定はないようです」

マディーは温室の片づけに入るまえにすでにその準備はすませていた。

アリスがにっこり笑った。「ぜひ、楽しんできてください」マディーに自分の嬉しい出来事を知らせたときほどではないものの、喜びの活気のようなものがみなぎっている。

「わたしはこれからアランに会いにいきます」

「楽しい休日を」マディーは声をかけた。「それと心配はしないように」

「それはこちらのせりふです。あなたはたくさんの責任を負っているけれど、あなたのバラが大成功を収めるのは間違いありませんから」

マディーはアリスの熱意に胸を打たれて、うなずいた。「わたしもそう信じてる」

アリスが見るからにはずむ足どりで出ていった。

マディーは事務所に届いた郵便物の束を選り分けて、リーヴ夫人からの短い書付を読み直した。あすの会議の確認と、都合がつけばアッシュモア公爵にもぜひご出席いただくようにと、さりげない言付けどころではない要請が追記されている。大きく息を吸い、ため息をつく。このままではリーヴ夫人が要求事項の一覧表を手に公爵邸を訪ねかねない。

マディーが戸締りをして事務所を出ようとしたとき、陽射しを受けた窓が鏡に様変わりして、そこに映った自分の姿に足がとまった。髪は乱れ、頬には鉢植えの土が付き、不安に満ちた目をしている。

　ふっとウィルの濃い色の眼差しが思い浮かんだ。小船であの熱っぽい目でじっと見つめられたときのことを呼び起こすといまでも息を奪われてしまう。彼にはなぜか不安に満ちた忙しい日々を見通されている気がした。もっとのんびりして――いままでそんなふうに望んだことは一度もなかったのに――彼とのひと時を楽しみたいと思った。

　ウィルに愉快そうに話しかけられるのが心地いい。互いの立場を口実に、公爵として委員会の求めに応じる代わりにコーンウォールの案内を交換条件のように頼まれたわけだけれど、ウィルと一緒にいると、ほかの人たちからのように何かを期待されているといった荷の重さは感じない。

　とはいえ、ウィルもマディーに求めているものはあった。一緒に過ごす時間。気づけばマディーも同じものを心から求めていた。

　もうすぐウィルはいなくなってしまう。もう二度と誰にもこのような切望を感じることはできないかもしれない。

　ともに過ごせる一日を楽しんで、その後のことはそれから考えよう。

　たった一日。一日くらいなら自分のために使っても、あとはやるべきことに戻れば、きっと大丈夫。

15

　ウィルはマディーに来てもらえないのではないかと不安だった。そしていま鉄道の客車の一メートルも離れていない向かいの席にマディーが座っていて、ヘイヴン・コーヴを思っていた以上に早く発たなければならないことをどのように伝えればいいものか考えあぐねている。

　じつは鉄道駅へ馬車で向かうためレイヴンウッドに迎えに出かける直前まで、この外出をそもそも取りやめる書付を届けさせようかとも考えていた。たった一日マディーとふたりきりで過ごすのをやめたかったのではなく、コーラの警告が頭のなかでこだましていたからだ。

　何年ものあいだ、ウィルは評判を穢さぬようにと気をつけてきた。噂にのぼることがあったとしても、いかに父とは違うのかをことさら語られる程度に過ぎない。そうしてあのスタンウィック・ハートが得られなかったものすべてを築いてきた。

　だが、これまで出会った誰より熱情を沸き立たされる女性とともに過ごせないくらいなら、まっさらな評判などもうどうなってもかまわない。マディーと会っている時間はどれも、どのキスも、それくらい価値のあるものだった。ウィルにとって唯一ほんとうに気がかりなのはマディーのことだけだ。周りの人々からの彼女への敬意が失われないか心配だし、彼女が日中のほとんどの時間を費やしている事業についても迷惑をかけたくない。

ウィルがちらりと向かいの座席を見やると、マディーもすぐさま気づいてまっすぐ目を合わせた。媚びるふうではないし、気どりもない。好奇心と温かみが感じられる率直な表情だ。

それからマディーは一瞬視線を下げてウィルの唇を見つめた。ウィルはそちらの座席に移って口づけたい衝動に駆られたが、まったくふたりきりというわけではないのでこらえた。車掌やほかの乗客が客車の窓越しにいつ通りかかるともわからない。

用心するとコーラに約束したし、そうしなくてはいけない。これまでは一族の名誉のためだったがいまはマディーのために。本人は自立しているのだから問題はないと考えているかもしれないが、女性には不利な社会であるのをウィルは承知していた。父のような男たちなら何をしても酒好きの余興で片づけられ、面白いお遊びだとか愉快なやつだと好まれさえする。嘘をついて、ほらを吹き、それでも仲間たちはなおさら引き寄せられていく。考えなしに気分しだいで情婦を取っかえ引っ替えしても、ほかの男たちから反感を買うわけでもない。それどころか、さすがだとうらやましがられる始末だ。

かたやもしウィルの母がささやかな気慰めに恋人でも作ろうものなら、罵られ、咎められて、上流社会からは完全に追放されてしまっていただろう。

たしかにヘイヴン・コーヴの人々は、事業経営者で、しかもあらゆる形で町に貢献している若く有能なマディーの行動をある程度は寛容な目で見ているのだろう。それでも未婚の女性に変わりはなく、ちょっとした醜聞でも貴族の顧客から穢れていると見なされて、レイヴンウッド種苗園が破産に追い込まれないとはかぎらない。

自分の欲望のためにマディーにそのような代償を払わせるわけにはいかない。

ウィルがこれほどまでに女性を欲したことはなかった。否定しようのない事実だ。その切望はそばにいるうちに強まるいっぽうだった。そんなふうに考えだすと――考えないようにはしていても――マディーのいない人生に戻ることなどとうてい想像できなくなる。

マディーとともに人生を歩むのは可能なのか？　ウィルはコーラとの会話を思い返した。マディーならすばらしい公爵夫人になるだろう。自分にとって結婚は義務でもあり、マディーとならともに過ごす将来をいくらでも想像できるが、彼女にとってまず優先すべきものがコーンウォールにあることもウィルにはわかっていた。

マディーが自分の暮らしに溶け込む姿なら容易に思い浮かべられるが、自分は彼女の人生にどのような役割を果たせるのだろう？　ここでの充実した暮らしをマディーにすぐにも捨てさせようとするのは男の身勝手な要求だ。

「その本で何を学べるんだ？」

客車の座席についてからふたりは話をせず、マディーは書名からすると土地の歴史が語られているらしい本を取りだして読んでいた。

マディーが本を脇に置いて、鮮やかな青い瞳でウィルを見据え、意気揚々と身を乗りだした。「ボドミンはコーンウォールで最古の町のひとつで、土地台帳《ドゥームズデー・ブック》（ウィリアム一世が一〇八六年に作らせた）に載っている唯一の大規模集落なんですって。時間があれば、教会も訪ねられたらいいんだけど。十五世紀に建てられた元々のノルマン様式の塔がまだ残されているの。数年まえにトゥルーロに大聖堂が献堂されるまではコーンウォールで最大の教会だったそうよ」

ウィルは胸のうちを快くくすぐられて含み笑いを洩らした。史跡にはだいたいにおいて興味を引かれないのだが、このように意気込まれるとたしかに行ってみたくもなる。「きみがそうしたいのなら」

「スケッチ道具は持ってきた？」

ウィルは上着のポケットをぽんと叩いた。「小さなノートと鉛筆は」

「その塔を描いてみたらどうかしら。わたしは歴史協会が年に四回発行してる会報で記事を書いているの。その教会について書くのもいいわね」

「きみのお望みのものを描くとしよう」どんなものよりも、きみを描きたいのだが。

「ありがとう」マディーに笑い返され、ウィルはまたも唇を重ねたくなった。彼女の唇の感触は忘れられそうにない。

だが今回の外出ではふたりの時間を純粋に楽しもうとウィルは自分に言い聞かせていた。

それ以上のことを求めたり期待したりする立場にはない。せめても、ヘイヴン・コーヴからこれだけ離れれば、ふたりを観察して噂の種にする者もいないはずなのは救いだ。

ふたりだけのすばらしい一日を過ごして、約束どおりホテルでの催しに出席したら、あとはロンドンへ帰る。

「ここに小さな地図が載ってるの」マディーはまたも本を持ちだした。「お祭りの会場は駅から少し離れてるわね。馬車を借りたほうがいいかも」

「馬車を御せと仰せかな」ウィルは冗談めかして問いかけた。「船を漕ぐよりはうまくできると請け合おう」

「それでまたわたしを感心させようというわけ？」

「当然だとも」声がざらついたのは、ほんとうは馬車を御すのとはほとんど関係のない、いま考えてはならないことのほうで感心させたいせいだ。

「そういうことなら、ぜひお願いするわ」マディーは真面目くさった口ぶりで告げた。

「それはありがたき幸せ」ウィルはかぶってもいない帽子を上げるしぐさで応じた。

束の間マディーはただ黙ってじっと見つめ返した。好奇心に満ちた生意気そうな目つきだ。マディーの視線はウィルの顔から身体に下りて、前に投げだしている脚に達した。靴先は彼女の襞飾りの付いた黄色いスカートの裾の内側へもぐり込んでいる。それを知ってか知らずか、マディーは唇を嚙んでまじまじとこちらを見ている。ウィルはまさにその艶やかなピンク色の唇を自分の歯で嚙みしめたくて、硬く昂《たかぶ》った。

「ここに座れるわ」マディーは手袋をつけていない手で脇の空いているビロード張りの座席にさっと触れた。「一緒に本を見ましょう」

ウィルはマディーに誘惑している自覚があるのかわからなかったものの、隣に座っても紳士らしく自制はできると判断した。

前かがみに立ちあがり、いざなわれた場所に腰をおろす。

小船ではどちらもびしょ濡れになり、それでもマディーの肌から花の香りが感じとれた。今回はもっと甘くみずみずしいほのかな香りがウィルの気をそそった。

「ボドミン高地まで散策する時間はないけれど、独特の美しさなのでしょうね」

きみこそ独特の美しさだとも。

本を読んでいるマディーの横顔を少しのあいだ見つめてから、ウィルはノートと鉛筆を取りだした。

「何をしてるの？」マディーが戸惑いぎみに尋ねた。

「まだしばらく列車に乗っていなければならない。そうだとすればきみは最高の画題だ」

マディーは膝の上の本を取り落としかけながら、車窓の向こうに流れていく景色をぎこちない身ぶりで示した。「田園風景を描いて」

「きみなら時速五十キロで通り過ぎてはいかないだろう。はるかに描きやすい」

「そうとはとても思えないけど」マディーは考え込むように眉をひそめ、ウィルが手にしたノートを見下ろした。

「いや、そうだとも」

「わたしは写真を撮るときにもじっと座っていられないのよ」

「写真ではないのだから、完全に静止している必要はないんだ」ウィルは首を傾けてマディーの唇を眺めつつ、ノートにささっと輪郭を描いた。「記憶を頼りにきみを描いていたんだが、生身のきみを見ながらのほうがやはりいいな」

自分できわどい言い方をして、その姿を頭に思い浮かべてしまい、鼓動が耳のなかに響くほど大きく速まった。ついには下半身まで疼きだしたとき、マディーが唇をわずかに開き、さっとこちらに目を上げた。

「何かお望みの体勢《ポーズ》はある？」

ウィルはごくりと唾を飲み込んで、その問いかけの意味を考えた――じっくりと懸命に。そうか、自分がいまスケッチしたい彼女の姿勢を尋ねられたのか。

マディーが正面を向いて背筋を伸ばして座り直すと、ウィルは手を伸ばさずにはいられなかった。指で顎先に触れた。

「気を楽に。ここにいるのは私だけだ」

マディーは深呼吸をして、吐く息とともに緊張も抜けたようだ。座席に深く座り直し、また本を開いて読みはじめた。だが落ち着かなげにほつれた髪を耳の後ろに戻し、そのうちドレスの胴着《ボディス》のボタンをいじりはじめた。

睫毛の下からちらりと目を上げ、問いかけた。「描き終えたら見せてくださる？」

「もちろんだ」ウィルがそのままじっと待っていると、マディーは本の文字や絵を目で追いはじめたように見えた。ところがウィルが紙の上で鉛筆を動かすとすぐにマディーは目の端からまたもこちらを見やった。

「どうしてもあなたに気をそがれてしまうのよ」か細い声で言う。

「向かいの座席に戻ったほうがいいかな」

「いいえ」マディーはそう答えただけで唾を飲み込んだ。

ウィルはマディーの輪郭とうなじの上に丸くまとめられて愛らしくくるんと撥ねた赤い巻き毛を手早く薄い線で描きとっていった。陰影を付けていると、自然とまたマディーの唇に目が向いた。

ばかげた夢想に浸るたちではないので、あの柔らかな甘い記憶がこの唇に実際に残っているとしか言いようがない。そっくりそのまま焼きつけられてしまったかのように。

マディーはなおもちらちらと目を向けていて、ウィルはそれが愉快だった。これではまるで、ちら見合戦だ。ウィルが目を上げると、マディーが目をそらす。スケッチに戻るとすぐさままたマディーの視線を感じる。

「レイヴンウッド種苗園についてもっと聞かせてくれないか」描かれているのをマディーに忘れさせるためだけでなく、自分がまた触れたくならないように気をまぎらわせたかった。

ところがどういうわけかマディーが身をこわばらせた。

「二年近くまえに父が死んで、わたしが引き継いだの。父と母が望んでいたように続けようと努力してるわ。両親は一生懸命に働いてレイヴンウッド種苗園を一企業に築き上げて生計を立てていた」

「なるほど」その辺りのことはだいたい想像がついていたが、ウィルはマディーが口にしようとしないことを知りたかった。「だが、大変だろう」

「いいえ」マディーはすばやく瞬きをして、たちまち頬を赤らめた。それから静かな声で認めた。「ええ。正直に言うと、もっとうまくやれると思ってた」

「うまくやれていないと？」

マディーは膝の上に置いた歴史本の背を指でなぞった。どこまで話してよいものか測りかねているのをウィルは察した。なによりも自分を信じて事実を打ち明けてほしい。

ウィルが安心させる言葉を口にしようとしたとき、マディーが大きく息をついた。

「売上が落ちてるの。顧客がほかの事業者に流れてる。ホテルが命綱になってるわ。レイヴンウッド種苗園がもう何年も受けられていない大規模の発注をしてくれたからなんだけど、もしかすると……」マディーは用心深く不安げにウィルを見やった。「もしかすると、わたしが両親ほど情熱を持てていないからなのかもしれないと」

それで彼女はこれほどいろいろなことに取り組んでいるのだろうか？　家業の経営だけでは喜びを感じられないからなのか？

「わかる気がする」

「あなたが？」マディーはいぶかしげな目を向けた。

「ほかの誰かが築いたものを引き継ぐのは難題だ。たとえば私の場合には、父がめちゃくちゃにしたものを引き継ぐのではない運命も選べたなら、そうしていただろう」

「ほかの人がめちゃくちゃにしたものを引き継ぐのはさぞ大変なことでしょうね。爵位も継承なさるのだからなおさらに。不名誉な行ないで穢された名称ごと引き継がなければいけないんですもの」

「そのとおり。まず大事なのは公爵家の名誉を取り戻すことだと思ったんだ。アッシュモアと聞いてもう誰にも破廉恥なことと結びつけられないようにしなくてはいけない。妹たちのためを思えばなおのこと」

「きっとあなたの願いは叶うはず。公爵位は重責なのでしょうけど、あなたならその地位と富をよいほうに生かしてきっとうまくやれるわ」

まったく、ミス・レイヴンウッドと話していると襟を正さなければという気分にさせられる。

「きみの言うとおりだ。それに妹たちを貧窮させかねない性悪な親類に爵位が渡っていたらと思えば、いまのところ私は順調にやれているんだろう」ウィルはそう話しながら視線を下げて、ふたりの身体の隙間がほんの数センチに縮まっているのに気づいた。

「あなたはご自身の務めを果たすためにほんとうに努力されているのね」

ウィルはこらえきれずに笑みをこぼした。「ほんの一週間、スケッチをして陽光と海風を楽しんでいるところしか知らない相手にずいぶんと自信のある言い方だ」

マディーは笑い声を立てた。「だってそれは休暇中だからでしょう」

「せめてもそれにふさわしいことをしなければ」

ウィルは口が乾いてきた。いまの言葉にはべつの意味も含まれていることにマディーも気づいてくれたらしく、すばやく本に目を戻した。ああやはり、また彼女に触れずにはこの一日を乗り越えられそうにない。あわよくば、キスもしたい。

それから少しのあいだマディーが本を読むのを見守ったが、さらに知りたい欲求を抑えられなかった。

「ミス・レイヴンウッド、きみが情熱を注げるのはどんなことなんだろう？」思わせぶりな含みを持たせたつもりはない。マディーが種苗園には情熱を持てていないかもしれないと言ったので、ではほかに何があるのかを知りたかった。できるかぎり多くの委員会で活動する以外に、彼女が幸せを感じられることとはなんなのか。

マディーはほんとうにそんなことを知りたいのだろうかとでもいうように、疑っているとしか言いようのない目でちらりと見た。

「花園の設計」ようやく、マディーがきっぱりとそう答えたので、ウィルは思わず微笑んだ。「お客様のご要望に応じて花園を設計できたら、そんな嬉しいことはないわ。それにもちろん、新しいバラの開発も。バラだけではないんだけど」マディーは秘密話をするかのようにさらに少し身を寄せた。「シャクナゲの交配も実験中なの」

「それは花なのか?」

マディーがおおらかな笑い声を響かせた。「花を咲かせる低木なんだけど、とても丈夫なの。だいぶ高く育つものもあるのよ」

「設計と品種開発に注力することは考えてないのかい?」ウィルは公爵家を復興させるために必要なことを模索するなかで、何かを成し遂げるには明確な指針のようなものを定めるべきだと学んだ。

マディーが沈黙し、ウィルはその聡明な頭のなかでどんな考えがめぐっているのだろうかと想像した。マディーが本を脇に置き、車窓の向こうを流れていく景色をじっと見つめているので、自分の問いかけが何かひらめくきっかけになったのか、いや悪くすれば、いやなことを思い起こさせてしまったのかもしれないとウィルは心配になってきた。

「きみにとって理想的なことなのではと思ったんだが、きみの現状を何も知らない男の提案に過ぎない。当然ながら、きみがいちばんよくわかっているはずなのだから」

「あら、わたしにとってはほんとうに理想的なことよ。だって種苗園を継ぐなんて考えていなかったから。父は売却するのだろうと思っていたし、わたしは造園設計や芸術や植物学を学ぶことになるんだろうと想像してた。でもそれから母が亡くなって、父はわたしが事業を手伝っているだけで満足しているみたいだった。心臓の病に倒れなければ、いつかは父も売却する道を受け入れていたのではといまでも思うの」

「買収の申し出がきているのか？」

「ロングフォードという人くらいだけど」マディーがその名を口にするなり眉間に皺を寄せた。

ウィルはその男との束の間の会話を思い起こし、マディーがそのような顔になる理由は考えるまでもなく察しがついた。「会ったことがある。パブで」

マディーは驚いて目を見開いた。「たぶん、あの人がわたしのところに売却を説得しに来た日ね」

ウィルは、マディーにとってもっとも情熱を傾けられるものではなくても家業の経営にそれほどまで使命感を持っている理由が呑み込めた。ロングフォードは彼女の真意を推察して、交渉しだいで売却してもらえるものと踏んでいるのだろう。顎をこわばらせたマディーの顔つきからすると、そう事はうまく運ばないだろうが。

「レイヴンウッドはわたしに託されたのよ。手放すなんて両親に申し訳が立たない。裏切りだもの。両親をがっかりさせてしまうことになる」

「だがいまはきみのものだ。何がきみにとって最良なのかを選ばなくてはいけない。ご両親もそれを望んでいるんじゃないかな？」

マディーは沈んだ悩ましげな眼差しを向けたが、言葉は返さなかった。ウィルは彼女を悩ませることは何もかも払いのけてやれればと口惜しかった。受け継いだものとは関係なく、自分自身の将来を考えるのは罪深いことなのだろうか？　自分には彼女の心情がよくわかる。

マディーの膝の上から本が滑り落ちかけて、ウィルはすかさず手を伸ばして受けとめた。スカートの布地も一緒につかんだことに気づかずに持ち上げてしまい、マディーのブーツと白いストッキングがちらりと覗いた。

ふたりの視線がかち合い、とっさにウィルは先へ進めてしまえという衝動に駆られた。本を落としてマディーの膝に触れ、スカートの布地をさらに引き上げて、その内側に片手を滑り込ませる。

男性の咳払いが聞こえて、ふたりは同時に客車の引き戸へ目を向けた。

「ご乗車ありがとうございます、旦那様、奥様。ボドミンに到着しましたら、荷物をお運びいたしますか？」

「いや」ウィルはつい唸るように答えてしまったが、頭上の棚には何もなかった。運ぶものがないのは見るからにあきらかで、しかもいまここに入ってくるとは間が悪すぎる。いや、きょうは紳士らしく振る舞うという誓いを守るには絶妙な間とも言えるが。

マディーがスカートを直し、引き返していく車掌にやや申し訳なさそうな笑みを浮かべた。

「無愛想な態度をとるつもりはなかったんだが」もう何カ月もまえに彼女が温室で出会った男ならあたりまえのようにほかの人々に唸り声を発していた。そうとも、あの晩マディーにも怒鳴りつけていたではないか。いまもじつはまだあのように無愛想で気難し屋の男だとすれば、マディーに恐れられても仕方がない。

だがいまでは、ウィルは自分にほんとうにあのような一面があるのかすらわからなくなっていた。マディーとともにいるときの自分はもう間違いなく別人だ。

「きょうは付き合ってくれてありがとう」穏やかに言った。「きみにとって時間が貴重なのは承知している」

「一日休んでお祭りに出かけるなんて考えたこともなかったけど、あなたとなら行きたかった」

ウィルもこれまでこうした外出をしようとは思わなかった。マディーと過ごしてみて、初めて休暇らしいものを実感している。

あすにはまた間違いなくマディーは仕事と王族の来訪の準備に追われる忙しい日々に戻る。

ウィルも公爵としての務めがあり、すぐに戻らなければならないことはわかっていた。だが、きょうはべつだ。

それからほどなく列車が速度を落として駅へ入っていき、ウィルは言葉を返さずにやり過ごした。ただ立ちあがり、上着の袖に腕を通して、片手を差しだした。「行こうか？」

マディーはウィルから差しだされた手にそっと自分の手をあずけると、ぞくりとする欲望が湧きあがった。

列車の座席についたときから、ふたりのあいだには妙な熱気が生まれていた。マディーはどうにかしてウィルの匂いや、熱っぽい視線や、彼に見られるたび速まる自分の鼓動以外のものに気を向けようとした。

最初に出会ったときから惹かれていたのは否定できないけれど、いまはもう彼の唇の感触も、逞しい身体の温かみも知っている。

ウィルにスカートをつかまれたときには、そのまま身をまかせたい衝動を全力でこらえた。彼がたまたまつかんでしまったことはマディーにもわかっていた。女性にスカートを上げさせる程度のことに下手な小細工を必要とする男性ではない。

心そそられずにはいられない男性だ。これまでマディーが出会った誰よりも。だからそこでやめてほしくなかった。

今朝はずっと愚かな切ない思いにとらわれていた。今回のような数時間の旅だけでなく、もっとふたりで長く過ごせたならと。高地や近隣のあちこちの史跡まで何日かかけてめぐれたならどんなにいいだろう。

そのうちにどんどん、これからも一緒にいられたならと想像はふくらんだ。そんなことは叶わないのに。ふたりの暮らしはかけ離れていて、互いがそれぞれに引き継いだものへの責任は重すぎる。それに、公爵夫人になれるわけがないでしょう？　母が捨て去った、ウィルたちの世界に自分は生まれついていない。

せめてきょうを一緒に過ごして、あとはウィルが去るまでにまた会える機会に望みを繋ぐしかないのはわかっている。

当然ながら、何日ものんびりしていられる暇もない。きょう一日楽しむだけでも、マディーはいまだに心のどこかで後ろめたさを感じていた。

「こちらに並べばいいのかな」ウィルはマディーの腕を取って道の端に引き寄せ、急ぎ足で進むカップルを先へ行かせた。

〈ボドミン五月祭〉への進入路を示す案内板へ向かって短い列ができていた。

ウィルとマディーも、ほとんどがカップルで家族連れもちらほら混じる入場の列に加わった。

「フラワー・ショーには間に合うといいんだが」ウィルがほんとうに気を揉んでいる声で言いながら首を伸ばして前方を見やった。

マディーは微笑んだ。「あなたがそれほど花に関心があるとは思わなかったわ」

「ないさ。でも、きみに見逃してほしくない」

なんてやさしいのだろう。いまは彼以外のことに気持ちを向けるなんてとても無理だというのに。

列の進路は曲がりくねった上り坂になっていて、道沿いには石造りの家屋やもっと小さなコテージもある。マディーが脚に痛みを覚えはじめたとき、祭りの会場が見えてきた。細長い草地に露店が並んでいる。まずは地元の蜂蜜、卵、こってりとしたパイ、それに本物とは思えないくらい完璧に作られたフルーツタルトといった食べ物の店がいくつか続いた。

その先では編み物や織物の手芸品も売られていた。マディーが足をとめて籐かごを眺めていると、そばでウィルは会場に入ってからいつの間にか手に入れていた案内冊子を読みはじめた。

「これはどうかしら？」マディーはかごを片腕に掛けてみせた。

　ウィルはかごの持ち手を握ったかと思うと、マディーの腕をぬくもりの線を引くようにたどり下りて、手首に指先を届かせた。見定めるような目つきだけれど、かごを見てはいない。

「いいんじゃないか」ウィルは硬貨を取りだし、かご織り職人の女性に渡した。

「だめよ」マディーはウィルの手をつかんだ。「あなたに買ってもらおうとしたのではないわ」小さなかごを買えないほど種苗園は困窮してはいない。

　ウィルはにこやかなかご織り職人の女性に硬貨を渡したほうではない手でやさしくマディーの手を取った。そのまま露店が連なる道の先へと導いていく。

「ありがとう」マディーはようやく口を開いた。「だけど――」

「どういたしまして。何かきみにおみやげを買うつもりだったんだ。だから怒らないでほしい」

　マディーはもう何百回もそうしているかのように自然に繋がれた互いの手が気になって仕方がなかった。

「花束《ブーケ》を無料でご提供」青年が人混みを縫って進みながら呼びかけた。「時間きっかりにフラワー・ショーへ。見に来てくれた人全員にブーケを配るよ」

「どこでやるんだ？」

「回転木馬の裏です。このまま進まれるんなら、お見逃しなく」

ウィルは若者にうなずきを返し、それからマディーを見やった。「回転木馬はいかがかな？」

「ええ、ぜひ」マディーは子供の頃に初めて回転木馬を目にしたときと同じくらい気分がはずんだ。

「耳を澄まして」ウィルがマディーを引き寄せた。「聞こえるかい？」

パイプオルガンの賑やかに鳴り響くふくよかな音色が聞こえてきた。ウィルも同じように真剣に耳を傾けている。マディーの手を引いて歩きだし、その大柄な身体にほかの人々が自然と両脇に退いて空けた道をふたりで進んだ。

「あそこか」

マディーはウィルが指し示したほうへ目を向けて、小さな驚きの声を洩らした。色鮮やかにきらめく可愛らしい回転木馬だ。赤や紫や藤紫色の木馬が金の王冠のような天蓋に吊るされて回転している。ちょうど乗客たちが磨き上げられた木製の床に上がっているところだった。ご婦人がたは木馬に乗るのにスカートさばきに手間どっている。ひとりの少女が黒い木馬のほうへ駆けだし、お目当てのいかにも野生的な馬にたどり着くと、はしゃいだ声をあげた。たてがみをなびかせて歯を剝いた、どれより荒々しそうな木馬なのに、少女は嬉しそうに馬の首を撫でている。

「われわれも乗らなければ」ウィルが決然と言った。

「時間は大丈夫かしら？」

「たぶん」

ふたりは同時に駆けだして、ウィルがマディーの手を握って列に並んだ。回転木馬がまわりだし、子供たちは歓声をあげた。ラベンダー色のドレスのご婦人も小さな悲鳴を発したかと思うとすぐに笑い声に変わった。王冠型の回転機が蒸気を噴きあげ、パイプオルガンが陽気な音楽を奏でている。

マディーは爪先立って首を伸ばした。まえにお祭りで回転木馬を目にしたのはまだとても小さかったときで、乗るのは両親に許してもらえなかった。「あなたはまえにも見たことがあるの？」

「ああ、ブライトンで。妹たちは乗ったんだが、私は乗らなかった」

「どうして？」

ウィルは気まずそうにマディーの手を放した。「ちょっと残念な気取り屋だったんだな。ばかばかしいと思っていたんだ」

「でもいまは？」

「きみと一緒なら乗らない手はない」きょうのウィルはこれまでとはどことなく違う目をしている。列車のなかではマディーの想いを映した鏡のように熱っぽく張りつめた眼差しだった。でもいまはすぐにもマディーが消え去ってしまうのではと恐れるようにこちらを見ていた。

「われわれの番だ」

乗り終えた人々が降りてきて、回転木馬たちが新たな乗り手を待ち受けている。

「白いのにするか？」ウィルは一角獣《ユニコーン》を模した白馬を指差した。

「黒いのがいいわ」マディーはさっさとその馬のもとへ向かい、背に横乗りした。

ウィルは隣の葦毛の馬にまたがった。肩幅が広く脚も長いウィルが乗った馬は見たこともないくらい小さなポニーのようで、マディーは必死に笑いをこらえた。

「笑うなよ」ウィルがからかうように言う。「せっかく楽しもうとしているのだから」

「あなたが思っている以上にお似合いかもしれないわ」ちょうど回転木馬が動きだして言葉尻がふるえた。木馬たちは金色の縦棒とともに子供たちに驚きや喜びの声をあげさせる程度の速さで上下していたが、マディーとしてはもっと速く動いてほしいくらいだった。自分で馬を駆けさせたのはもう思いだせないくらい何年もまえになる。少女時代には、お気に入りのことのひとつだった。手綱を緩め、三つ編みの髪を風になびかせて、思うぞんぶん野原を馬に疾駆させた。

「穏やかな顔をしているな」賑やかな音楽や歓声のなかでもウィルの声はよく通る。

マディーが顔を向けると、ウィルは感じ入っているような笑みを浮かべていた。それほど楽しそうなきみの顔を見られて満足だとでもいうように。

「あんなに乗馬が好きだったのに、もうずいぶん楽しめていなかったのを思いだしたの」

ウィルは片方の眉を吊り上げた。「サセックスには乗馬に最適な美しい野原がある。穏やかな起伏があって、夏にはことに草の香りが芳しい」

「そこに邸宅をお持ちなの？」

「本邸だ。イーストウィックという。ノルマンや中世にまで遡《さかのぼ》るわけではないんだが。ジャコビアン様式とはいえ、きみにも気に入ってもらえそうな趣きがある」

ほかにも何かあるのをマディーは感じた。所領について語るときにウィルに重くのしかかる悩ましいものが。カーンワイスと同じで、父親を思い起こさせる場所だからなのかもしれない。

ウィルが何かを待っているのにマディーは気づいた。問いかけたのに返答を得られていないとでもいうようにじっとこちらを見ている。ところがそのとき回転木馬がゆっくりとまった。どちらも馬を降りて、ウィルが先に木製の円盤からそばの草地にくだってマディーを待った。

マディーはどのように尋ねればいいのかと考えつつ彼の傍らにたどり着いた。ウィルは所領の話をしたとたんに態度がまったく変わってしまった。

それでも笑顔でマディーを迎え、片腕を差しだした。「フラワー・ショーへ向かいましょうか、ミス・レイヴンウッド？」

一瞬ためらってから、マディーはウィルの腕に手をかけた。とてもかしこまっている。男性からダンスの相手を申し込まれたら、このように腕に手をかけるのだと母から教えられていた。

ほんとうは最初から互いにこんなふうに振る舞うべきだったのだろう。

イーストウィックの話をきっかけに、ウィルはこの休暇を終えたら戻らなければいけない暮らしを思いだしたのだろうか？　義務と儀礼に満ちた暮らしを。

かえってこれでよかったのかもしれない。ウィルと一緒にいるとつい自分の立場を忘れてくつろいでしまう。ウィルも同じように感じているとしたら、互いにまるで違うそれぞれの暮らしにもうすぐ戻ることを思いださなければいけない。

けれどウィルには同意してもらえそうになかった。その腕にかけていたマディーの手をつかみ直して、互いの指を組み合わせて握った。祭りの会場に入ってきたときと同じようにふたりは手を繋いで、今度はフラワー・ショーへと向かった。

16

彼女は花を愛し、花々からも愛されている。ウィルはボドミン五月祭のフラワー・ショーの出品作をどれも同じくらい興味深そうに眺めているマディーを見ながら、そう思った。葉を指でそっと縁どる程度でも、触れずにはいられないようだ。マディーが注意深く眺めたあとには、どの花もさらに少し色鮮やかになったように見える。

ウィルもバラとチューリップとユリくらいは見分けがつくが、ほかの花はほとんど名前もわからなかった。かたやマディーはどれも知っているらしい。

「下の妹は花の意味の本を持っているんだが、私にはどれがどれだかまるで憶えられない」ウィルは正直に認めた。

「花言葉ね。わたしの母はそれぞれの花に意味があるという考え方をとても気に入っていたわ。ねえ、これを見て。すばらしくいい香りがする」マディーはしゃがんで目を閉じ、深く香りを吸い込んだ。

なんとも美しい姿で、ウィルはあとで絵に描けるよう脳裏に焼きつけようとした。

「嗅いでみて」マディーが大きな緑の葉に包まれた優美な白い釣鐘状の花を指差した。

ウィルは楽しんでいるマディーを見ているだけでじゅうぶん満足だったが、言われたとおりに嗅いでみた。酔わせるように甘く柔らかでしかも濃厚な香りがぷんと漂った。

「春の花はとても芳しいの」マディーが言う。「ヒヤシンスはほんとうにすばらしい香りだけれど、やはりわたしにとっては谷間のユリと呼ばれるスズランが昔からのお気に入り」

最近は目を引かれたものにはほぼ必ずそうしてしまうのだが、ウィルはどのように描こうかと想像した。葉も花に劣らず魅力的なので、マディーの真似をして手を伸ばして触れてみた。

「だめ」またべつの花に触れようとしたとき、マディーの手にとめられた。「それはかなり有毒よ」

ウィルは立ちあがって、その可憐な小さい花から離れた。「命を奪われるものにうっかり触れてしまわないように、フラワー・ショーに行くときには必ずきみに同行してもらわなければ」

「わたしはつい何にでも触れてしまう癖があるのよ」

いまもマディーに触れられているのをウィルはしっかり感じつつ、むろんそれでまったくかまわなかった。

花の審査発表を見届けてから、ふたりで一袋の焼き栗を分け合って味わった。

「あのバラをきみはどう思った？」マディーがどの出品作の評価についても見るからに注

意深く確かめていたので、ウィルは尋ねた。

「わたしのバラ、ヴィクトリアに匹敵するものはなかった」マディーはウィルが持っている焼き栗の袋のなかに手を伸ばし、まばゆいばかりの笑みを浮かべてみせた。「おかげでさらに自信がついたわ」

「女王陛下から名を取ったのか？」

「ビアトリス王女のお嬢さんもヴィクトリアと名づけられているのよ。おかしいかしら？」

「すばらしい贈り物じゃないか」

それからほどなくひとりの少女がやって来て蜂蜜酒のカップを差しだし、さらに花冠をいくつも腕に掛けたべつの少女もあとに続いた。

マディーは蜂蜜酒だけを受けとったので、ウィルが花冠に手を伸ばした。

少女が首を横に振った。「いいえ、こちらは未婚の女性にだけさしあげています。みじめな子なしの老嬢にならないように」

マディーがカップ越しに読みとりがたい目を向けた。

少女に夫婦だと思われたのがウィルはなんとなく嬉しかった。マディーのほうは思案げにやや困ったような顔をしている。

少女が立ち去ると、マディーが説明してくれた。「あの子たちはたぶんメイポールダンスの準備をしているのよ。五月祭はだいたい月初めに行なわれるけれど、ボドミンではいまがたけなわなんだものね」

明快な説明とはいえ、ウィルが知りたいのは少女の言葉をマディーはどのように受けとめたのかということのほうだった。気にかけてはいないようにも見えるが、この日初めてスカートのポケットから懐中時計を取りだした。

「列車が出るのは四時よね。教会まで歩く時間はまだあるわ」

祭りの会場の端へ向かうにつれ人々の話し声や笑い声が遠のき、終わりに近づいているように感じられてきた。ウィルはまだふたりで過ごす時間を終わらせたくなかった。

「森のなかを抜けるような道なのね」マディーが振り返り、ウィルはその髪にフラワー・ショーで配られたブーケの花が何輪か飾られているのに気づいた。

欲しかったのならどんな花冠でも受けとればよかったのだ。ほんとうは受けとれない立場ではなかったのだから。

どちらも黙ったまま歩きつづけた。きっとマディーもこれがふたりきりで過ごせる最後の時間になるかもしれないと感じているのだろう。それとも王族の来訪の準備をただ心配しているだけなのかもしれない。ウィルは準備の最終段階で忙しいマディーを連れだせはしたが、何にでも真剣に取り組む性分なのだから完全に気持ちを切り替えてもらえそうにないのは薄々わかっていた。

「マディー」

「なに？」マディーが気遣わしげに顔をこわばらせた。コーラが来てから混乱している気持ちが顔に表れてしまっているのだろうかとウィルは思った。

　マディーの手を引き、小径をはずれて彼女なら名前を知っているはずの森の花々に彩られた木立へと踏み入った。

「きみに知っておいてほしいことが……」何をだ？　胸のうちには悶々とする想いがあっても、言葉が出てこない。仕方なく、ウィルはマディーの頬をそっとなぞった。温かで柔らかく、こらえるのが急にとてつもなくばかげたことに思えてきた。

　首へ手をずらすと、マディーが小さな声を洩らし、籐かごとブーケを落とした。

　ウィルはマディーの目を見つめながら腰をかがめてブーケを拾い上げ、そこから花を数本抜きとった。「欲しかったのなら花冠を受けとればよかったんだ」立ちあがって紫色の花をマディーの髪に挿す。さらに襞飾りのような深紅のバラとピンクの花も。

「欲しくなかったんだもの。わたしは老嬢になるのが怖くてメイポールの周りを踊れば運命が変わると信じるような子供じゃないわ」

　ウィルは黙り込み、マディーに残りの花を取りあげられてしまった。

「ブルーベルよ」そう言いながらマディーがウィルの下襟のボタン穴に花を挿す。「花言葉は……」ひと息つき、上着の布地をつかんでウィルを引き寄せた。「感謝」

それから爪先立って頰に口づけてウィルを驚かせた。ウィルは自分のなかの不安や迷いがぴたりと鎮まったかのように感じられ、マディーに腕をまわした。自分は彼女を欲していて、彼女も自分を欲してくれている。それ以上に大事なことはない。

マディーの頰を両手で包み込み、またキスをして、その甘美な味わいに浸った。

「やめないで」マディーが唇を触れあわせるようにささやいた。「列車のなかで、わたしはあなたにやめてほしくなかった。どうかわたしに触れて」

マディーの頰に鼻をすり寄せるうち、ウィルの息遣いは乱れ、速まった。紳士らしく行動を慎まなければという理性はたちまち消え失せた。

頭を垂れてマディーの首に唇を滑らせ、片手でスカートを引き上げる。木の幹にマディーの背を寄りかからせて、自分の身体で彼女が隠れるように位置を調整した。スカートの内側へゆっくりと手を進ませたものの、白いストッキングの上からしか触れられなかった。

そこで、さらにストッキングの最上部の縁までたどり、下穿きのリボンと素肌に触れた。とても柔らかい。

マディーが肩をつかんで、もう片方の手を髪にもぐらせてきた。ウィルは下穿きのスリットを探りあてると同時にキスをした。ゆっくりとだと自分に言い聞かせていても手がふるえ、下腹部へ指を届かせるとマディーが息を吞んだ。ウィルの本能は、彼女を奪い、悦ばせ、解き放って至福の叫びをあげさせろと全力で訴えていた。

「やめないで」マディーが静止していたウィルの肩をきつくつかんだ。

ウィルはふっと笑って、マディーに口づけて舌で唇を開かせながら、熱くなめらかな彼女のなかに指を滑り込ませた。ゆっくりと、やさしく、じっくり様子を見ていると、ついにマディーがじれったそうな低い喘ぎ声を洩らした。

「あなたが欲しい」ささやくように言う。

「きみが欲しい」ウィルはこれほどまでに女性を欲したことはなかった。それどころか、生まれてからこれほど何かを欲した瞬間があっただろうか。

自分が誰であれ、どんな義務を背負っていようと、なにより重要なのは彼女に値する男になることだ。もっとやさしく、善良で、寛大で、興味をそそるような。

ウィルはマディーの首を唇で下へたどり、酔わせるような香りが漂う喉もとの肌を舐めた。マディーが喘ぎはじめた。少し苦しげな息遣いから達しかけているのが感じとれた。

マディーの耳たぶをそっと噛んでから、耳の裏側に口づける。それが引き金となったらしい。彼女はウィルの肩につかまり、髪を引き寄せた。小刻みにふるえだし、身をこわばらせて、いっきに解き放たれた。マディーは口をあけたが、叫びをこらえているのが見てとれる。

ウィルは解き放たれて満ち足りたマディーの姿を確かめずにはいられず、身を引いて見つめた。さりげなく、ふたりのあいだのスカートをおろす。

「行かないで」マディーが息を切らして言った。

「きみから離れるわけがない」

その言葉をすぐに撤回せざるをえないことは考えないようにして、ウィルはしばし彼女を抱きしめた。マディーがウィルの胸に頭をもたせかけ、大きな速い鼓動が響いてきた。

「この町にホテルがあるわ」マディーが顔を起こし、ウィルはその熱っぽい目を見て口のなかが潤った。

ああ、いいとも。彼女と一夜をともにする。それで何を失うというんだ？　こちらも解き放たれたくて身体が悲鳴をあげているし、こうして互いの胸を合わせていても、もっと近づかなければ満足できない。

だがすでに頭のなかでは自分を戒めていた。彼女を元の暮らしに戻してやれと。

このままマディーをベッドに連れ込めば、すべてが変わる。彼女と離れがたくなるだろうし、もしマディーが子を宿せば、互いの人生を一変させてしまうだろう。それにいつまでもふたりでいたいからといって、多大な犠牲を払わせるようなことを頼めるだろうか？自分ですらたまに逃げたくなるような義務を背負った人生にマディーまで巻き込むつもりか？

話し声を耳にして、ふたりはびくりとした。カップルが先ほどの自分たちと同じように小径を歩いてくる。

ウィルはさらに木立の奥へマディーを引き込み、カップルがこちらに気づかずに通りすぎてくれるのを祈った。

「行きましょうか」

「そうだな」ウィルは口惜しそうに応じた。「列車の発車時刻まであと十五分しかない」

「それならすぐに戻らないと」

「そのホテルにきみを連れていけば――ほんとうはそうしたくてたまらないんだが――もうどちらも後戻りできなくなってしまうから」

ウィルは息を詰めた。マディーを傷つければ、もう心安らげる日は来ないだろう。つらい思いをさせることだけはぜったいに避けなければ。

「あなたの言うとおりだわ。わかってるの」マディーの声から怒りは聞きとれない。笑みすら浮かべているが、これまでのような明るいおおらかさはなかった。「思いつきでつい言ってしまったみたい」

ウィルが抱き寄せると、マディーもすんなりと身をまかせた。額にキスをして、鼻のてっぺんにも、さらには頬にも唇を触れさせた。彼女の香りを吸い込んだ。この瞬間を味わって、しっかりと記憶にとどめるために。

17

カーンワイスに戻ると、ウィルはマディーとボドミンを訪れた日の記憶を何枚ものスケッチに描いて残した。それから小径を海辺まで下りて、空がラベンダー色とバラ色に染まって太陽が地平線へ沈んでいくまで海を眺めていた。

翌日も同じように過ごした。その次の日も。

端的に言えば、恋に破れたみじめな男のごとくふさぎ込み、マディーを彼女が大切にしている暮らしへ戻らせ、自分もロンドンでの暮らしに戻らなければいけない理由とはなんなのかを自問しつづけていた。ただし、すでに自分は変わってしまったのだから、まったく同じ暮らしに戻れるわけではないのはわかりきっている。

職工たちが壊れた窓の嵌め替えに取りかかり、ウィルはその進捗状況やさらに修復が必要と判明した箇所を見てまわり、ブライが手ぎわよくすべての作業の指揮にあたった。ウィルは執事の提案にはすべて同意し、いまや大工や石工、舞踏場の傷み具合を点検する人物も屋敷を出入りしている。

マディーは訪れず、書付もよこさず、つまり何も音沙汰がない。

むろん、忙しくしているはずだ。王女とその随行団のヘイヴン・コーヴへの来訪は数日後に迫っている。しかも互いにとって取り返しのつかないことになると思いとどまらせたのはこちらのほうだ。

この二日のあいだ延々と、その決断を悔やむ気持ちと軽率な行動に及ばずにすんだ安堵との狭間を行きつ戻りつしている。あのとき互いに求めあっていたことだけは間違いない。そうしたらどうなるのかを考えると、とうてい行動に移せなかった。

マディーが恋しい。だからこそ、会えるのを期待して、さらに運に恵まれれば、経営者のマディーみずから園内と花壇を案内してもらえるのではとレイヴンウッド種苗園まで出向いたのだ。だが、マディーはいくつも所属している町の委員会の活動で出払っていた。

一時間まえに書付が届けられたときには、マディーからではないかと心躍らせた。ところが、ヘイヴン・コーヴ・ホテルの経営者、リーヴ夫人からの書状で、ウィルがすでに参加に同意しているホテルでの催しについての打ち合わせがあるので、ぜひ出席してもらえないかと綴られていた。

リーヴ夫人との打ち合わせになど関心はないが、ホテルで事前に催される記念行事には出席するとマディーに約束していたので、行かざるをえなかった。

というわけで、ウィルはいま賑やかなホテルのロビーに立ち、飢えた男のようにマディーをひと目見られないものかと目を走らせていた。そんなことを考えるだけでもばかげている。いま頃は種苗園で忙しく働いているだろう。ここにいる道理がどこにあるというのか――

「まさか」ホテルのロビーの向こうにマディーが立っていた。ほんとうに会えるとは、心の準備ができていなかったことにウィルはいまさら気づかされた。

いつもながら愛らしい。だが今回はその姿を目にしただけで激しい熱情が湧きあがった。そばにいたいという切望、最後に話してからずっと抱きつづけていた喪失感。こうして離れて立っているだけでも間違っているように思える。いますぐにもロビーの向こうへ歩いていって抱き寄せたい衝動を必死にこらえなければならなかった。

マディーにこちらに気づいているそぶりはない。それ以前に、なんとも落ち着かなげだった。腕いっぱいに書類をかかえ、装飾の凝ったホテルの壁掛け時計にちらちらと目を向けている。

「ミス・レイヴンウッド」濃いブロンドの髪でさらに同じような色合いの金縁の眼鏡をかけた年配の女性がマディーに近づいていく。ふたりはしばし静かに言葉を交わしてから、ロビーにいるホテル客のほうに目を向けた。

ウィルはマディーに気づいてもらえるのをじりじりしながら待った。ついにマディーが気づいて、ちらりと笑みを浮かべ、そのうえ驚いたことに人混みの向こうからこちらを指差した。傍らの女性が向き直り、すぐさま顎を上げ、緻密な模様があしらわれたドレスの裾を翻すようにして、すたすたとこちらに歩いてくる。

「公爵様」女性が大きな声で呼びかけた。「よくおいでくださいました」

その言葉をホテルのロビーで耳にした人々の気配がウィルにはひしひしと感じられた。ロンドンの舞踏会で来場を告げられたときと同じ煩わしさだ。視線が集まっている。ひそひそ声が聞こえてくる。ヘイヴン・コーヴで誰にも知られずに楽しめていたひと時はついに終わりを迎えたようだ。

「ジェイン・リーヴです。わたしのホテルにようこそ」リーヴ夫人は庭園管理人のコテージで再会したときのマディーと同じように堂々と片手を差しだした。

ウィルはここ何日もこの頭を占領している女性ではなくホテル経営者のほうにどうにか意識を振り向けた。

「リーヴ夫人、お招きくださり感謝します」

「ミス・レイヴンウッドとはもうお知り合いですわね」ホテル経営者はマディーのほうを身ぶりで示した。

「そうですね」

マディーが解釈しがたい目を向けたが、こちらほど会えて喜んでいるようには見えない。

「おふたかたとも、どうぞこちらへ」

ウィルはリーヴ夫人が先に歩きだすのを待って、マディーと並んであとに続いた。

「きみがここに来ているとは思わなかった」ウィルはささやいた。「会えて嬉しいよ」

思わず口をついた言葉にマディーがさっと目をくれた。「あなたが招かれていたのは知ってたわ。いらっしゃるのかはわからなかったけど」

ウィルはちくりと胸を刺した言葉を呑み込みつつ、どうにかひそひそ声で返した。「私を避けていたのか？」

「いいえ。忙しかったの」マディーは両腕にかかえた書類を抱き寄せた。

目の端でこちらを窺っているのがウィルにはわかった。

「あなたこそ、わたしを避けているのかと思ったわ」マディーが静かに言う。

ウィルは歩調を緩めてマディーの腕に手をかけて横に並ばせた。「そんなことはない。会えるのを期待して種苗園にも出かけたが、きみは留守だった」

リーヴ夫人が華麗な両開きの扉の前で足をとめ、掛け金をつかんで、これ見よがしに押し開いた。「こちらが記念の催しを行なう広間です」そう言って広々とした部屋に足を踏み入れ、ヒールで床を打つ音をきらびやかな高い天井に響かせた。雑然としたカーンワイスの舞踏場の少なくとも倍の広さはあるだろう。

奥の壁には背の高いアーチ型の窓が並び、そのうちの多くの窓から海を眺められる。晩の催しでは海面は見えづらいだろうが、絶景には違いない。

「王女様のご滞在中にもこちらでダンスを行ないますが、招待客はだいぶ限られた方々となるでしょう。ご来訪まえの催しでは、当ホテルを訪れるみなさまを歓迎いたします」

ウィルはマディーから返答を急かすような視線を感じた。

「すばらしいお部屋ですね、リーヴ夫人」

「ありがとうございます、公爵様」それからすぐにリーヴ夫人はその大広間を出て、両開きの扉を閉じた。「では、わたしの執務室へまいりましょう」

身体が擦れあうくらいにマディーがそばに来てウィルはどきりとしたが、どちらも歩調を落とさずリーヴ夫人のあとを追った。

「あなたはもうじゅうぶん賛意を示してる」マディーが早口のひそひそ声で言う。「これからまたいろいろ求められるでしょうけど、何もかも受け入れる必要はないのよ」

「励まされているようには聞こえないんだが」

「励ましているわけではないもの」

ウィルが顔をしかめて見返したところにちょうどリーヴ夫人が振り返り、ふたりがついてきているのかを確かめた。

「こちらです」片腕を伸ばして、ふたりを豪華に設えられた執務室に案内した。壁紙は淡いダマスクローズ柄で、明るい感じの水彩画があちこちに飾られている。流線形のクルミ材の机は大きすぎず、むしろ執務室の居心地のよさそうな雰囲気を高めていた。

その机の前でウィルとマディーが腰をおろした椅子はアッシュモア邸にある寝椅子に劣らずたっぷりとした張りぐるみだ。リーヴ夫人は机の後ろの椅子につくなり、毅然とした眼差しでウィルを見据えた。

「まずは、公爵様、ヘイヴン・コーヴへのご来訪を歓迎いたします」

「ありがとう」

「とはいえ、すでにミス・レイヴンウッドから歓迎の意はお伝えしていることでしょう。あなたが到着されてすぐに出会われたんですのよね？」

「ええ」ウィルの機先を制してマディーが答えた。「公爵様が到着された日にたまたまお会いしたんです」

ウィルは椅子の上で腰をずらし、リーヴ夫人がまずはマディーを見やり、それからこちらに目を移して、ふたりを交互に眺めてからマディーの説明を承諾したとでもいうようにうなずいた。

「では、ホテルから見えるお宅のだいぶみすぼらしい景観を取りつくろうための方策についても、ミス・レイヴンウッドから聞いておられるはずですわね」

みすぼらしい？　ウィルはカーンワイスに愛着などないとはいえ、その言われようには少しばかり気分を害した。

どう返すべきかと思案しはじめてふと、マディーが身を乗りだしているのに気づいた。

「リーヴ夫人、公爵様とお話しして、入り江のこちら側からどなたがカーンワイスをご覧になる際にも快い眺めを楽しんでいただけるよう、ある程度成長したシカモアの鉢植えをレイヴンウッド種苗園がご用意することとなりました」

「さらにもっと大掛かりに邸宅の修繕を行なうことにしました」ウィルは言葉を継いだ。

「王族のご来訪までには完了できませんが」

マディーがさっと目を向け、リーヴ夫人がペンを取りあげてノートに取り消し線を引いているあいだに、ウィルはちらりと笑みを返した。マディーは驚いたようだが、それ以上に喜んでくれているらしい。

「公爵様、お屋敷を復興してくださるのはありがたいのですが、当然ながら、わたしにとってのいちばんの気がかりは王族のご来訪までに何をしていただけるかなのです。とはいえ、あなたをここにお招きしたのは、王女様のご到着後のことについてもお話ししたかったので」

「ホテルでの催しには出席するとお返事したはずですが」

「ええ、ミス・レイヴンウッドから伺いました」リーヴ夫人はペンを走らせていた紙に目を落とした。「オークションに参加してはいただけませんか？　あるいはコンテストでも」

マディーがぐっと息を呑み込んだ。女性ふたりのあいだの空気が張りつめた理由はウィルにわかるはずもなかったが、どんな諍いがあるにしろ、マディーの側につくのは当然だ。

「その件については公爵様にお話ししていません」マディーのきつい口調から感情を抑えようとしているのがウィルには読みとれた。

「ええ」リーヴ夫人が硬い笑みを浮かべた。「ですからいま、お話ししているんです」机の上の紙をすっと押しだした。「公爵様、このご提案をどう思われます？　むろん、どちらについてもきわめて正当な理由があってのものです」

〝オークション〟の表記の下に〝最高額入札者が得られるもの〟が詳しく挙げられていた。(1)公爵とのダンス　(2)公爵とのふたりきりの昼食会　または(3)夕暮れ時にホテルのバルコニーで公爵とお散歩。

ウィルは目をしばたたいた。

マディーがつぶやいた。「そんな」ウィルが聞いてはいけないものだったのではと思うほど低い声だった。

ウィルは気を取り直して読み進めた。〝オークション〟とともに併記された〝コンテスト〟の下には勝者が得られるものが挙げられている。アッシュモア公爵とのダンスは、アーチェリー、ダーツ、クロッケー、テニス、いずれかの勝者のご婦人ひとりとする？　準優勝者は王族のご来訪まえの晩餐会で公爵の隣席を確保できる。いずれの競技を選択するにせよ、参加費を徴収する。

「リーヴ夫人――」マディーは滑り落ちないのがふしぎなくらい椅子の先端に乗りだしていた。

「異例の試みであるのは承知しているわ」

「軽率ではないでしょうか」マディーはウィルをちらりと見てから続けた。「女性であれば、オークションの獲得品やコンテストの賞品にされたくはありません」

「でも公爵様は女性ではないわ」リーヴ夫人はまじまじとウィルを眺め、自分の主張を確かめるかのように肩幅や顔に目を凝らした。「それにこれは慈善活動なのよ。勝者に約束されるのは、完全におおやけの場で公爵様と束の間のひと時をともに過ごすことだけ。公爵様も、勝者のご婦人がたも、評判に傷がつく心配はない」

どんなコンテストやオークションを選ぶのであれ、マディーが勝者になると保証されていれば、むろん受け入れていただろうとウィルは思いめぐらせた。マディーとなら喜んでダンスをして、晩餐をともにし、バルコニーを散歩する。

「あなたのお父様は慈悲深い方とは言えなかった」リーヴ夫人が淡々と続けた。「でもあなたはまるで似ておられないようだから、つい多くのことを期待してしまうんです」

ウィルは椅子の肘掛けを握りしめた。リーヴ夫人にはちょうどよく現れた公爵をホテルでの催しにうまく利用したい思惑を隠そうとするそぶりもないが、マディーのためであれば労は厭《いと》わない。「慈善活動なら喜んで協力しますよ。どれを選択なさっても」リーヴ夫人のほうへ紙を押し返す。

どちらの女性も驚かせてしまったらしい。マディーは落ち着きなく指で膝を打っていて、リーヴ夫人はいったん沈黙してから姿勢を正した。

「ありがたいお言葉ですわ、公爵様。ありがとうございます」リーヴ夫人がにっこりと笑いかけると、マディーはほんのちらりとだけ笑みを浮かべて返した。「では、お話を先へ進めましょう。ミス・レイヴンウッドから、あなたは王女様のご到着まえにロンドンへ戻られるとお聞きしました」

「そのとおりです」厳密に言うなら、マディーと祭りに出かけるまではそのつもりでいた。会えなかったこの数日を思えば、早くにここを発って、そばにいられる時間がわずかでも減るのは耐えがたい。

ホテルでの催しは王女の来訪予定日の前日に開かれるので、王族ご一行の到着と入れ替わりにヘイヴン・コーヴを離れるつもりだった。

「その点については、ミス・レイヴンウッドの説得に応じてくださらなかったと」

「ロンドンでお仕事が待っておられるんですものね」マディーに直接語りかけられ、ウィルは椅子に座ったまま向き直った。ほんとうはリーヴ夫人を本人の執務室から閉めだして、少しでもマディーとふたりきりになりたい。

「早々に戻らなければなりません」声に残念な思いが表れていた。考えないようにしてきた現実だ。

「でも困りますわ」リーヴ夫人は声を高くして言った。説得したいからというより、いらだちが強く滲んでいた。「あなたはヘイヴン・コーヴで最高位の貴族ですもの。あなたがもてなしてくだされば、王女様にもおくつろぎいただけるはずですわ」

ウィルにはとてもそうとは思えなかった。なにしろコーラから見せられたゴシップ紙の切り抜きによれば、ロンドンではいまや自分は噂の的になっている張本人だ。

「たとえお屋敷でパーティを催していただくのは無理でも、こちらで開く昼食会や夜会でもてなしてくだされば――」

ウィルはもはや椅子にじっとしていられなくなり、気づけば立ちあがっていた。出ていくのだろうとリーヴ夫人は思ったようで息を詰めた。だが、ウィルはただ空気を吸いたかった。あけ放された窓を見つけて近づいていき、陽光のもとでお茶を飲むホテル客で賑わっている長いバルコニーを見下ろした。

「レディ・トレンメアもビアトリス王女をおもてなししたいとのことで、あなたのご出席を望んでおられます」

「ほんとうに？」あの晩に伯爵未亡人のパーティをきちんと挨拶もせず抜けだしたきり、まったく連絡をとってはいないのだから、意外な話だ。

「ええ、もちろんですわ。それに、プレストウィック子爵も王女のご訪問に合わせて狩猟旅行から戻って来られるとお聞きしています。あなただけ除け者になってしまいますわ、公爵様」

リーヴ夫人は自分がいかに核心を突いたのかわかっていないようなので、ウィルは笑ってしまった。

「ご滞在をあと二日だけ延ばしていただければ、すべて取り計らいます。あなたにご迷惑はおかけしませんので」

それこそが迷惑なのだが、そんなことを無礼にも口に出せるわけがない。

自分がとどまって王女に会えば、よけいに事態を悪化させかねないことがどうすればわかってもらえるのだろう？

マディーが椅子の上で身じろぎした。ウィルはマディーのしぐさを敏感に察知していたし、リーヴ夫人に失礼のないよう口をつぐんでいるのも彼女のためだった。ほんとうに知りたいのはマディーの考えだ。王族のご来訪を成功させるためにほんとうに自分が必要とされているのか、それに彼女は自分に滞在を延ばしてほしいと思っているのか。

「どうすべきだろうか？」

リーヴ夫人が即座に口を開いた。「あら、それはもちろん――」

「ミス・レイヴンウッド、きみの意見はどうだろう？　予定していた出発日を数日延ばしても、王女をもてなすべきだろうか？」

リーヴ夫人が息を呑んだ。

マディーは自分に尋ねられているのを知ってペンを落とし、その場に固まった。

「この件について、きみの考えを伺いたい」ウィルがさらに静かに深みのある声で訊いた。

マディーはまさにその声にとらわれて、ウィルに言われたこと、それになにより全身の骨が糖蜜みたいに溶けてしまいそうなことをされたのを何度も思い返していた。だからこの三日間はウィルを頭から閉めだそうと懸命に働いていたのに。

ウィルはゆっくりと窓から振り返ると、リーヴ夫人の存在を忘れたかのようにマディーだけを見つめた。

マディーは身体のふるえを抑えようと唾を飲み込んだ。

ホテルのロビーでウィルの姿を目にした瞬間から感情を抑え込むのに必死だった。けれど何日も考えつづけていた相手が目の前に現れて無反応でいられるはずもない。そもそもこの男性がコーンウォールに来てからずっと頭から消し去ることができずにいる。ボドミンでは感情が高ぶってしまっただけで、ウィルはすぐにここを離れ、ふたりの関係は終わるのだからと自分に言い聞かせても、つい彼のことを考えては、ふたりで過ごしたときの記憶を幾度となく呼び起こしていた。

どう答えればいいの？　王族訪問委員会の一員として、リーヴ夫人を支えて王族の来訪を成功させるのが自分の務めだ。でも滞在の延長をお願いすれば、ウィルにさらなる負担をかけてしまう。とどまってほしくても、自分にはそんなことを求める権利はない。ウィルにはロンドンへすぐに戻ってやらなければいけない務めがあるのだろう。リーヴ夫人にはどうでもよいことでも、マディーはウィルの心情を慮《おもんぱか》り、本人の希望をいちばんに尊重したかった。

話しだそうと息を吸い込み、待ちかねて目を瞠っているリーヴ夫人を見やり、それからウィルにちらりと目を向けた。

「リーヴ夫人、少しだけふたりきりにさせてもらえませんか？」だし抜けにウィルが大股で歩いてきて、片手を差しだした。

マディーは束の間啞然としたものの、揺るぎない決意を込めた目で見つめられ、立ちあがってその手を取った。

ウィルはリーヴ夫人の返答を待たずにマディーに自分の肘を取らせて執務室を出て、先ほど歩いてきた廊下を戻り、角を曲がって、ホテルの広々としたバルコニーへ通じる扉を押し開いた。

ふたりは腕を組んだまま、ホテル客で賑わうテーブル席や遊歩道からは離れた手摺りの端に行き着いた。

足をとめたとき、マディーは息を乱していた。そこまでいっきに歩いてきたせいではなく、ウィルのそばにいられる心地よさにあらためて気づかされたからだ。

「リーヴ夫人がどうしたいかなど、どうでもいい」ウィルは語気を強めて言った。「それに、王女に会うのを避けたいのにはそれなりの理由がある」ためらうように口をつぐんでから、さらに言葉を継ぐ。「王女に随行している貴族のひとり、エスキス卿にひどく嫌われている。ロンドンや宮廷では、私は多くの人々に……」ウィルの眼差しが揺らぎ、好ましくない記憶をよぎらせたのだろうとマディーは察した。「……非情な気難し屋だと見られているらしい」

「あなたもわたしもそれが間違いなのはわかってる」マディーは初めて出会った晩から、ウィルが貴族の女性にそう言われて振られたことに深く傷ついているのは感じながらも、そんな男性ではないのではという気がすでにしていた。いまではその直感が正しかったことを確信している。

「きみがそう信じてくれているだけでじゅうぶんだ。だからきみが望むのなら、私はここにとどまる」

いつまでもという意味ではないのはマディーにもわかっていた。ほんの数日延びるだけ。それでもいまはじゅうぶんだと思える。

「そうして」かすれ声になってしまったけれど、心からの思いだったので、もう一度大きな声で言い直した。「そうして」

拍子抜けするほどにウィルが得意げな笑みを浮かべた。

「きみの口からその言葉を聞けてよかった」手の甲でマディーの頬に軽く触れてから、指で唇の輪郭をたどる。

マディーもウィルに触れずにはいられなかった。ベストに手をあてた瞬間、この数日間のもやもやとした感情が消え去った。願ってはいけないことだとずっと自分に言い聞かせようとしていたけれど、ふたりがともにいるのはやはり完全に正しいと思える。

「キスしてもいいかな。いますぐここで」ウィルが目を見つめて返事を待っている。

マディーはウィルのベストの下襟を軽くつかんで、こちらを見ている人がいないか周りに視線を走らせた。リーヴ夫人が追ってきていないともかぎらない。夫人の姿は見当たらないが、こちらを見ている人物がいた。睨みつけていると言うほうが正しいかもしれない。

まえにもこのホテルで見かけたことがある。王女のご訪問に先立って宿泊場所、献立、催しの予定の確認に訪れていた貴族の男性だ。

「近づいてくる人がいる」マディーはほかの場所で話していればと悔やみつつ言った。

「誰だ？」ウィルがマディーの視線の先を振り返り、身を硬くした。

「あなたが先ほど話していた貴族の方ではないかしら」

「エスキスだ」ウィルは向きを変え、エスキスの視線を遮るようにマディーの前に立ちはだかった。後ろ手にマディーの手を握る。「マディー、なかへ戻れ。私が滞在の延長に同意したとリーヴ夫人に伝えてくれ」

「ウィル？」マディーはウィルの手を握り返した。

一瞬おいて、ウィルが手を放し、気遣わしげに声を尖らせて繰り返した。「行け、マディー」

「お盛んではないか、アッシュモア」トレンメア伯爵未亡人の客間では高慢そうだった男が、きょうは血の匂いを嗅ぎつけた猟犬じみている。

「声を落とせ、エスキス」ウィルはどうにか感情を抑えて返した。「噂話の種に目がないのは存じあげているが、私はあなたとは違う」

年嵩の男はまたも顔を合わせるたびに見せる薄笑いを浮かべた。「そうなのか？　父親の評判をぶち壊すのを中断してわざわざここに来たのは、浮名を流したかっただけのことではないのか」

「あなたは考えなしに勝手なことを言う」

「若いお嬢さんと一緒だったな。愛らしいお嬢さんだ。火遊びを責めはしない。だが、昔からきみは父親の陰に隠れて思いあがっていた若造だったから、鼻をへし折られるのもいい薬になるはずだ」

この男が父の悪友だったのは知っていたが、どうしてそこまで自分を嫌うのかが、ウィルにはいまひとつ解せなかった。

「エスキス卿、どうしてあなたは噂を広めたがるんです？　私がどの女性に関心を抱いていようと、あなたが父の友人だから知り得たこととはなんの関係もない。あなたは父の秘密が守られればそれで満足ではないんですか」

秘密と言う言葉にエスキスは目を大きく見開いた。

案の定だ。父の友人や仕事仲間の悪行まで深掘りしている暇はないが、父について調べるなかでたまたま発掘してしまうこともあった。エスキスやダヴィーナのおじのような男たちは、そのようにして悪事が明るみに出るのをただ恐れているだけなのかもしれない。

ウィルはわずかに身を傾けて声をひそめた。「あなたが明るみに出るのをそれほど恐れるようなことをなさっていても、ご心配には及びません」姿勢を戻す。「あなたと父の関わりについてはたいして詳しいことは知りませんので」すでに知っていることだけでもじゅうぶんな悪行だが。「それに、父がしたこと以外はいっさい明かすつもりもありません」

エスキスは歯ぎしりしているかのように顎を動かしたが、その目にはしだいに憎しみより疲労の色が濃く表れてきた。「きみには父親の名誉を重んじる気持ちはないのか？」

「あの人が、母や、自分の爵位や、裏切った人たちに対して抱いていた程度のものなら」

エスキスは睨むふうに目を狭めたが、戦意はそがれたとでもいうように肩を落とした。

「エスキス卿、噂を広めるのはおやめください。私を嫌おうと、紳士の倶楽部でけなそうと、どうぞご勝手に。ただし、ミス・レイヴンウッドの名前を口に出すのは控えてもらいたい。さもなければ――」

「さもなければ、どうするんだ？　みずから噂を広めるとでも？」

ウィルは生まれてから噂を流したことなど一度もなかったが、エスキスのような男たちにとって、隠したい真実を明かされるのは不都合な噂を広められるのと同じくらい衝撃を与えられることなのだろう。上流社会には互いに守り合おうとする暗黙の掟のようなものがある。エスキスやダヴィーナのおじといった男たちの目には、真実を追究するだけでも掟破りをしているように映っているのに違いない。

脅しをかけるような同じ穴のむじなに成りさがる気はさらさらないが、自分にとって大切な人たちを守るためなら労は惜しまない。

「ええ、あなたがそのように仕向けるのなら」ウィルはエスキスにそう答えて、この男が賢明に警告を聞き入れて、自分がほんとうに噂どおりの恐ろしい怪物にならずにすむことを祈った。

18

ウィルはカーンワイスの東側に位置する崖の端にしゃがみ、自分が描いた図面どおりに仕上がっただろうかと確かめた。石工たちが崩れた石壁部分はほぼ取り除き、屋敷の海側の補強工事は順調に進んでいる。だがウィルはいくつかの変更を指示した。凝った控え壁は必要ない。その程度のことを見定められる建築の知識はある。カーンワイスのあらゆるところと同様に、屋敷の外観もこれまでは仰々しすぎた。

よけいな控え壁を取り除いて費用を削減すれば、レイヴンウッド種苗園に設置してもらう目隠し用の立ち木にまわせるだろう。ブライによれば、その樹木はきょう搬入される予定なので、ウィルはマディーが作業を監督するため訪れるのを心待ちにしていた。

前日に少しでもふたりきりになろうとした試みはエスキスにくじかれてしまったが、ウィルはまだまだ話し足りないように感じていたし、マディーも同じに違いなかった。

だからマディーがきょうカーンワイスに来なければ、レイヴンウッド種苗園を訪ねるつもりだ。ヘイヴン・コーヴにやって来てから、もはや忍耐強さが美徳とは思えなくなっている。ウィルは滞在を延ばすと了承したとはいえ、残されているのがほんの数日なのは変わりなく、そのあいだもホテルでの催しやフラワー・ショー、王族を迎える準備に追われることとなる。

「旦那様、おいでになりました」

見上げると、ハスケル夫人が三階の窓から顔を出していた。ウィルがたいがい絵を描くのに使っている部屋だ。

「案内してやってくれ」

「裏のテラスが踏み荒らされてしまいます」家政婦が庭を気遣っているのだとしても、損なわれるようなものなどたいしてない。数本の低いツゲの木と巨大な生垣があるとはいえ、難なく迂回して通り抜けられるだろう。

「私が直接、作業を監督しよう」はなからそのつもりだったが、マディーが来ているとすれば、心乱されてしまうのはまず間違いない。

「まずは四本立ててみて、ジェイムズ」

屋敷の向こう側からマディーの指揮する声が聞こえてきた。ウィルはズボンの埃を払い、捲りあげていた袖をおろして、カフスボタンを留めてから、ベストに皺が寄っていないか確かめた。

屋敷の反対側にまわると、驚いたことにすでにもう長い荷台付きの馬車から三人の若者が鉢植えの木を降ろしはじめていた。思いのほか大きな木々だ。壁の修復は進んでいて、もうそれほど目隠しが必要なのか判断がつかないが、そもそもこれほど早く作業が進むとも思っていなかった。

「こちらに」マディーに指示されたところへ、若者たちが手押し車を押していく。だがマディーはこちらに気づいて動きをとめた。

「こんにちは、ミス・レイヴンウッド」

「お邪魔ではなかったかしら」にこやかだが実業家らしい口ぶりでマディーが応じた。

「ミスター・ブライからは一時にと言われていたんだけど、天候を見て、早めたほうがいいと判断したの」

ウィルがここに来てから何度も経験しているように、きょうも明け方は澄み渡った青空だったのに、午前も半ばを過ぎて暗い雲が現れている。

「ちょうどよかった」ウィルはマディーのほうに歩み寄り、種苗園からやって来た若者のひとりがこちらに目を向けたのに気づいて、彼女に無性に触れたくてたまらない思いはこらえた。

「わたしもあちらに行って木の配置を指示しないと」マディーはそれだけ言うと、すたすたと従業員たちのほうへ向かった。

ウィルはマディーの態度に困惑しながらも、修繕した外壁の感想を知りたかったので、長い脚で大股に歩いて追いつき、横に並ぶと彼女の肘に軽く触れた。

「何か気にさわったんだろうか？」

「何も」

ウィルはマディーを先に歩かせ、角を曲がって外壁を目にしてくれるまで待つことにした。また追いついたときには、マディーがジェイムズたちにできるだけ崖の端に寄せて木を並べるよう指示していた。その辺りの地面がもっとも平らだからだ。

「嵐に備えて、鉢植えは重くしておいたほうがいいわ」マディーがウィルのほうを振り返った。「壁の修理を始めたのね」さらりと続ける。「それに崩れていた石はもうほとんど取り除けたのかしら」

「あと少しだ」ウィルはさらに向こうに積み上げられた修繕用に使う無傷の石材を指し示した。

じつのところ、修繕の仕方を提案して費用を捻出した以外に自分はたいして今回の改修に貢献してはいない。こうしてマディーのそばに立っていると、もっとできることをしなければという思いに駆られた。

マディーが従業員のひとりに近づいて話しかけた。石材を運んでくるよう頼んでいるに違いなかった。だがウィルはすでについ先ほど留めたばかりのボタンをはずして袖を捲り、積み上げられた石材のほうへ歩きだしていた。

「あなたがなさる必要はないわ」マディーに引きとめられた。

「私はただのお飾りでいるのはごめんだ、ミス・レイヴンウッド」ウィルは肩越しにさりげなく笑いかけ、そのとたん、ふたりの目が合ったときには必ず湧きあがるものをまた感じた。

マディーも軽く笑い返し、鉢植えの配置を監督する仕事に戻った。

ウィルは二段ぶんの石材を運び終えて、マディーが背後に来ているのに気づいた。

「わたしにもお手伝いできることはない？」風に吹かれて、マディーが顎の下にリボンを結んでいる麦わら帽子が脱げかけていた。赤銅色の髪が風になびいている。

「あと一段ぶんあれば間に合うだろう」ウィルはしゃがんで彫刻の施された石材を持ち上げた。「これで終わりだ」

「せめてひとつ持たせて」マディーはウィルにとめる間も与えずにいちばん上の石材を取りあげた。相当に重いはずだが、まるで気にしないそぶりでかかえている。

「ドレスが汚れてしまうぞ」

「わたしはここに働くために来たのよ。お飾りでいるわけにはいかないの」そう言い返すと生意気そうに笑ってみせた。

気安いやりとりに戻れてウィルがほっとしたのも束の間、マディーは石材を置くとまた実業家らしくてきぱきと動きだし、ジェイムズにもっとも遠くに置かれた木を崖の端に近づかせすぎないようにと指示した。

「これでぜんぶです、ミス・レイヴンウッド」べつの従業員が手押し車に木を括りつけるのに使っていた紐を片づけて、暗さを増した空をなにげなく見上げた。

「ありがとう、トマス。うまく配置できたようね。天候が荒れても、あれだけ石で固定されていれば大丈夫でしょう。手押し車は一台だけ残しておいてくれればいいわ。わたしの二輪馬車と一緒に。戻ったら温室の手当てをして、新芽が出ている植物には覆いをかけておいて」

「承知しました」

若者たち三人は長い荷台付きの馬車に乗り込んだ。最後にジェイムズがマディーとウィルのほうをちらりと見やって軽く頭を垂れ、馬車を出発させた。

ウィルは理由を尋ねるのが恐ろしいくらいにマディーが残ってくれたのが嬉しくてたまらなかった。

その思いを読みとったかのようにマディーが振り返った。「この機会にバラを持ち帰ろうと思って」

「手伝わせてもらえないか？」

「そう言ってくれると思ってた」

従業員たちが去るとマディーはがらりと感じが変わり、町で多くの役割を果たしている女性なのだとウィルはあらためて思い知らされた。自分は老嬢と見られていて、好きなようにやれているのだと言いながら、人々からどのように見られているのかをマディーはとても気にかけている。

始めからもっと評判を守れるように気遣ってやるべきだった。

マディーが小さな荷馬車の後ろから木箱をいくつか取りだしてきた。「シャベルを持ってくださる？　ここにどれくらい道具が揃っているかわからなかったから」

ウィルはマディーのあとについてコテージに隣接するバラ園に向かった。その辺りはほとんど石だらけの草地か伸び放題の灌木に覆われているが、バラの茂み周りだけはきれいに手入れされていた。

「きみが世話をしているのか」

「母が望んでいると思ったから」マディーがシャベルのほうに手を上げ、ウィルはそのうちの一本を手渡した。

「話を聞かせてくれないか」ウィルがバラのそばにシャベルをかまえると、その腕にマディーが手をかけてとめた。

「もう少し離して。根を傷つけないように」

ウィルは慎重に掘りはじめた。マディーはもっと手早く進めている。手慣れていて技能も高いのはあきらかだ。ウィルがうまく土のなかから取りだせずにいるうちに、マディーは二株のバラを掘りだして、麻布にくるんで木箱に収めた。

「わたしの両親について知りたい？」マディーはシャベルの柄の先で両手を組み合わせて

ウィルを見つめた。

「ああ。手こずっているあいだに気をまぎらわせてくれ」ウィルはバラの根の先端を探りあてて、なるべく慎重に周りの土を剝がしていた。

「母はとても気配りのできる人だった。わたしが考えていること、読んでいるもの、言いたいことに関心を寄せてくれていた」沈黙が長引いたので、ウィルが目を上げると、マディーは硬い笑みを浮かべた。「父はとても忙しかった。長時間働いて事業を築き上げたの。子供の頃を振り返ると、母とは温かい思い出ばかりなのに、父については留守にしているか不満そうな顔しか記憶になくて」

「どうして不満だったんだろう？　きみはとても親孝行な娘だったんじゃないのか」

マディーが笑い声を立ててウィルを驚かせた。

「そうでもないのよ。わたしは父から夢見がちだと言われていたし、両親が関心を持ってほしいと願っていることに興味を持てなかったから」

ウィルはようやくバラの根鉢を掘りだし、木箱に片手を伸ばしつつ、引き上げようと腰をかがめた。「ちょっと訊いていいだろうか」このまま続けてよいものか目顔で尋ねた。

マディーはうなずいたが手を出さずにウィルにそのままバラを引き上げさせた。

「きみはどんなことに興味を持っていたんだ？」

マディーはウィルが手にしているバラのほうに顎をしゃくった。「世界じゅうの庭園を見てまわりたいと夢見ていたわ。列車のなかでも言ったけど、そのときから花や庭園設計に関心があったの。父はその点についてはなんとも思っていなかったみたいだけど、樹木や被覆植物や、レイヴンウッド種苗園で販売できる実用的な植物を娘にも学んでほしかったのよ。母はもっと淑女らしいたしなみを磨いてほしいと望んでいたし。ドレスやダンスね。わたしを社交界に登場《デビュー》させるよう、レディ・トレンメアから勧められたこともあったらしいわ」

ウィルは最後のバラの木々を木箱に収め終えると達成感のようなものを覚えて立ちあがった。「きみは社交界に登場したくなかったのかい？」

「うまくいくとは思えなかった」

手に付いた土を払ってから、ウィルはマディーの手からシャベルを取りあげた。「きみならロンドンに嵐を巻き起こしていただろう」

マディーがまたもウィルにはまだまだ聞き足りない低くかすれがかった笑い声を立てた。「ダンスは好きだけど上手にできないし、流行には疎くて。庭園の土を掘ったり設計したりするのより好きなことはほとんど思い浮かばない」

「それで、種苗園の経営を引き継ごうと決めたのか」

「どうしてもそうしたいと思って決めたことではないの。そうしなくてはいけないような気がして」

「そうか」ウィルは唾を飲みくだした。「その気持ちはわかる」

遠くの空から雷鳴が響きわたり、それからすぐにひび割れた音とともに稲妻が雲の垂れこめた空を切り裂いた。

「屋根の下に入らないと」マディーは急いで馬車へ走り、意外にもバラを気にかけるより先にポニー馬から馬具をはずしはじめた。「メイベルは嵐が苦手なの。厩に入れてもいいかしら？」

「もちろんだ」丁寧に掘りだしたバラがどうしても気になってしまうウィルにかまわず、マディーは馬を引いてカーンワイスの車道をさっさと進みだした。

「大丈夫だろうか？」

「防水布《タープ》をかけておけば、大丈夫。見た目よりも逞しいのよ」

ウィルは言われたとおりにタープを引っぱりだして広げ、馬車の荷台を隅から隅まできっちりと覆った。それから走ってマディーを追いかけた。最初は小雨程度だったものがすぐに土砂降りに変わった。

ウィルが追いついたときにはすでにマディーは厩の支柱に牝馬を括りつけていた。

「では抜けだすとするか？」ウィルはにやりと笑って亜麻布の上着を脱ぐと、背中から高く持ち上げ、もうひとり入れるように広げた。

マディーはその上着を見て、笑い返すと、厩の前庭に踏みだした。「わたしはこのくらいの雨は気にならないのよ、公爵様」

　ウィルは上着をおろし、雨のなかへ踏みだしてマディーと並んだ。「私もだとも、ミス・レイヴンウッド」こうしてそばに立ってマディーを見つめていられるだけで心から幸せに思える。

　マディーが空を見上げ、目を閉じて、コーンウォールの叩きつけるような冷たい風雨ではなく、温かで気持ちよいシャワーを浴びているかのように穏やかな笑みを浮かべた。

　麦わら帽子は頭の後ろに垂れさがり、ヘアピンもいくつか取れていた。濡れた赤褐色の髪の房が肩や首に張りついている。

　ウィルは思わず手を伸ばして髪の房を払いのけてやり、そのままなめらかなうなじに触れた。マディーが首を傾け、信じがたいほど鮮やかな瞳で見つめ返した。

　ああ、なんていとおしい女性《ひと》なのだろう。どうしようもなく惹かれているのは否定しようがない。彼女のそばにいると心満たされ、人生が満たされていく。

　ふたりの呼気が白い蒸気を吹きあがらせ、ウィルはかたかたと歯を鳴らしだした。

「なかに入って暖まろう」ウィルが手を取ると、マディーも指を組み合わせてきた。「走るか？」

　マディーがくすりと笑ってうなずき、ウィルはぎゅっと手を繋いだ。ふたりで厩舎の隙間の草地を駆け抜けてカーンワイスの玄関扉までいっきに行き着いた。錠前に触れるより早く扉がさっと開いた。

「あらまあ、おふたかたとも、船底のネズミみたいにびしょ濡れになって」ハスケル夫人は廊下を駆けていき、二枚のタオルを手に戻ってきた。「すぐにお部屋にお茶をお持ちします。すでにケイトに火を熾すよう言いつけてありますので」

「タオルをもっと持ってきてくれ」ウィルが腰のくびれを手で支えてやると、マディーはなんとも言い表しようのない感情に満ちた目で見返した。だがウィルは自分が抱いている感情の正体についてはもうわかっていた。どんなものよりもマディーを、そして彼女とともにいられる時間を求めているのだと。


マディーはウィルのあとについて階段を上りながら、こうするより仕方がなかったのだと思い定めた。この数日、ヘイヴン・コーヴと自分の人生にとって、ウィルの存在は不要な雑念をもたらすものなのだからと自分を納得させようとしていた。一緒にいるのがどんなに楽しくても、どんなにウィルに心惹かれていたとしても。彼がいなくなると思うとどんなに胸が苦しくても。

その苦しさにはとうてい耐えられる気がしなかった。どれほどウィルのことを考え、想っていても、彼がヘイヴン・コーヴを離れる日は必ず来る。そのときに果たしてウィルと出会うまえの暮らしに戻って、大事なものが欠けてしまったようには思わずに生きていけるのかわからない。

彼のほうはここを去ったのち、自分を恋しく思い返してくれるのだろうか。マディーにはロンドンでのウィルの暮らしがどのようなものなのか漠然としか思い浮かべられなかった。たぶん、レディ・トレンメアが開いていたようなパーティに数多く招待されるのだろう。所領の管理もしなくてはいけない。イーストウィックとウィルは呼んでいた。妹たちの話もしてくれたけれど、あとはどのような日々を過ごしているのだろう。本人はどのようなことをして過ごしたいと思っているの？

「公爵家の跡継ぎではなかったら、あなたは何をしていたのかしら？」大きな部屋に入るとすぐにマディーは問いかけた。壁ぎわに四柱式のベッドがあり、鏡の破片が鏤《ちりば》められた赤と金色の壁紙に囲まれている。

暖炉で熾されたばかりの火がぱちぱちと音を立てていたので、マディーはそばに近づいて両手を温めながら返答を待った。

質問を投げかけられるとすぐにウィルは足をとめて、くるりと向き直った。ところが黙ったままクラヴァットをほどきにかかり、濡れそぼった布を首から取り去った。「いつかは爵位を継ぐのはわかっていた。それ以外の可能性について考えたことはなかったな」

「一度も？」マディーは階下でハスケル夫人から手渡されたタオルで髪を拭きはじめると、その布もたちまちドレスと同じくらい湿ってしまった。「公爵家を継がなかったとしたら、何をしてみたかった？」

　ウィルはマディーの雨に濡れたドレスを見やり、部屋の壁一面を占めている彫刻の施された大きな衣装簞笥へ向かった。青いビロードのローブを取りだして渡してから、ベッドカバーを引き剝がす。

「私がこれを持ち上げているから、その隅に入って濡れた衣類を脱ぐといい」

　すでにもっとも秘めやかな部分に触れているのだから、そのように礼儀をつくろうのは大げさなようにも思える。

「反対側を向いて持っていられる？」

　ウィルは欲望と迷いの表れた目で見つめながらも首をくいと傾け、顎をこわばらせて思案した。「もちろんだ」

　マディーはウィルが向きを変えるなり、手早く胴着《ボディス》のボタンとスカートの留め金をはずした。濡れたスカートは重みでペティコートも一緒に引きずるようにして足首まですとんと滑り落ちた。ボディスを剝がし、コルセットのホックをはずす。

　暖炉の火が爆《は》ぜている以外は静かで、マディーは自分の息遣いがことさら大きく聞こえた。ウィルの息遣いも。

「建築」急にざらついた低い声でウィルが言った。

　マディーが最後のホックをはずしてコルセットを床に落とすと、ウィルが息を吞む音が聞こえた。絨毯の上に落ちた音だけで、なんの衣類なのかわかったのだろうか？

「あなたの絵の腕前は趣味の域を越えているもの。学ばれたの？」

「少しのあいだだが」

ストッキングも濡れていたので、マディーはしゃがんでブーツを脱ぎ、下穿きもおろして、ストッキングから片脚ずつ引き抜いた。立ちあがると、ウィルが呼気荒く息を吸い込んだ。そのときマディーは鏡の破片が鏤められた反対側の壁にふと目をやり、自分を見つめる彼の目がそこに映っているのに気づいた。

「いつから見てたの？」

ウィルは首をかしげて、振り返らずに答えた。「見ないように努力した」

「わたしも同じことをしないとは言いきれない」ボドミンの森でもマディーは自分がされたように彼の肌に触れてみたかった。「ローブを着るのを手伝って」

ウィルが振り返ってローブを持ち上げ、わずかに近づいた。どうやらまだ目をそらそうと努力しているらしい。マディーはいまシュミーズしか身に着けていない。ほとんど剝きだしの脚はそばの暖炉の火で温められてきたけれど、湿っているシュミーズは胸に張りついていた。

「あなたはとんでもなく礼儀正しい方なのね」マディーはローブを広げて着せかけてくれたウィルにささやいた。

「そうなろうと心に決めたんだ」

「森でのことのあとに？」マディーはゆっくりとシュミーズの結び目をほどきつつ、ウィルの目がこちらに向くのを待った。

「そうだ」ウィルはこちらを見たものの、すぐにまた顔をそむけた。「決意するのに苦労した。いまも苦労している」

「わたしも決意したことがあるの」

「そうなのか？」ウィルは見ないようにしていたのを忘れたかのように目を合わせた。

「仕事と王族のご訪問の準備に集中しようと決めたの。気を煩わされてはいけないと」

マディーはまた顔をそむけていたウィルの顎先に触れ、見つめ合えるように振り向かせた。「だけどいまはまたべつの決意をした」

「何をだろう」

「いまだけは自分の気持ちに素直になると」シュミーズの襞飾りに縁どられた襟を引いて、肩から滑りおろす。柔らかな布地が乳房から腹部、腰へとたどりおりて、ついには足もとの衣類の上に重なった。

裸体を隠したくなるのをこらえて、ウィルが自分を見て求めてくれるのをじっと待った。もう二度とこんなふうにふたりでいられる晩は来ないだろうし、だからこそ何も我慢したくない。礼儀も、これからどうなるのかも関係ない。いまふたりでいられればそれでいい。

ウィルが踏みだして手を伸ばした。マディーの頬を撫でながら、もう片方の手を腰にまわす。指で顎の輪郭をたどり、首へおりて、肩に垂れている髪を払う。「きみはすばらしくきれいだ」ささやきかけて抱き寄せた。

マディーはウィルのシャツのボタンをはずしはじめたものの、乳房を指でたどられ、彼の手のひらに包まれると、息を呑んだ。ウィルの温かい手があまりに心地よく、もっと触れてほしくて背を反らせた。

ウィルが前かがみになって互いの唇を触れあわせると、マディーは期待にぞくりと身をふるわせた。

ところがウィルはキスをせずに唇を触れさせたままささやいた。「きみを手放したくないから、きみが自分の気持ちに素直になると決意してくれてほんとうによかった」

19

彼女を手放すことはできない。そんな思いにウィルはマディーと初めて出会った日からずっと悩まされてきた。レディ・トレンメアの温室で鉢合わせをしたときにはまだどこの誰ともわからない美女だったのに、ロンドンにはもう戻って来ないと言われ、ウィルはすでに心乱されていた。

自分がこれほどに求めてもらえるような男だとは考えたこともなかったが、どうやらそうらしい。

腕のなかにいるマディーに自分は求められている。

爪先立ちになってキスをしてきたマディーを抱き寄せると、熱情を燃え立たされるキスに浸った。マディーがぶるっと身をふるわせ、ウィルは自分の着衣がまだ湿っていて彼女のほうは見事な肢体を晒しているのを思い起こして身を離した。

着せかけてやったビロードのローブは、マディーがシャツのボタンをはずしてくれようとしたときに床にずり落ちかけていた。

「今度はあなたが濡れた服を脱ぐ番だわ」マディーが大胆にも物欲しそうな目を向けたので、ウィルは自分が彼女をそんなふうにさせているのだと思うと妙に嬉しかった。

「ローブはそれしかないんだ」つぶやいてまた唇を奪って味わった。

「そう。それなら暖をとる方法を何か考えないと。思いつくことはない？」

「じつは、いくつかある」

マディーが笑った。その楽しそうな声にウィルはなごまされ、またも抱き寄せた。もうこの笑い声は日常の一部となっていて、マディーのいない将来など想像できない。

「どうしたの？」感傷的な考えが顔に表れていたのだろうか。マディーが頰に手を添わせてきた。

ウィルが答えられずにいるうちに、誰かがドアをノックした。

「お茶をお持ちしました、旦那様」

ウィルはシャツのボタンをいくつか留めて、マディーがローブの腰紐を締めるのを待って、暖炉の向こう側へ動いた。

ケイトが大きな盆にティーポットやスープらしき深皿を載せて、せかせかと入ってきた。まだ温かそうなパンの匂いも漂ってくる。「ハスケル夫人がおふたりは空腹でらっしゃるのではないかと」

さらにべつのメイドがタオルとドレスらしきものを手に入ってきた。「お嬢様に」静かに言うと膝を曲げてお辞儀をしてから部屋を出ていった。

「ほかにご要り用のものはございませんか、旦那様」ケイトは服を脱ぎかけているウィルと大きすぎるローブを羽織ったマディーをまじろぎもせずに見つめた。

「大丈夫だ、ケイト」

ケイトは微笑んでうなずき、ドアのほうへ向きを変えた。

「あ、忘れるところでした。入浴用の湯を溜めてあります、お嬢様」ケイトはそう言うと部屋を出て、ドアを閉めた。

「入浴用の湯」マディーが思い焦がれるような口ぶりで言った。

ウィルはふっと笑ってローブの結び目をつかんでマディーを引き寄せた。「カーンワイスは奇妙なところだらけだが、最新の設備もいくつか取り入れられている」マディーの背中に腕をまわし、この来客用の寝室とやたらに広い化粧部屋を隔てるドアへと導いた。艶やかな青緑色のタイル張りの化粧部屋には、人の背丈ほどの金属の構造物から水が出る凝ったシャワーと、一度に数人が入れるくらい大きな陶磁器の浴槽がある。

ケイトの心配りのおかげで、そこは浴槽の湯から上がる蒸気で至極のぬくもりに包まれていた。

「まあ」マディーが息を呑んだ。「こんな部屋があるなんて。それに見事な浴槽だわ」

ウィルは浴槽に手を入れて湯の温かさを確かめた。熱いが火傷するほどでもない。手を抜いて、マディーを招き寄せた。

「手伝おう」ウィルは立ちあがり、マディーのローブの腰紐を引いて、美しくくびれた肢体とそばかすのある肌を目にしたとたん、ぞくりと欲望に身を貫かれた。

マディーがウィルの腕につかまって浴槽に足を踏み入れる。身を沈めると、長い髪が湯にたゆたうように広がった。ウィルは女神の沐浴を覗いているような気分に陥った。

「天国ね」マディーがつぶやいて、両手で湯を掻いて目を閉じた。

たしかに。マディーが湯気を上げる湯に心地よさそうに身を沈め、ふっくらと張りのある乳房をゆらゆらと浮きあがらせ、その下の長い脚もゆったりと動かしているのを眺めていると、ウィルはまたも予期せずして至福に恵まれた運命のいたずらに欲望を煽られた。自分にそのような資格があるのかはわからないが、この悦びをどうして味わわずにいられるだろう。

マディーが目をあけると、瞳の青さがさらに増しているように見えた。「一緒にいかが」まさに船乗りを誘惑する海の精セイレンだ。

「ただし、あなたもぜんぶ脱がないと」マディーが指を突きつけた。

先ほどまでこちらは裸体から目をそらそうとしていたのに――うまくいかなかったが――マディーのほうはすでにいまを楽しもうと吹っ切れているようだ。また少し湯に深く沈み、陶磁器の浴槽に背をもたせかけた。

ウィルはベストとシャツのボタンを手早くはずしながらブーツも脱ぎ捨てた。ズボンの留め具に手をかけたときにはマディーが下唇まで湯に浸かっていた。ウィルはためらったわけではなく、マディーを楽しませようといったん動きをとめた。

ゆっくりと、思わせぶりに、ズボンの留め具をはずし、下穿きと一緒に滑り落とす。ウィルは硬く張りつめて疼いていた。背を起こすと、マディーの視線が自分の脚のほうに下りて、それから下腹部にとどまった。うっとりと満足そうに見つめられているうちにウィルの我慢も限界に近づいてきた。

「お気に召していただけただろうか、ミス・レイヴンウッド？」

「ええ、とても、公爵様」

その敬称がマディーの愛らしい唇から熱っぽくかすれがかった声で発せられると、ふしぎとなおさらそそられて背筋がぞくりとした。

ウィルは大股に二歩で浴槽の端にたどり着くと湯に入って、マディーと向かい合わせに腰を沈め、彼女の両脚のあいだへ脚を伸ばした。浴槽は長く横幅も広いので、向かい合わせでも横に並んでも触れずに座れる。だがウィルは触れずにはいられなかったし、マディーもそれを心から望んでいるらしかった。彼女が脚を引き戻し、ウィルの脚のあいだに入ってきて膝立ちになった。

ウィルは手を伸ばしたが、マディーはきょろきょろと浴槽の縁を見まわしている。石鹸を見つけると腕や首に泡立てはじめた。それから今度はいきなりウィルの手を持ち上げ、石鹸を持たせて自分のほうに引き寄せた。

ウィルは石鹼をマディーの乳房に滑らせて、乳首が立ちあがるのを手のひらに感じた。湯をすくいあげて石鹼を洗い流してから、マディーを抱き寄せる。彼女は導かれるまま太腿に乗り上がってきた。ふたりの身体は重なりあい、ウィルの下腹部がマディーの中心に擦れた。マディーは息を乱して腰をずらし、ふたりのあいだに手を差し入れて彼を探った。

ウィルは彼女の手に握られて呻くように声を洩らしつつ、好きなように探らせた。マディーは様子を確かめるようにウィルの目を見つめながら、ためらいがちに撫でている。

「気に入ってくれてる？」

ウィルは笑いながら彼女のしなやかな背を撫で上げた。「言い表せないくらいに。だがこのままだと……」

「どうしても触れずにはいられなかったの」マディーはそこを手放して、ウィルの肩に両手をかけた。「でもいまはあなたを感じたい」ささやきかけて膝立ちになり、ウィルの上にぴったりと重ねあわせるように腰をおろした。湯が波のように彼女の乳房に打ち寄せ、ウィルは思わずぴんと立ちあがった甘美な乳首を口に含んだ。

マディーが吐息を洩らし、ウィルは湯のなかで手を伸ばして彼女の太腿のあいだをまさぐりつつ、下腹部を擦らせた。このまま腰を上げて、ずっと望んでいたように彼女を奪って悦ばせたい。それでもマディーがしたいようにさせてやらなければと心に決めて、待った。

「あなたが欲しい」マディーが唇を触れあわせてささやき、ウィルの下腹部に腰を沈み込ませた。

「私もだ」ウィルは答えて唇を奪った。

マディーがためらいがちに腰を動かし、小さな喘ぎと哀れっぽい悦びの声を洩らしはじめた。ウィルは本能に押し流されないよう必死にこらえて、マディーを見つめることに集中した。動きが速くなるにつれ、マディーはウィルの首をかかえ込むようにして目を閉じた。さらに彼の髪をつかみ、肩にしがみついて、悦びの極みに昇りつめた。

「ウィル」マディーが息を切らして小さな声で言う。ウィルは信頼と欲望の表れた目でじっと見つめられ、かろうじて繋ぎとめていた自制心の糸が切れた。

湯のなかでマディーの尻をつかんで、腰を押し上げた。互いの身体が結びつき、速まる呼吸が重なりあって、ウィルはマディーとともにいるのは正しいことだとあらためて確信した。

「ええ」ウィルが突き上げるたび、マディーがか細い声で言う。彼女が頭をそらすと、ウィルはその首に口づけて、さらに軽く嚙みついた。そのうちにマディーが叫びをあげ、身をこわばらせ、小刻みにふるえながら解き放たれた。

ウィルはマディーの肩に顔を埋め、肌を舐めて、また首筋に唇を擦らせた。湯は冷めてきたが、まだ終わらせたくない。

とはいえ、マディーを凍えさせるわけにもいかなかった。

「出よう」

「あ、ええ」マディーがウィルの背をたどりながらつぶやくように応じた。「ベッドへ行くの？」

「きみさえよければ」

「眠らないわ」マディーが挑むような目で言った。

「ああ、眠らないとも。いずれにしても、まだしばらくは」

マディーの言葉と物欲しげな目つきに、ウィルはまたも硬くなって疼きだした。彼女の大胆さも意志の強さも大好きだ。マディーを愛している。この想いはたぶんずっと胸に秘められていた真実で、いまさら気づいて驚かされるようなことではなかった。

ウィルは立ちあがり、マディーも引っぱり立たせた。浴槽から出ると、マディーがローブを差しだしたが、ウィルはそれをまた彼女に着せかけて、寝室へ導いた。四柱式のベッドの手前には踏み段があり、マディーがそこに上がってローブを脱いだ。

その肢体だけでなく、見つめられるのが嬉しそうなそぶりに、ウィルは昂らされた。マディーがベッドの上を這っていき、上掛けの内側にもぐり込んで、片手を出してウィルを引っぱり寄せようとした。

呼ばれるまでもない。ウィルはベッドに上がるとマディーにのしかかり、その脚のあいだに腰を落ち着けた。彼女は濡れて準備はできていた。

「マディー」かすれがかった声で呼び、唇を奪った。

マディーは甘く、柔らかで、ほかにはもう何も要らないと思えるくらい完璧だ。彼女さえいればいい。こうしてそばにいて、その身を味わい、毎日、毎晩、悦ばせることができたなら。それ以上に望めるものなどあるだろうか？

20

ウィルが目覚めたときにはもう正午近くで、マディーの姿はなかった。ふたりの愛の営みが頭に呼び起こされても、彼女のいない虚しさに胸を突かれた。記憶だけでは足りない。目覚めたときに傍らにいてほしかった。きょうだけではなく。

手立てはあるはずだ。またすぐにコーンウォールに戻って来られるだろうか？　あるいはマディーがロンドンまで来られる時間を取れるのだろうか？　あれこれ考えてみたところで、満足のいく策は見いだせなかった。こっそり会うだけではとても足りない。また別れなければならないと考えるだけでも耐えられない。

マディーを自分のものにしたくても、彼女が築き上げてきたものをあきらめさせるのは間違っているように思えた。身勝手だ。それにウィルは身勝手な欲望でほかの人々を苦しめた父のような男にはけっしてなるまいと胸に誓っていた。

ベッドの脇机に残された書付が、きょうもマディーには忙しい一日が待っていることを物語っている。家に帰って着替えてからホテルへ向かわなければいけないとウィルのスケッチブックに走り書きされていた。記念の催しが開かれるのは今夜で、あすはついに王女がこの町を訪問される。

ウィルは時計を見やり、もう一度マディーに会えるまであと何時間あるかを計算した。着替えて階段を下りて、食堂へ向かおうとしたところでハスケル夫人に呼びとめられた。

「今朝、鉄道駅に旦那様宛ての電報が届いたと使者が持ってまいりました」家政婦は心配そうに紙を振ってみせた。「妹さんからではないでしょうか」

ウィルはいったい何事なのかと内心で思いつつも、家政婦が気を鎮めるのを辛抱強く待って電報を受けとった。

短い電文にすばやく目を通すと、驚くような言葉はひとつも見当たらなかった。たとえエスキス卿が脅しを真に受けてロンドンまで噂話を広めるのは取りやめたのだとしても、都会の噂好きがいい加減な憶測を口にして、ゴシップ紙に書き立てられれば、おのずと客間や晩餐会や舞踏会で話題にのぼることとなる。


お兄様とMRについての好ましくない噂が広まりつづけているので、至急帰ってきて。

コーラより

「旅行鞄をご用意いたしますか、旦那様？」家政婦がそわそわと両手を揉み合わせている。

つまりはこの電文にすでに目を通したのだろう。

「鞄は用意しておいてくれ。だが、すぐに駅までの馬車を手配する必要はない。今夜はホテルでの催しに出席することを承諾してあるので、約束を守らなくては」

「かしこまりました」ハスケル夫人はうなずいたものの、なおも気遣わしげに眉間に皺を寄せていた。「フラワー・ショーはどうなさるのです？」

ウィルは家政婦を見つめるうちにあらゆる感情が押し寄せて胸が締めつけられた。妹たちに迷惑をかけてしまうのではないかという罪悪感。マディーが今後の命運をかけて挑むフラワー・ショーの成功を祈る思い。そしてなにより、できることなら時計の針を巻き戻して、この腕にマディーを抱きしめたかった。

「フラワー・ショーまではここにいる」そう決めていたわけではない。ロンドンへ戻るのが一日遅れただけでもコーラは憤るだろうが、ウィルはマディーのためにとどまりたかった。本人に頼まれたわけではなくても。

「でしたら、二日後にお発ちになるのですね？」

怖気が骨まで染み入った。二日ではとても足りない。マディーにどのように別れを告げればいいのかすら見いだせそうにないが、ハスケル夫人にしっかりとうなずいて応じた。

コーラがわざわざ電報を届けさせたからには、エスキスによってすでに広められていた噂でデイジーに悪影響が及びそうだとか、結婚式に暗い影を落としかねないといったことを心配しているのかもしれない。この数カ月、ウィルとコーラは末っ子の妹が結婚して幸せをつかめるようにとひたすら苦心してきた。

だがウィルはマディーのことも気がかりだった。もうすぐエスキスもヘイヴン・コーヴを去るとはいえ、あの男が振りまいた噂話が悪影響を残しはしないだろうか？

「舞踏場の修繕がだいぶ進みました、旦那様。ご覧になりますか？」

ウィルはこの場に頭を切り替えて、家政婦のあとについて舞踏場へ向かって廊下を歩きだした。

「きみもほかの使用人たちもよくやってくれた」舞踏場はたしかに清潔になって見違えたが、まだ雑然としていた。

「旦那様が雇ってくださった大工も」

「ほかにもたくさんあった物はどこへいったんだ？」堆《うずたか》く積み上がっていた壊れた家具は消え、赤いダマスク織り張りの長椅子とたっぷり詰め物がされた椅子だけが残されていた。

「修理できたものは元の場所に戻しました。それ以外は大工に作業場へ持ち帰って直してもらっています」

「舞踏場らしく見えるようになったな」舞踏会についてはウィルは出席したいとも開きたいとも思わなかったが、ここでマディーとダンスをする自分の姿なら思い描けた。ふたりだけで。たしかマディーはダンスが好きだと言ってなかっただろうか。

「ええ、ほんとうに」ハスケル夫人は壁付き燭台が灯されたこの大広間でたくさんの男女が踊る姿を思い起こしているかのようにしみじみと言った。「ですが旦那様にお見せしたいものがほかにもあるんです」

家政婦は床に仔猫たちが入り込んだ穴があった、部屋の左端の片隅へ歩を進めた。ウィルはしゃがんで板張りの床を眺めた。穴があいていたところを特定するのは困難だった。床と壁が継ぎ目なく修繕されていた。

「これほど早く直せたとは信じられない」

「いったん変わりはじめれば、どんどん様変わりしていくものなのかもしれませんわね」

家政婦は深い意味を含ませたつもりはなかったのだろうが、ウィルは自分自身に重ねあわせずにはいられなかった。ああ、まったく、十二日まえにコーンウォールにやって来たあの男が、いまこうして父の隠れ家だった館の修繕に気を配り、燃えるような赤毛の女実業家のことばかり日がな一日考えている男と同一人物だとは自分でもとても信じられない。

ウィルは立ちあがってズボンの埃を払った。「ありがとう。ミスター・ブライにもこうした修繕を監督してくれて私が感謝していたと伝えてほしい。そろそろ、今夜ホテルで開かれる記念の催しに出かける準備をしなければ」

「早めにお出かけになられるんですか？」

「ああ、そのほうがいいだろう」

家政婦が心得たふうに微笑んで、エプロンのポケットに手を入れた。「ミッチャムが厩でこれを見つけたそうです。ミス・レイヴンウッドのものではないかと」

家政婦が手を持ち上げるのと同時にウィルも手を出した。手のひらに載せられたのは、ひと握りの銀のヘアピンだった。むろん家政婦は苦笑いを浮かべたが、意外にも頬をほんのり染めていた。

「顔が赤いぞ、ハスケル夫人。父が騒々しいパーティを開いていたこの屋敷で長年働いてきたのだろうに」

ウィルはマディーとの行為に後ろめたさは覚えていなかった。ふたりで過ごした時間はかけがえのないもので、後悔するはずもない。ただカーンワイスの使用人たちなら賢明に口を閉じていてくれるだろうと信頼していても、マディーの評判が傷つけられはしないかとひそかに懸念も抱いていた。ヘイヴン・コーヴの町の住人たちはマディーを自立した女性だと見なしているとはいえ、何をしても批判や中傷をしないわけではないだろう。

「ですから、しじゅう顔を赤くしてましたわ」少しおいてハスケル夫人が認めた。「言わせていただくなら、先代の公爵様のもとで働くのはたやすいことではありませんでした。旦那様がいらしてくださって、ほんとうに嬉しかったんですよ。お父様とは似ておられないと伺っていましたので」家政婦に微笑まれても、ウィルとしてはきまり悪かった。

「似ていないとも、ハスケル夫人。父とは違う」

「もちろんですわ。どうかお気を悪くなさらないでください」家政婦は心から申し訳なさそうな面持ちだ。「誰もお父様に似てらっしゃるとは思っておりません」

　カーンワイスの使用人たちのことなのか、町の誰もがそう思っていないのか、ウィルには判断がつかなかった。だが誰もが注意深く、ヘイヴン・コーヴでのどんな出来事も知らない住人はいないかのように思える。

「尋ねるのは無粋かもしれないが、ミス・レイヴンウッドの訪問について使用人たちから噂が広まりはしないだろうか」家政婦とこんなことをあからさまに話そうとは考えもしなかったが、カーンワイスで長年働いてきたご婦人にいまさら体裁をつくろっても仕方がない。

「わたしが口を閉じるべきときを心得ているのはお約束しますわ、旦那様。ただ、若い使用人たちについては……」

「たしかに」このような小さい町では秘密を守ろうとするのはむなしい願いなのだろう。ここにやって来た晩にマディーからも知らせがどれほど早く伝わるのかを教えられた。

「旦那様、ミス・レイヴンウッドがヘイヴン・コーヴでとても慕われている方なのは間違いありません」

　そうだろうとも。そうでなければ、あれ以上どうやって町に尽くせというのだろう？

　階上に戻って顔を洗って着替えるまえに、ウィルはハスケル夫人にホテルでのオークションに提供できるものはないだろうかと尋ねた。

「先代の公爵様が貯め込んだ名だたるブランデーがございます。それをお持ちになられては？」

「名案だ」

ウィルが階段を上りきろうとしたとき、廊下を足早に引き返していったはずの家政婦の足音がどういうわけかまた階段の下へと戻ってきた。

「ご提供なさるものと言えば、旦那様、こちらをミス・レイヴンウッドに差しあげてはと思ったのですが」ハスケル夫人は階段のそばの壁に掛かっている絵のほうに頭を傾けた。「旦那様がお使いになられている画材を残していった画家が、カーンワイス滞在中に描いたものなんです」

家政婦はその絵をはずしてウィルのほうへ掲げてみせた。美しい金の額縁によって絵の豊かな色遣いがなおさらきわだって見える。しかもウィルが使っている来客用の寝室の窓から目にしたものをよりおおらかに軽やかな筆遣いで再現したかのように、高い視点からマディーが育った小さなコテージとカーンワイスの庭が描かれていた。よく見ると、バラの茂みの剪定をしている赤褐色の髪の女性の姿もある。

「レイヴンウッド夫人ですわ、旦那様」

ウィルは思わず笑みをこぼした。「ありがとう、ハスケル夫人」

「ミス・レイヴンウッド、旗布飾りはご覧になった？」

「旗布飾り？」マディーは各テーブルに配置する手作りの小さな蠟燭を詰めた木箱をかかえていた。地元の蠟燭製造業者がこの催しのために特別に作ったものだ。リーヴ夫人は晩餐会の部屋の飾りつけを限られた食堂の使用人だけにまかせられず、マディーにも手伝いを頼んでいた。

「白と金色の。夜のオークションに向けて十数メートルの長さのものを飾りつけることになっているの」

「この蠟燭を配置できたらすぐにそちらをお手伝いしますわ、ペンデニング夫人」

「時間は大丈夫？　リーヴ夫人があなたに座席の配置を手伝ってもらうとおっしゃってたけれど。ホテルの使用人たちはもうてんてこまいなんでしょう」

マディーは数歩進んで、かかえた木箱の端をテーブルに載せ、ふうと小さく息をついた。

「ここはあなたにまかせたわ。終わったら黄金の間に来てもらえる？」

「わかりました。あとで伺います」マディーはほつれて顔にかかった巻き毛を息で吹き払い、木箱を持ち直した。それからまた少し動きをとめた。バルコニーに面した背の高い窓越しに海が見える。

疲れとはべつの疼きを覚えた。きょうは周りの世界がいままでとは少し違って見える。いつもは次から次へとやらなければいけないことに追われて、ゆっくり楽しめる時間はほとんどなかった。でも昨夜はウィルと何時間も心から楽しんで過ごせた。華美な浴槽で愛しあい、それ以上にまた華美なベッドでも身を絡ませ、早朝にもふたりの熱情ですっかり温まって身になじんだベッドでまた交わった。

その数時間後にウィルをそこに残して去ったのは、マディーにとってこれまで経験したなかでもとりわけつらい記憶のひとつとなった。

けれどほかに選択肢はなかった。午前中にホテルに来て準備を手伝う約束をしていた。もう取りかかってから何時間も経つのに、気がつくとついウィルのことを考えている。様々に求めあった場面を呼び起こしては笑みがこぼれてしまう。リーヴ夫人やほかの委員会のメンバーたちに何がそんなに楽しいのかと何度も尋ねられている始末だ。

「ミス・レイヴンウッド！」ホテルの長細い食堂の向こうから大きな声で呼びかけられ、マディーは危うくガラス食器をテーブルから落としかけた。

「あなたを見つけられてよかった」ミス・ディクスンは扇子でしきりに顔を扇いでいるのにまだずいぶんと暑そうだ。「ちょっと念のために伺っておきたいことがあって」部屋にはほかにドアのそばでワゴンの銀器を磨いている使用人がひとりいるだけで、あきらかに周りに人けはないのに、ミス・ディクスンは立ち聞きを警戒するように左右を見やった。

「ええ、ご覧のとおり、わたしはここにいます。どんなご用件でしょう」

「ご用件とは違うわね。あなたの許しを得たいの」

マディーは蠟燭を次のテーブルに運び、ヘイヴン・コーヴでもっとも幸せな老嬢だと自負している年上のご婦人に肩越しに困惑の笑みを向けた。「あなたがわたしに許しを得るようなことがあるんでしょうか」

ミス・ディクスンは近づいてきて、ごくりと唾を飲み込み、扇子で口元を隠しつつひそやかに言った。「オークションで公爵を勝ちとるつもりよ」

ふっといらだちが湧いてマディーは両手を握りしめた。思いがけず激しい嫉妬心に駆られ、急にミス・ディクスンが憎らしく思えた。「でもどうなんでしょう。ほかにも名乗りを挙げる方々がいるのでは。競り勝てるのかしら」

ミス・ディクスンが顎をふるわせ、ささやきかけた。「あなたが勝ちとろうとでも？」

マディーはその問いかけの裏の意図には気づかないふりをした。「リーヴ夫人がほかのみなさんから寄付を集めるために計画したものですもの。どのみち、わたしには先立つものがありませんし。すでに委員会に時間を捧げて奉仕していますから」

「それでも、あの方をほかの女性に勝ちとられたくはないでしょう？」

マディーは首筋が少し汗ばんできたのを感じた。愚かな嫉妬心を鎮めようとしても頬が紅潮しているのが自分でもわかった。「いったいわたしからどんな言葉をお聞きになりたいのかしら」

「あら、わからない？」ミス・ディクスンはマディーの肩に手をかけ、なれなれし過ぎたかと憂うようにすぐにその手を離した。「あの方が町にいらしてから……」眼差しをやわらげた。「あなたと気持ちを通わせているのは見るからにあきらかだもの。好意を」

マディーは年上の婦人の目を見られなかった。先ほどまでの嫉妬に駆られた怒りはたちまちべつの感情に取って代わられた。目に涙があふれ、ぐっと息を吸い込んで気持ちを落ち着けようとした。ほんとうにもう、きょうは感情の起伏が激しすぎる。

「好意はあります」マディーはようやく口を開いて認めた。「ですが、わたしたちの友情は――」それをはるかに超えた感情だけれど、どう表現すればいいのかわからない。

「――あの方があと数日でロンドンに戻られるまでのことです」

「ロンドンはそれほど遠くはないでしょう」

「距離だけならそうかもしれません。でも別世界なんです。ロンドンのレディ・トレンメアのお屋敷を訪ねたときに、どれほど違うのかを思い知らされました」幾度となく自問していたことなのでマディーは笑みをこぼした。そう、あの街をまた訪れることはできる。もっとロンドンに足を運び、ウィルにも会えたらと想像すると胸が躍った。でも、また別れを迎えるのではないの？　どのような関係を築けるというのだろう？　ウィルは公爵夫人にふさわしい女性を選び結婚しなければならず、マディーにもこちらで果たすべき務めがたくさんあった。頼りにしてくれている人たちがいる。

「わたしにはもうずいぶん遠ざかっていることだけれど、おふたりの相性がとてもよいのはわかるのよ」

「お気遣い、ありがとうございます、ミス・ディクスン」マディーはつい感情的になってしまったことを恥ずかしく思った。「公爵様のオークションを勝ち抜かれるよう祈っています」

ミス・ディクスンが驚くほど愛らしいくすくす笑いを洩らした。「ご親切に、ありがとう」

年上の婦人が去り、マディーは装飾が施された蠟燭を各テーブルに配置する作業に戻った。残りがあと数本になったとき、ホテルの従業員が近づいてきた。

「ペンデニング夫人から言付けを頼まれました。黄金の間に来てほしいとのことです」

ペンデニング夫人は自分以上にせっかちなのかもしれないし、ほかにもいろいろな事情が考えられる。

五分後、マディーは最後にもう一度ぐるりと見渡してから食堂を出て歩きだした。ロビーに入ると掛け時計を見やった。これからまだリーヴ夫人の執務室に寄る約束があるし、催しが始まるまでには着替えておかなければいけない。今朝急いで家に帰って顔を洗い、身に着けてきた昼間用のドレスはあまりに地味で晩餐会や舞踏会にはふさわしくない。

ロビーのなかほどまで来たとき、マディーは息がつかえて、心臓が跳びはねたように感じられた。

ウィルが早くも到着していた。最初に出会った晩と同じような姿だった。黒と白の正装で、ぱりっとした白いクラヴァットを首周りにたくし込み、逞しい胸は真っ白なベストにぴたりと覆われている。けれどもう、視界を遮るほど肩幅の広い彫像のごとく完璧な体軀の男性というだけではなく、マディーの想い人だ。たしかに、ミス・ディクスンの言うとおり、気持ちが通じ合い、好意を抱いている。だけど、それだけじゃない。鉢植えのヤシの陰から転がりでるようにして出会ってから入り江で船遊びをするまでのあいだに、いつしか恋に落ちていた。

その姿を目にしてマディーは笑みが浮かび、口のなかが潤ってきた。わたしのもの。たとえ事実ではなくても理屈に合わなくても、心はそう叫びたがっている。

ロビーを見まわしているそぶりから、ウィルが自分を探しているのをマディーは察した。ほんの少しのあいだでも彼とこっそりふたりきりで会えたならどんなにすてきだろうと思うけれど、今夜が終わるまで自由な時間は取れない。

ついにウィルがこちらに気づいた。あまりに嬉しそうなその目を見て、マディーは自然とそちらへ歩きだしていた。ウィルも同じように歩きだし、ロビーの真ん中付近でふたりは向き合った。無言で握手を交わし、マディーはウィルの視線がちらりと自分の唇に向けられたのに気づいた。

わたしもあなたとキスをしたい。

「ミス・レイヴンウッド」

マディーは目を閉じて、ウィルの手を放した。

「ホテルの従業員の女性にあなたを迎えに行かせたはずなんだけど」

振り返るとペンデニング夫人がそこにいた。「ちょうど向かっていたところです」

「でも……お取り込み中のようね」ペンデニング夫人がウィルに硬い笑みを向けた。「ようこそ、公爵様。ずいぶんお早いのですね」

「はい」ウィルはうっすらと笑って応じた。「お手伝いできることがあればと思いまして」

ペンデニング夫人が公爵の磨き上げられたブーツから荒っぽくウェーブのかかった長めの髪へと眺めまわした。「でしたら旗布飾りの準備をお手伝いしていただけるかしら」

ウィルが探るようにさっと見やったので、マディーはほんのかすかにうなずいて、暗に〝お願い〟と目顔で伝えた。頼まれればどのような準備の手伝いも厭わないけれど、ペンデニング夫人とふたりきりで大声で指示されながら作業するのは気が進まなかった。

「では、行きましょうか」ペンデニング夫人がふたりに告げた。「招待客が訪れるまで、もうあまり時間がないわ」

21

ウィルはもう二度と長く連なる旗布飾りは見たくもないと思った。

ホテルに着いてから小一時間、いまだその代物と格闘している。より正確に言うなら、数日まえに誰かが絡ませてしまった旗布を解きほぐすのにマディーとともに全力を尽くしていた。掛け紐に並び吊るされている旗布は柔《やわ》なので、絡まりを解きほぐすのには細心の注意を払わなければならない。

もうすべて放りだしてしまおうかとウィルが思ったとき、マディーがあくびを隠そうとうなじに手をやった。マディーの首の凝りをほぐしてやりたい。今夜の催しに旗布飾りなどなくてもどんな支障があるというのか。

ペンデニング夫人が背を向けた隙に、ウィルは手を伸ばしてマディーのうなじを揉んでやった。

マディーが心地よさそうな声を小さく洩らしてしまい、すぐに手で口を覆った。ところがたまには思いがけない幸運も訪れるもので、ペンデニングなるご婦人が部屋を出ていった。

「ほんとうに終わるのかしらね？」マディーが冗談めかして問いかけた。

「ああ、そう願いたい。なにせいますぐにもいっそ海に投げ込んでしまいたい心境だからな」

「あなたがお手伝いしたいなんて言うから」マディーは笑って、楽しげに瞳をきらめかせた。この笑い声を聞くとウィルはいつもなんとなく気がほぐれた。

「きみといたかったから応じたまでだ」

「いまみたいに」

「ふたりきりに」

「ふたりきりはいまだけ」マディーはペンデニング夫人が出ていったドアをちらりと見てから、椅子をずらしてそばに近づいた。

ウィルは旗布が吊るされた掛け紐を手放して落とした。片手をマディーの腰にまわし、もう片方の手で首の後ろを支えて、キスをした。さらにもう一度。マディーが唇を開いてキスが深まると、ウィルはじりじりと追い詰められていくのを感じた。彼女が欲しい。この衝動をとめることなどできるだろうか？

足音が聞こえて、ふたりは固まった。

少しおいて、ペンデニング夫人が向こう端のドア口から入ってきた。

ウィルはすぐさまマディーを手放し、互いに身をそむけた。

「着替えておきたいのですが」マディーが作業の進み具合を確かめに来たペンデニング夫

人に申し出た。「解きほぐさなければいけないのはあとほんの少しだけなので」

ペンデニング夫人が引きとめようとするそぶりを見せたものの、マディーは毅然と立ちあがり、解きほぐしかけていた旗布の掛け紐を置いた。

「もう付き合わなくてもいいわよ」ウィルにささやいた。「どうしてもこの旗布を飾りたければ、ご自身で終わらせるでしょうから」

ウィルはにやりとした。「おっしゃるとおりだ、ミス・レイヴンウッド」

「晩餐会のまえのオークションでお会いしましょう」マディーはウィルの返答を待たずに歩きだし、ペンデニング夫人の脇を通り抜けていった。

「あとはおまかせしていいですか、ペンデニング夫人？」ウィルも立ちあがり、まだ絡まったまま床に垂れさがっている残りの短い部分を手ぶりで示した。

「ええ、公爵様」ペンデニング夫人はいかにもがっかりした面持ちで応じたが、ウィルはどう思われようとかまわなかった。マディーを悪く思わないでくれさえすればそれでいい。

とはいえ、あのご婦人と気が変になりそうな作業から逃れられてやはりほっとした。給仕手伝いの従業員にリーヴ夫人の居所を尋ね、数日まえに案内されていた大広間へと向かった。先日とは様変わりしていた。片側半分は晩餐会用のテーブルが優雅に設えられ、残りの部分はあきらかに食事のあとのダンス用に寄せ木張りの床が露わになっている。

このときほどウィルは自分の変わりようを痛感させられたことはなかった。というのもなんとマディーとダンスを踊ってみたいという衝動がこみあげたからだ。父の爵位を継いでから数多くの舞踏会に出席しながらもどうにかダンスをするのは避けてきた。マディーはダンスが得意ではないと言っていたし、こちらのほうがもっと下手なのはまず間違いない。それでもウィルはかまわなかった。ともかくまたマディーをこの腕に抱きたい。

「公爵様、よくおいでくださいました。ちょうどよかったわ」リーヴ夫人は目の覚めるような銀色のドレスですたすたと近づいてきた。「閣下にはその壇に立っていただいて、オークションの結果発表を行ないます。とても多くの寄付が集まりました。大変な呼び物になりましたわ」数日まえには堅実で頭の切れる女実業家だったはずのリーヴ夫人が、きょうはどう見ても浮かれている。

リーヴ夫人はテーブル席の前方に据えられた小さな演壇のほうへウィルを案内した。催しの開始時刻まであと三十分以上あるが、興味津々に覗き込む紳士淑女や、よい席を先取りするためなのか部屋のそばをうろついている人々もいた。

「私を勝ちとった方と食事かダンスをするのですね？」ウィルはできるかぎり淡々とした調子で尋ねた。いましたいのはマディーを探すことだけだが、この催しに出ると承諾したからには約束は守らなくてはならない。

「よろしければ、どちらもお願いしたいのですが、公爵様」

ウィルはうなずいて大広間を見まわしたが、マディーの姿はなかった。

言うべきことや、座る場所、誰と話し、勝者の女性とどのダンスを踊るのかなどについてリーヴ夫人から延々と続くのではないかと思うほどの助言を受けたところで、出席者たちが大広間に流れ込むように入ってきてテーブル席についた。

ウィルはもっとも目にしたい人物を探して部屋のなかに目を走らせた。見つけたときには肋骨に響くほど鼓動が高鳴った。誇らしさで胸がいっぱいになった。彼女が自分のものであるかのように。もう内心ではそう思っているのだが。

マディーは黄色いドレスをまとい、ピーチ色のバラを髪に挿していた。ドレスが似合っているのはもちろん、その佇まいからしてなんとも言えず美しい。優美な物腰が大勢のひしめくなかでもきわだっている。マディーがこちらに笑いかけた。そんなふうに自分と会えた喜びを隠そうともしないのがウィルには嬉しかった。

ふたりが見つめ合っているあいだにも時は過ぎていく。リーヴ夫人は今夜の手順について説明し終えてもなお話しつづけていたので、ウィルはどうにか耳を傾けようとした。マディーがご婦人がたに取り囲まれ、ウィルは一瞬リーヴ夫人のほうを向いてうなずいたせいで彼女の姿を見失った。

「繰り返しますが、公爵様、どなたがオークションで勝ち抜かれても、その方とともにお座りいただきます」ホテル経営者は演壇のすぐそばにあるテーブルを指差した。傍らの窓からは、ちょうど仄暗い金色に染まりはじめた空の下で波立っている海の絶景が眺められる。ひとりの女性がリーヴ夫人のもとに急ぎ足でやって来て書付を渡したので、ウィルはさりげなくその場を離れた。

ウィルがまたマディーをひと目見られないものかと探しているあいだに、リーヴ夫人が演壇に上がり、招待客たちに静粛にと呼びかけて注意を引いた。

「こちらにどうぞ、公爵様」リーヴ夫人が静かに呼び寄せた。

ウィルが演壇に上がると、ホテル経営者は賞品のポニー馬でも紹介するかのような身ぶりで、高らかに告げた。「今夜はアッシュモア公爵様がおいでくださいました。まもなく、みなさんのうちのどなたかと夕食とダンスをともにしていただきます」

控えめな拍手が起こり、何人かのご婦人がたはくすくすと笑い声を洩らした。ウィルが笑っていたご婦人がたのひとりを見やったとき、黄色いドレスがちらりと目に入ってマディーを見つけた。大勢の人々のなかに彼女を見つけられただけで、安堵で胸がじんわりと熱くなった。

「ご寄付くださったみなさまにお礼申し上げます」リーヴ夫人が聴衆に語りかける。「みなさまからの寄付金は王女様のご訪問に敬意を表して、殿下が選択された慈善事業に用いられ、願わくはヘイヴン・コーヴを末永く記憶にとどめていただけることでしょう」

もったいぶった間をおいて、リーヴ夫人はウィルのほうを見やり、手にしている紙を開いた。

「今回オークションに出品されたなかで、アッシュモア公爵様は最高値の百四十五ポンドで競り落とされました」

聴衆から驚きと感嘆の声が洩れた。ロンドンの貴族たちからはいけ好かない男だと避けられているのだから、自分と過ごす時間を呼び物にした慈善金集めのオークションがこれほど過熱するとは、ウィルは夢にも思わなかった。アッシュモア公爵家について知っている者もよく知らない者もいるこの小さな海辺の町で受け入れてもらえたのは、今回の滞在で得られた忘れがたいものとなるだろう。

ウィルは聴衆のなかにマディーの顔を見つけ、しっかりと目を合わせた。彼女こそ、この小さな町で得られた本物の恩恵だ。マディーと過ごした時間のすべてが自分にとっては目を開かれるような体験だった。

「晩餐とダンスを——ダンスは一曲だけですが——公爵様とともにできる勝者は……」

リーヴ夫人が紙をぴんと伸ばす。「われらが親愛なるミス・ディクスン」

リーヴ夫人はマディーの隣に座ってくすくす笑っている当のご婦人のほうへ手を振り向けた。「ミス・ディクスン、こちらのお席にどうぞ」

ミス・ディクスンは娘盛りを過ぎているとはいえ、ふっくらと満ち足りた顔つきで、ピンク色のドレスが陽気そうな人柄をなおさらきわだたせていた。椅子から立つとホテル経営者の呼びかけに応えるのではなく、ウィルのほうに迎え入れるような身ぶりを見せた。

「こちらのテーブルにお席をご用意しております。いらしていただけませんか、公爵様？」

ウィルは眉をひそめているリーヴ夫人に肩をすくめてみせると、さっさとミス・ディクスンとマディーのテーブルへ向かった。驚いたことに、ミス・ディクスンは自分が座っていた椅子を空け、ウィルにマディーの隣に座るよう勧めた。

天使のごとく親切なご婦人なのか、あるいは男女のお節介な取り持ち役をこれほどあからさまに行なえる人物もいるということなのか。

ウィルはマディーの隣の椅子に腰を落とし、とたんに何かがしっくりと収まったように思えた。彼女のそばにいるといつも正しいと感じられる。いまにして思えば、ロンドンで初めて会った晩からそうだった。そのテーブルに同席しているご婦人がたが自己紹介をしているあいだも、目の端にマディーをとらえるとウィルは自然と口角が上がって笑みがこぼれた。

ミス・ディクスンからあれこれ尋ねられようが、ロンドンでの舞踏会よりも上手に会話しなければと心がけた。ここではロンドンと違って、自分を嫌悪したり、あの父親の息子だからと決めつけて見たりするような人々はいないようだ。それにむろん、傍らにはマディーが座っている。彼女の眼差しを感じるし、ちらりと目が合うたび、自分と同じくらいの切望が見てとれた。そのうちにどうしても触れたくてたまらなくなり、ナプキンを落としたふりでわざわざそうつぶやき、テーブルの下でマディーに手を伸ばした。

すうっと太腿を撫でると、マディーは押し殺したような息を洩らした。

ウィルは座り直し、その後も食事中はほとんどずっと、またどうすればひそかに彼女に触れられるのかを考えていた。それでも、マディーがすぐそばにいて、匂いを感じて、同席者との会話に加わる彼女の声を聞いているだけでおおむね気分よく過ごせた。

夜会に出席してこれほど楽しい晩を過ごせたのは、憶えているかぎり間違いなく初めてのことだ。

「公爵様、ヘイヴン・コーヴにはあとどのくらいいてくださるのですか?」テーブルの向こう側から紳士が尋ねた。

ウィルは傍らでマディーが身を硬くしたのを感じた。ミス・ディクスンもふたりの変化を感じとったようだ。

「ええ、公爵様がいらっしゃると、いいことづくめですものね。ぜひ長く滞在していただけませんか?」真心のこもった問いかけだった。

ウィルがめったに耳を貸さない本心が、できることなら長くとどまりたいのだと大声で訴えていた。自分を退屈な男だなどと見なさない人々ばかりの町でマディーとともにいられれば、それに越したことはない。

だがベストのポケットのなかでは折りたたまれたコーラからの電報が胸に寄り添っていた。父亡きあと家督を継いで、父のように家族をないがしろにする男にはならないと決意した。何にもまして自分の行動のせいで妹たちを苦しめるわけにはいかない。

「二日後に発つ予定です」ウィルは言葉を吐きだし、マディーがぴたりと動きをとめたのをはっきりと感じた。「機会があればまたお話し――」

「失礼いたします」リーヴ夫人がふたたび演壇に上がっていた。「お食事が終わりしだい、ダンスに移らせていただきます」

ウィルはほかのことに気を取られてほとんど料理に手をつけられていなかった。ダンスがいつ始まるのかも気になっていた。ミス・ディクスンは相変わらず親切なご婦人で、落胆させたくはないものの、どうにか少しでも多くマディーと話をしたい。ウィルがヘイヴン・コーヴを発つ日を答えてから、彼女はいっさいこちらを見ようとしない。

別れの言葉を交わす日が来るのは互いにわかっていたはずだ。こちらがそうせずにすめばと望んでいるのをたぶんマディーは察しながらも、この地と事業を放りだしてついて行けはしないと心に決めているに違いない。

ウィルが席を立っても、マディーは隣席のご婦人と話し込んでいて気づいているふうもなかった。

「ミス・ディクスン、よろしければ、ダンスのお相手をいたしましょう」ウィルはできるかぎり陽気に語りかけたが、ミス・ディクスンは気遣わしげに見返した。マディーのほうを見やり、またウィルに目を戻してから、何か心を決めたかのようにこくりとうなずいた。

「公爵様、先ほどのカラメルプディングがわたしにはどうも合わなかったみたいなんです。リーヴ夫人がどのようなルールを定めていらっしゃるのか存じあげないのですが、わたしの代わりにミス・レイヴンウッドとダンスをしていただけないでしょうか」

その言葉はマディーの耳にも届いていたものの、何が起こっているのかを理解するまでに少しの間を要した。顔を振り向けると、エルマイラ・ディクスンが茶目っ気たっぷりに明るく笑いかけていた。それから席を立ってマディーの椅子の片側にやって来た。

「これでいいわよね」ミス・ディクスンがマディーに耳打ちした。「そんな寂しそうな顔をして。彼のほうもだけれど。舞踏場で一緒に踊ってらっしゃいな」

「きょうまで、あなたがこんなに策士だったなんて知りませんでした、ミス・ディクスン」

エルマイラはくすりと笑った。「老嬢は互いに助け合わなくてはね、ミス・レイヴンウッド」マディーを励ますように肩をぽんと叩いた。「さあ、楽しんできて。そうしてくれれば、わたしが寄付金を出した甲斐もあるというものだわ」

ウィルがすぐそばまで来て待っていた。席を立ったマディーに左手を差しだして迎える。

マディーはゆっくりと大広間を見まわした。案の定、多くの人々がこちらを見ていた。ウィルとの関係を誰に知られてもかまいはしない。乾いた森に火を放ったように噂が広まろうが彼と過ごせる時間を無駄にはしないと、とうに心に決めている。けれどそんなふうに危うい橋を渡れたのも、ウィルといられる時間は受けとらずにはいられない贈り物のように思えたからだ。

いまはめそめそと情けない姿を晒してしまいそうで怖かった。ひと晩じゅうでもウィルの腕に抱かれていたいし、その腕のなかに飛び込めたなら、また離れるときにはきっと涙があふれてしまうに決まっている。

それでもマディーはウィルに歩み寄り、差しだされた手を取って、舞踏場へと出ていった。ウィルが礼儀にもとるほどそばにマディーを引き寄せた。

「まえにも言ったけど」マディーはささやいた。「得意ではないの」

「言ってなかったが」ウィルに腰を支えられ、マディーは彼の肩に手をかけた。「こっちはもっと下手くそだ」

いたって真剣な告白にマディーは噴きだした。「そうだとすれば、ひどいことになりそうだけど楽しみましょう」

聴こえてきた音楽は円舞曲《ワルツ》だった。「これなら知っているが、腕前は保証できない」

マディーはワルツが大好きだった。というか、母に教えられて踊っていた子供のときには。大人になってからはほとんどダンスをしていない。「わたしもこれなら知ってる。きっとうまくいくわ」

ふたりはボックスステップを踏み、ウィルが一度だけマディーを導く方向を間違えた。

「でも、あなたが得意なことはほかにいろいろあるのを知ってるから、これくらいのことでは責められないわね」

ウィルが瞳を濃いチョコレート色にきらめかせ、ちらりと悪ぶった笑みを浮かべた。

「それはご親切に、ミス・レイヴンウッド」

マディーは頬が熱くなった。ウィルの目から剝きだしの欲望が見てとれたし、身を重ねてべつの種類のダンスをしていたときの記憶もよみがえってきた。でもなにより彼のそばにいられるだけで心に大きな作用をもたらした。一緒にいると心が満たされて、その腕に抱かれると鼓動が高鳴ってくる。

否定しようがない。マディーはすっかりウィルに心を奪われていた。

22

「今朝は来てくれて、ほんとうにありがとう」レディ・トレンメアは、フラワー・ショーに出品予定のツバキの最終確認に訪れていたマディーのそばに来て言った。出品用に植えつけたのはとりわけ元気で有望な苗だったが、万が一問題が生じた場合に備えて、さらにふたつの鉢植えも育てていた。

「当然のことですわ」互いにこの日が来るのを何カ月も待ち望んでいた。

「あなたにはやらなければいけないことがたくさんあるし、わたしが美しいこの子たちを心配で仕方がないのと同じで、あなただってご自分のバラがさぞ心配でしょうに」

「わたしは心配していません」本心だけれど、マディーはその理由を説明するつもりはなかった。フラワー・ショーがもう自分にとってそれほど大事ではないというのではなく、考え方が変わったからだ。育てたバラを王女に気に入ってもらい、第一等に選ばれることだけを願ってきたけれど、その願いが叶ったからといって自分の問題がすべて解決されるのだろうか？　これまでのようにそれが万能な解決策とはもう思えなくなっていた。

「あなたはつねに頭のなかで物事を整理して、わたしよりも論理的に考えているのよね」

マディーが作業用の手袋をはずして振り返ると、伯爵未亡人は眉根を寄せて見定めるような目を向けていた。

「お茶を飲んでいく時間はある？」レディ・トレンメアは心配そうな顔つきから一転して晴れやかに尋ねた。

まだここにいられる時間があるのか、マディーにも判断がつきかねた。フラワー・ショーの会場に早めに着いて、王女を迎える最後の準備を手伝わなければいけない。とはいえ、レディ・トレンメアからの誘いは断りづらかった。伯爵未亡人からはとても助けてもらっている。

「少しでしたら」

すぐにメイドが茶器を揃えた盆を運んできて、レディ・トレンメアがいつものようにお茶をカップに注いだ。心得たふうに磁器を動かす手並みはどことなく優雅なバレエを思わせる。

レディ・トレンメアがあからさまには口にしづらい話題を切りだそうとしているときの気配をマディーは感じとった。

用意ができて、マディーが芳しいジャスミン茶をひと口含むと、レディ・トレンメアがカップを掻きまわしていたスプーンを置いて、微笑んだ。

「公爵様とはどうなっているの？」

ウィルのことを持ちだされ、マディーはお茶をたっぷり口に含んで、舌が火傷しそうなくらいにひりひりした。「どうって？」

何か聞き違えたのかもしれない。

「先ほどわたしはあなたが自分よりも論理的に物事を考えると言ったでしょう。アッシュモア公爵とのこともそうなのではないかと思って」

ウィルについては考えや感じることはたくさんあって、いまもいろいろと思いだしてしまうけれど、そのどれひとつとしてとうてい論理的なものとは言えない。ただしふたりにはどうしても免れない障壁があることだけは確かだ。ウィルにはロンドンへ戻って果たさなければいけない務めがあり、こちらもヘイヴン・コーヴにとどまって自分の務めを果たさなくてはいけない。どちらもそれをはっきりと言葉にしたことはなくても、暗黙の了解のような気がしていた。ふたりにとっての最後の会話はその避けがたい別れについてになるような予感がする。

「ごめんなさい、立ち入ったことだったわよね？」

マディーはまたカップに口をつけて、もうお茶を飲み干していたのに気づいた。レディ・トレンメアがポットを持ち上げ、注ぎ足す。椅子に腰を戻すと、先ほど尋ねたことへのマディーからの返答は待たずに追い討ちをかけた。

「あの方に恋してしまったのではないの？」

否定できない問いかけだった。一瞬にしてひらめいた感情ではない。何日ものあいだに思いつのってきて、いまはもうまばゆいばかりにはっきりとわかる。

「そのとおりです、奥様」

レディ・トレンメアが気を鎮めようとするかのように深々と息を吸い込み、またゆっくりと吐きだした。「それで、マデリン、あちらも同じお気持ちなのかしら？」

「お伝えしていません」自分の想いに気づいてからどうやって伝えればいいのかをずっと悩んでいたので、マディーにとっては心残りだった。それでもすでに伯爵未亡人とこうして会う約束をしていたし、これからすぐにフラワー・ショーに向かわなくてはいけない。

伯爵未亡人が優美な眉を片方だけ吊り上げた。「でもきっとあちらも察しておられるのではないかしら？　好意を得られやすい方ではないでしょうから」

「それは違います。もとから。わたしは何カ月もまえに初めてお会いしたときから、あの方に惹かれていたのだと思います」

「何カ月もまえに？」

「奥様の温室でお会いしたんです。まったくの偶然で。わたしがそこに居合わせてしまって……」マディーはお茶を口に含んだ。やりかけたことはやり抜かないと。「あの方がレディ・ダヴィーナとお話しされている場に」

「あらまあ、ちょっとした見物だったでしょう」

「レディ・ダヴィーナはとても怒ってらして」

「彼女を責められる人なんていない」

「親族を気遣われるのは当然のことですものね」

レディ・トレンメアが漆塗りの脇机にティーカップを置いた。「なんてこと、あなたはあの方のことをまるで知らないのね？」

「知ってますわ」マディーは歯を食いしばって怒りをこらえて言葉を呑み込んだ。ウィルのことはわかっている。思いやりにあふれ、皮肉っぽいユーモアの持ち主で、動物にやさしく、家族を大切にしていて、絵を描く才がある。思いだすだけでこそばゆくなってしまうようなこともいろいろと、とても上手だ。

「どのようなことをわたしが知らないと思ってらっしゃるのか、教えていただけませんか」種苗園を訪れた日、ウィルは父親については口が重く、一族の名誉を取り戻すために努力しているとだけ話していた。レディ・トレンメアもウィルが父親の秘密を調べるのを快く思っていない貴族のひとりなのだろうか？

「ほんとうはウィリアムが自分の口からあなたに伝えるべきなんでしょうけど、わたしはあなたが心配で苦しむ姿は見たくない」

マディーの伯爵未亡人への憤りはすぐに消え去った。レディ・トレンメアのやさしい眼差しを見れば、そして何年もあらゆる形で自分を助けてきてくれた事実からして、ほんとうに気遣ってくれているのはあきらかだ。「どうか聞かせてください」

「あの方のお父様が亡くなられてからのことよ。とんでもない人だったのは、あなたもたぶん噂でいろいろと――」

「伺っています」とはいえ、マディーが先代のアッシュモア公爵スタンウィック・ハートについて耳にしていたことが子息のウィルとどう結びつくのかよくわからなかった。

「ウィルは父親に腹を立てていた。憎んでいたんでしょうね。それについては誰も咎められない。先代の公爵の恥ずべき振る舞いのせいで奥様は壊れてしまった。夫の不義があきらかになるにつれ、打ちのめされていったのよ。食べ物も喉を通らなくなり、誰とも口を利かず、お医者様の助言を聞き入れようともしなかった。身体を病んで、治そうとする意思も失われた」

「母親の死を彼は父親のせいだと思っていると」マディーはウィルがいっさい母親について口にしようとしないことに気づいていた。その理由がわかった。父親が母親をそれほどまでに傷つけていたのを知った子供の衝撃は計り知れない。

「完全にそう」レディ・トレンメアはお茶を飲んで、考え込むふうに遠い目をした。「間違っているとは言わないわ。ジョセフィンは強く美しい女性だったけれど、スタンウィックの裏切りが彼女を死へと追いやった」

マディーはウィルと妹たちを思いやって胸が痛んだ。

「ウィルは家督を継いで復讐の鬼と化した。父親の悪事を調べはじめると、それに関わっていた上流社会の多くの人たちの悪行も知ることになる。彼が父親の罪を暴くことによって、ほかの人々まで巻き添えになると恐れられているのよ」

「真実を伝えて父親が犯した過ちを正そうとしているだけなのに、ウィルが責められるのはおかしいですわ」

「それほど単純なことなのかしら？　貴族社会では評判は通貨も同じ。みずからの行動のせいではなくて、その行動が人に知られたせいで身を滅ぼすことも多い」

マディーは頬が赤らみ、その熱さが首を伝いおりた。「もうウィルとわたしの噂が流れているのですか？」

伯爵未亡人が哀しげな目をして顔を曇らせた。「ええ。残念ながら、噂になってるわ。あなたの名はほとんど出ていないけれど、頭文字や、コーンウォールの若い女実業家というようにもっと曖昧な呼び名で言及されている。でも、ウィルと妹さんたちは父親が死んでから、ほんの少しの醜聞でも立てられないように細心の注意を払ってきたのよ」

「醜聞ではありません」

伯爵未亡人は茶葉占いでもするかのように優美な磁器のカップを見つめた。

しばしの間をおいて口を開く。「ヘイヴン・コーヴではそうかもしれない。ロンドンではどうかしら。あなたのお母様がたぶん望んでいらしたようにわたしがあなたを社交界に登場《デビュー》させていれば、醜聞どころではすまされなかったはずよ。アッシュモアは責任を取って、あなたに求婚していたはず」

「結婚は義務でするものではありませんわ」義務とはどのようなもので、いかに大切であるかはマディーにもよくわかっていた。ただし義務は種苗園のように重荷にもなりかねない。それに母の揺るぎない教えに従うのなら、結婚は愛する人としなくてはいけない。

「結婚こそが義務なのよ、マデリン。愛する人と結婚したとしても、義務は付いてくる。それにアッシュモアのような男性にとっては結婚することそのものが義務でもある。いつまでも勝手気ままな独身紳士でいるわけにはいかない」レディ・トレンメアはひと呼吸おき、気の毒がるふうに、けれど鋭い眼差しでマディーを見つめた。「あの方が結婚しなければ、爵位はどこのどなたかは知らないけれど、従兄弟なのか、あるいははるか遠縁の男子に渡ってしまう」

公爵家の存続のためには最悪の事態とは思えないけれど、ウィルを頼りにしている親族にとっては話はべつなのだろう。妹たち、それにウィルから庇護を受けているほかの親族、公爵家の所領イーストウィックで働く人々にとっても。

マディーがウィルと公爵としての責務、さらに彼の選択にどれほどの人々の生活がかかっているかに思いを馳せているあいだも、レディ・トレンメアはこちらをじっと見ていた。

「あなたはここでの暮らしに満足してる？」

思いがけない問いかけにマディーはぽっかり口をあけ、急いで考えをめぐらせた。そうしたことはじっくり考えたことはなかったし、どちらかと言えば考えないようにしていた。できるだけ忙しくしていれば考える暇はない。考えたとして、どんな意味があるというのだろう？　これが自分の宿命。レイヴンウッド種苗園が。ここで、できるかぎりのことをする。バラを育て、あらゆる責任を果たす。

それにもっとまえに訊かれていたなら、満足していると答えていただろう。十四日まえなら。

「そうなのね、そうだと思ったのよ」

「まだ答えてませんわ」マディーはついカップを握りしめ、むっとした口調で言い返していた。伯爵未亡人に怒りを向ける理由はない。あたりまえのことを訊かれただけなのだから。

「だって、あなたはなんでも顔に出るんですもの。おおらかで正直な人よね。これまでもなんとなく感じていたわ。だから、べつの道も勧めたのよ」

「父が亡くなって、べつの道はまったく考えられなかったんです」

レディ・トレンメアが視線をそらして、うなずいた。「ええ。わかってる」

ほんとうに理解してもらえているのかはわからないけれど、伯爵未亡人のやさしい口調にはいつもながらなぐさめられた。

「もうひとつだけ、大事なことを訊いておきたいの」レディ・トレンメアはほっそりとした長い指でカップの縁を打った。

「なんでしょう、奥様？」こうして話しているうちにいつしか、きょうのフラワー・ショーでようやく長いあいだの努力が報われるかもしれないと高ぶっていた気持ちはどこかへ消えていた。いま感じているのは寂しいような疲れだけだ。

「もしアッシュモアに求婚されたら、結婚する？」

ウィルはだんだんと正式な居間と思えるようになってきた部屋の大きな金塗りの長椅子に座っていた。カーンワイスの華やぎし頃になんのために設えられたものなのかは知る由もない。その部屋は使用人たちの尽力により見事に生まれ変わった。仰々しい家具調度はほどよく整理され、赤紫色の厚いビロードのカーテンは涼しげなピーチ色の軽い生地のものに取り替えられた。昨夜ホテルでマディーが髪に飾っていたバラのような色彩だ。

今朝目覚めてから何を見てもついマディーと結びつけずにはいられなかった。当然ながら、ベッドを見ても。今夜を最後にそこで寝る機会はもうなさそうだが、いまもまだなんとなくふたりのベッドのように感じている。あの大きな陶磁器の浴槽は間違いなくふたりのものと呼べるだろう。列車で持ち帰ろうと決めている画材についても。カーンワイスの風景とマディーを描いたスケッチですべてのページが埋め尽くされていて、じつのところ、マディーのスケッチはどれも自分の頭に思い浮かんだ姿を描いたものだ。

「夕べのうちに彼女にさよならを言っておけばよかったんだ」ウィルは自分の太腿に前脚をかけて長椅子の隅で寝ている仔猫に語りかけた。ここに残されたのはこの一匹だけとなった。引き取り手がいなかったからではなく、ケイトとハスケル夫人がいちばん小さいこいつをいたく気に入り、手放せなくなってしまったらしい。ふたりが飼う許しを求めてきたので、ウィルは快く認めた。もはやカーンワイスの屋敷を嫌悪してはいないし、このちび猫も、ミスター・ブライやハスケル夫人やそのほかの使用人たちと同様にここを家だと思っている。

土地管理人はまだ見つけておらず、いますぐに探す気にもなれない。マディーのおかげでこの荘園屋敷への気持ちはがらりと変わり、ここで行なわれたことをわざわざ掘り返そうとは思わないし、しばらくは最終決定をくだすつもりもない。朝から晩まで彼女について考えずともすむ日が来たら、カーンワイスについてあらためて考えるとしよう。

とはいうものの、こうして座っていても、そんな日がほんとうに来るのかと考えると胸が引き裂かれるような心境だ。

「旦那様、お客様がお見えです」足音をさせずに歩く達人のハスケル夫人が、気づけばすでにドア口に立っていた。

「どなただろう？」客人を迎えられる状態ではないが、もし来てくれたなら話したくてたまらない人物ならひとりいる。ウィルは息を詰めて家政婦の返事を待った。

「レディ・トレンメアです」

ウィルは目を閉じて、いらだたしく息を吐いた。仔猫を驚かせないようにそっと立ちあがり、肩をまわす。なるべくならあの伯爵未亡人のご機嫌を取りつくろっておいたほうがいいだろう。昨夜ホテルで見かけたものの、ほかの紳士と話し込んでいたようなので挨拶できなかった。

「お通ししてくれ」

伯爵未亡人はいつもながらどんな場所にも気品高く颯爽と入ってくる。

前置きも気どった挨拶もなしに、硬い笑みを浮かべて手袋を脱ぎ、長椅子と揃いで金塗りのたっぷりとした張りぐるみの椅子に腰をおろした。

「ようこそ、レディ・トレンメア。お久しぶりです」

「そんなふうに見ないで、アッシュモア。ダヴィーナのお兄さんとわたしの甥が親しい友人関係にあるのはご存じでしょう。あなたの側に付くわけにはいかないのよ」

伯爵未亡人が椅子に収まったので、ウィルも長椅子に腰を戻すと、両腕をゆったりと後ろに寄りかからせて、脚を組んだ。面倒な話になりそうなので、できるだけくつろいだ体勢で臨みたい。

「私はどちら側にも立った憶えはありませんが」

伯爵未亡人が手袋をつかんだまま払いのけるように手を振った。「ウィリアム、志を持つのはとてもけっこうなことだけれど、なにより物を言うのは行動よ」

その点についてウィルは伯爵未亡人に何も言えることはないし、論じ合う気にもなれなかった。

「ともあれ、いらしてくださって嬉しいです。あの晩のことは、あとからみなさんにどのように語られているにしろ、いまとなってはほんとうに幸いでした。ダヴィーナとはまるでそりが合わなかったので」

レディ・トレンメアは鮮やかな青い瞳でまじまじと見つめた。「でも、ミス・レイヴンウッドとなら合うと？」

「そうです」深く考えもせずにその言葉がさらりとウィルの口をついて出た。マディーとは気が合う。ふたりが生きている環境は異なっていても、互いの心は――それに互いに大切にしていることについても――通じ合っている。

「それなら、どうするおつもりなの、アッシュモア？」伯爵未亡人は椅子の上でわずかに腰を乗りだした。「というのも、わたしにとってとても大切なお嬢さんなのよ。もともと彼女のお母様がわたしにとってとても大切な方だった。マデリンが傷ついたり、あなたに捨てられたりする姿は見たくない」

「私にとってもとても大切な女性です。彼女を傷つけることだけはしたくない」

マディーを捨てるなどということはまったくウィルの頭になかった。この頭を悩ませているのは、自分がロンドンとサセックスで務めを果たしているあいだ、どうすればマディーがコーンウォールでの暮らしを続けていけるのかということだ。はるばる行き来して暮らすわけにもいかないだろう。以前の自分なら、多くの貴族たちのように、妻を田舎に住まわせ、こちらはロンドンで好き勝手に暮らせばいいと考えていたかもしれない。マディーとそのような暮らしをするのは耐えがたい。ほんの数日でも夜をともにできないと考えただけで、もう二度と会えなくなるのと同じくらい絶望的な気持ちになる。

「それなら、結婚するおつもりなのね？」

そのためにはマディーにとって大切なものを捨てさせるのかという問題があるので、そう簡単には決められない。マディーの事業とヘイヴン・コーヴとの結びつきについて、ウィルは考えていた。なにしろもう、夜更けにベッドで目覚めてしまったときからほとんどずっとそのことが頭から離れない。夕べ——マディーとダンスをして、それまで一日じゅう準備に追われていたはずなのに疲れも見せずに次から次へと人々と話している姿を目にして——すばらしい公爵夫人になるに違いないとウィルは確信した。誰に何を言われようと、かまうものか。

とはいえ、難攻不落にも思える障壁、難関が立ちはだかっていた。

「承諾してもらえませんよ」

レディ・トレンメアは何か言いかけたが急にぴたりと口を閉じて考え込んだ。このご婦人ですら否定できないというわけだ。

「そう思いませんか、レディ・トレンメア？　私が求婚したとしても、断わられるでしょう」

「正直なところ、わからないわ」伯爵未亡人は椅子に深く座り直して、ウィルと同じくらい意気消沈しているように見えた。「あなたたちはお互いをとても深く思いやっているのね」

「それ以上です」

「愛？」

すでに言うつもりのなかったことまでこのご婦人に明かしてしまったとはいえ、マディーへの深い想いを本人以外の女性には口にしたくない。

ウィルが答えずにいると、伯爵未亡人はやって来たばかりでもう帰ろうというのか、手袋をつかんで前かがみに腰をずらした。

レディ・トレンメアが立ちあがったのでウィルも腰を上げた。

「慌ただしくてごめんなさいね。でもこれからホテルで王女様をお迎えして、フラワー・ショーにも出席しなくてはいけないのよ」

当然だ。ついにその日がやって来たのだ。

ウィルはそう考えてふと、それなのになぜわざわざレディ・トレンメアはきょう自分を訪問したのかと疑念が湧いた。「彼女と話したのですね？」

レディ・トレンメアはせわしげに手袋をつけている最中だった。「今朝、お会いしたわ」

「それで？　どうでした？」

伯爵未亡人は返答を考えるかのように小首をかしげてから、ようやくまた口を開いた。「あなたと同じ目をしていたわね。ともに歩ける道が見つけられないのは残念だわ。互いの義務感からべつべつの道へ進もうとしているなんて」ぐるりと部屋のなかを見まわし、いま気づいたとばかりに仔猫に目を留めた。「あなたはあす発つのよね」

「そうです」もうほとんど荷物は片づいていた。ウィルが指示したとおり、メイドが旅行鞄への荷造りに取りかかっている。

レディ・トレンメアは帽子を少し後ろに傾けてウィルを見上げた。哀しそうながらも踏ん切りがついたかのような目をしている。「そのほうがいいでしょう。早く去れば、それだけ早くお互いに元の暮らしに戻れるのだから」

23

もう一年近くも心待ちにして準備し、夢見ていたときがまさに訪れたのに、マディーはビアトリス王女が御付きの方々とともにホテルのロビーに入ってきてもまだ自分をつねって確かめたいくらいだった。王女は、磨き上げられた大理石の床や、まばゆいばかりの金色の彩り、この日のために特別に施された装飾に感心したように目を輝かせて見まわしていた。

女王陛下によく似ている。といっても、マディーがこれまでに目にしてきたすでに歳を重ねた女王の写真や銅版画からすればだけれど。でもビアトリス王女はさらに愛らしい。女王から受け継いだ顔の造作はより柔らかで、父親のよいところも加味された美貌なのは間違いない。

もう中年に差しかかっているものの、なお若々しく顔は丸みを帯び、子供たちのなかで女王夫妻からとりわけ可愛がられていたというのもじゅうぶんうなずける。

リーヴ夫人が進みでていき、王族訪問委員会の創設メンバーとしてマディーとペンデニング夫人もあとに続いて、花束を贈呈した。そこにはフラワー・ショーに出品される花も使われていた。

マディーが育てたバラ〝ヴィクトリア〟も一輪含まれている。

王女はうなずきを返し、花束を長々と見つめた。「すばらしいわ」洗練された口調で高らかに告げた。

マディーは首を伸ばして、王女がレディ・トレンメアのツバキを指差しているのを目にした。誇らしさで胸がいっぱいになった。ええ、もちろん、自分のティーローズにも好ましい笑みを浮かべてもらえたら嬉しいけれど、ちょうどいま王女の目を引いているツバキの栽培には尽力してきたので、レディ・トレンメアとともに努力した成果が認められて喜ばずにはいられなかった。

リーヴ夫人が代表者の自分たち三人と王女のホテルへの到着をそばで見て――というより見惚れて――いた王族訪問委員会のほかのメンバーたちも手ぶりで示して紹介した。

「殿下、ご訪問を賜りまして光栄でございます」リーヴ夫人が改まった口調で伝えた。それから随行団のなかでもとりわけ威厳の感じられる御付きの婦人に向き直った。「殿下にご用意したお部屋へベルボーイがご案内いたします」その婦人はうなずいたものの、王女はすでに数歩先へ進んでホテルの装飾を眺めていた。

「リーヴ夫人、バルコニー付きの食堂へ案内していただけないかしら？　評判は伺ってるわ」

あのジェイン・リーヴが言葉を失うとは、マディーもそんな姿はこれまで見たことがなかった。「え、ええ、もちろんでございます、殿下」

ジェインから〝そうしていいのよね〟とでも言うように探るような眼差しを向けられ、マディーは大きくうなずいて返した。ホテルを案内するのはリーヴ夫人がなにより得意とすることのひとつで、しかも王女のために模様替えしたホテルをそのご本人から見せてほしいと頼まれたとなれば、有頂天になるのも無理はない。

マディーからすれば、歓迎の儀式を抜けだして敷地内のフラワー・ショーの会場へ向かわなければならなかったので、王女にホテル内を見てまわっていただけるのはじつのところ渡りに船だった。出品者でもあるマディーが準備を引き受けたことに異議を唱える委員たちもいたが、ほかにフラワー・ショーの設営の監督役を申し出てくれる人は誰もいなかった。

一出品者としての準備は、自分の花が審査を受けられるようにきちんと名札付きで、あるべき場所に据えられているのが確かめられればそれでいい。けれどほかの出品者たちのものまですべてきちんと名札が付けられて並べられているのを確かめるには時間がかかる。

マディーはなるべく急いでロビーを通り抜け、階段を下りて、角を曲がり、艶やかな芝地が細長く延びるフラワー・ショーの会場に到着した。

出品者たちがすでに集まっていて、人々の顔から不安や期待が窺えた。

「いらしたわ」園芸協会のミス・ディーンが芝地に入ってきたマディーに呼びかけた。

「王女様はお見えになった？」

「ええ。すてきな方だわ」

「それなら恐ろしい審判者ではないわけね？」ミス・ディーンは静かな皮肉っぽい笑いを洩らした。「つまり、お母様とは違って」

「まったく恐ろしくなんてないわ。とても楽しそうにしていらした」

「それならよかった」ミス・ディーンは微笑んで、手袋をした両手を組み合わせた。それから目を上げ、マディーの肩越しを見やって、瞳を大きく広げた。

ミス・ディーンをそれほど驚かせるものとはなんなのかとマディーは振り返り、全身の血が沸き立ったように思えた。

「あの方を目にするたび、ため息が出てしまう」ミス・ディーンがつぶやいた。「ロンドンにいる親類によれば、気難しくて、けちで、場をしらけさせてしまうような方だから、妹さんたちにロンドンから追いだされてここにいらしたのよね。下の妹さんのレディ・デイジーのパーティを心おきなく開くために。でも、ご覧になって」ミス・ディーンがため息まじりにひそやかな声で言う。「あのような男性を避けたがるなんて考えられる？」

マディーはいままさにその本人をどうにかして避けたかったので、返せる言葉はまったく思いつけなかった。

「それほどの嫌われ者にはとても見えないわよね、ミス・レイヴンウッド？」ミス・

ディーンがマディーの胸のうちを見抜いたように問いかけた。

「まったく違うわ」マディーがこれまで出会った誰より心の温かいやさしい男性だ。

「ダンスは楽しんでらした？　夕べはあなたと踊られたと聞いたけれど」

「ええ」マディーは何度かつまずいてはウィルに支えられながらも、その腕に抱かれて踊れたのはすばらしいひと時だった。生涯で最高のダンスとしてきっとけっして忘れられない。

「あなたを探しに来られたのではないかしら」ミス・ディーンがささやいた。

ウィルはのんびりとした身ごなしだった。フラワー・ショーに出品していないホテル客たちや王女をひと目見ようと訪れた実業家たちと同じようにくつろいでいた。ところが、マディーに気づくと、その態度も動きも一変した。濃い色の瞳に何か揺るぎない意志を滾《たぎ》らせて大股でどんどん近づいてきた。


陽光はいつも彼女の肌を輝かせ、髪にブロンズと金色のきらめきを鏤める。マディーは帽子をかぶっていなかったので、そばかすも露わになり、ウィルにはそのどれもがいとおしく見えた。

すぐにも抱き寄せたい気持ちに駆られたものの、マディーの肩越しにこちらを見ているご婦人の大きく開かれた目が、そのような大胆な振る舞いは噂話に火を注ぐだけだと告げていた。

そばに着くとマディーが言った。「いらしてたのね」

「もちろんだ。きみにとってどれほど重要な日なのかは承知している」

「ええ、だけど、わたしはもう何も不安はないの」マディーは片手を目の上にかざして陽光を遮りつつ見返した。「やれることはすべてやったと思ってる。それでも足りなかったとしたら、それまでのことだもの。少なくとも自分にできることは妥協せずにやれたわ」

ウィルはマディーの眼差しから、本心でそこまで達観しているのか、それとも後ろでふたりの会話に聞き耳を立てているご婦人を意識して気を張っているのかを読みとろうとした。だがウィルがあらためて目をやったときには、そのご婦人は姿を消していた。自分の将来も大きく左右する日になると覚悟しているウィルからすれば、マディーはやけに落ち着いているように見えた。

すぐそばには人がいないし、誰もこちらにさほど関心を払っていないのを見きわめて、ウィルは彼女に手を伸ばした。マディーもためらわずその手を取り、さらにもう片方の手をふたりの組み合わせた手の上に添えた。

「きみの決意がどれほどのものかはわかっているから、すばらしい成果を生みだせたに決まっている。それでも幸運を祈っていいだろうか」

「ええ、あたりまえよ」

ウィルは前かがみに身を寄せて、マディーの頰に唇を擦らせずにはいられなかった。

「幸運を祈ってる、いとしい人」マディーの肌の香りで口のなかが潤い、そばにいるだけで気持ちがやわらいだ。別れを告げなければならない宿命にこみあげていた哀しみが一瞬だけ振り払えた。

マディーもきっとこのようなときを求めていたのに違いない。上着の裾をつかんで引き寄せようとしていた。このまま唇にキスをしてしまおうかという思いがウィルの頭をよぎった。いったん口づけたら、やめられなくなってしまいそうだが。

そのとき案の定、人々が寄り集まっている芝地から誰かがこちらに呼びかけた。先ほどまでマディーの後ろに立っていたご婦人だ。

「マディー、すぐに来て！　名札が付いていないと訴えてる出品者がいるの。それと、ホッブズ夫人が、あなたは王族訪問委員会の共同代表者なのだから、出品は辞退すべきだと苦情を申し立ててきたわ」

「言いがかりもいいところだ」ウィルはそのホッブズ夫人とやらを見つけて説教してやらなければと歩きだしかけて、マディーに手でさっと軽く押しとめられた。

「心配しないで。ちゃんと収められるから。その苦情がすでに棄却されたのをホッブズ夫人もわかっているのよ。わたしを動揺させようとしてるだけ」

「フラワー・ショーというのはこれほど熾烈なものなのか？」

マディーは笑った。「あなたにはわからないわよね」そう言うと呼びかけていたご婦人とともに歩き去っていった。

別れの言葉すらなかったとウィルは気づいた。自分と同じでマディーも別れを告げるのは気が重かったのだろう。「幸運を祈ってる！」遠ざかっていくマディーの背に大きな声をかけた。

それから三十分ほど芝地の周りをうろついているあいだに、胸が悪くなるほどレモネードを飲んだ。ようやく、フラワー・ショーの会場に来客の入場が許された。

ロンドンの公園や所領のイーストウィックの庭園でも見たような気がする花もあるが、ウィルにはどれがどう違うのかよくわからなかった。

やっとマディーのバラに行き着いた。昨夜のダンスでマディーが髪に飾っていたのと同じ花だ。

しゃがんでじっくり見てみると、マディーが話してくれたのと同じ説明が記されていた。二種のバラを交配して、ピーチと珊瑚色の美しい可憐な花びらが生みだされたのだと。このバラをヴィクトリアと名づけたのは賢明な選択だとウィルはあらためて感心した。

誰かがそばにやって来て傍らに立ち、花々に影がかかった。それでもウィルはまだマディーのバラを細かなところまでつくづく眺めていたので、すぐには顔を上げられなかった。ようやく立ちあがり、脇を見るとレディ・トレンメアが立っていた。

「わたしの出品作も公爵様にご鑑賞いただけるのなら、そちらにあるのだけれど」伯爵未亡人は愉快そうに柔和な笑みを浮かべて指差した。

「これはなんです？」

「もちろん、ツバキよ。オールズウェルの以前の家主が中国から何種類か輸入したのだけれど、イングランドでも生育できたのはこの品種だけ」

「美しい花ですね」

「ありがとう」伯爵未亡人はわが子を褒められたかのように誇らしげに微笑んだ。「ついにこの日がやって来た。ほんとうにあと数分ですべてが決するなんて、まだ信じられないわ」

「王女のうなずきひとつで、誰かの運命が変わるとほんとうに思われますか？」

「マデリンにとってはすべてが変わりうる。王女様がどのような評価をくだされたとしても」

「どんなふうに？」ウィルは伯爵未亡人のツバキのほうに少し近づいた。濃い緑の艶やかな葉と鮮やかなピンクの花の色合いがひときわ目を引く。

「一等に選ばれれば、レイヴンウッド種苗園にとどまって両親が夢見ていた成功を成し遂げなければとやはり思うでしょう」レディ・トレンメアは小首をかしげてウィルの顔を窺った。「でも負ければ、とどまろうとするかしら？　種苗園の経営はマデリンがほんとうにやりたかったことではないのは、あなたもご存じよね？」

庭園の設計。花の育種。マディーが情熱を注げるのはそちらのほうだ。あとは自身にできるかぎりの人助けも。

「彼女がコーンウォールを離れることもありうると？」声に期待が表れないよう気をつけて尋ねた。

レディ・トレンメアはそっと励ますかのようにツバキの花びらをすうっと指で撫でた。それから背を起こし、したりげに期待のこもった顔つきで向き直る。「それならまだ尋ねてないのね？」

ウィルはふいに海の下敷きにでもなったような息苦しさを覚えて、返す言葉が見つからず、伯爵未亡人をただじっと見つめた。

騒がしい音が聞こえてきて、芝地の向こう端へ目を向けた。ヴィクトリア女王を若くやさしげにしたような女性が、審査を待つ植物が並ぶ会場へと入ってきた。

マディーにとって大事な瞬間が訪れた。おそらくは同じ出品者の紳士淑女たちとともにマディーも王女の品評を待つ場所に移動して立っている姿が見える。

出品作を次々に眺めて歩く王女をみなでじっと見つめて待つのは、長く重苦しいひと時だった。王女は時には腰をかがめてまじまじと見入り、拡大鏡も使ってごく小さな花も観察した。その傍らでエスキス卿が王女から低い声で何か告げられるたびメモを取っている。

ついに王女がマディーのバラの前に来て名札を目にして、にっこりと微笑んだ。そうせずにはいられないくらい美しい花だとしても、やはり新種のバラに付けられた名称に王女が心をくすぐられたのは間違いない。

それでもほかの花と同じように王女は眺めて、考え、エスキス卿に静かに何か伝えてから、次の出品作へと移動した。ウィルが拍子を取るように自分の太腿を指で打ちながら見ていると、マディーも片手を口元に上げて爪を嚙み、すぐにまた両手を脇におろして握りしめた。

王女はすべての出品作を見終えると、白い天蓋の下に入り、軽食が用意された休憩所の席についた。待つのは苦痛だ。そのあいだ、リーヴ夫人はエスキス卿とともにノートに書きつけたメモを見ながら話し込んでいた。

リーヴ夫人の口が〝確かなのですね？〟と動いたように見えた。そしてうなずき、審査会場の中央へと進みでていく。そこに若いご婦人が現れて三本のリボンを手渡した。

「みなさま、どうぞご注目ください」ホテル経営者はいつもの自信にあふれた笑みを浮かべながらもかすかに唇をふるわせ、大きく息を吸い込んでから続けた。「ホッブズ夫人のシャクヤク、その名も〝ピンク・センセーション〟が三等に選ばれました」ホッブズ夫人が三等のリボンを受けとったときにはぱらぱらと気のない拍手が送られただけだった。

「二等は、ミスター・ペレグリンのケシの花に決定しました」ぶっきらぼうな短軀の男性が足早に出てきて、リーヴ夫人からほとんどつかみ取るようにしてリボンを手にした。

ウィルはマディーを見ていた。もう人目もかまわずに爪を噛んでいる。

「ヘイヴン・コーヴのフラワー・ショーの歴史において初めて、おふたかたの引き分けとなりました。もちろん、リボンが足りないのですが、ご用意できしだいお渡しします」

リーヴ夫人はごくりと唾を飲み込んで、言葉を継いだ。「第一等は、レディ・トレンメアのツバキ〝すばらしきもの《エクストローディナリ》〟と、ミス・レイヴンウッドのバラ〝ヴィクトリア〟です」

やった！　ウィルは自分が受賞したかのように喜びで胸がはちきれそうだった。マディーのもとへ向かおうとしたが、すでに祝福と称賛の言葉をかける人々に取り囲まれていた。少しおいて、受賞者のふたりが王女へ膝を曲げて感謝を表してから、進みでてきた。

ウィルが人混みを縫ってようやく近づけたときには、マディーはまた人々に囲まれながらレディ・トレンメアを見つけだしたところだった。ふたりは生き別れた家族さながらしばし抱き合った。

「お母様はきっとあなたを誇らしく思うはずよ」

ウィルのところまでレディ・トレンメアの声が聞こえて、マディーが大きく息をついたのが見てとれた。

「わたしもそう思います。それにこれでレイヴンウッド種苗園が繁栄すれば、父も誇らしく思ってくれるはずです」マディーは顔をくしゃりとさせて嬉しそうに笑っていた。

レディ・トレンメアがマディーの頬に手を添えた。「ええ、そうね。あの種苗園はあなたのご両親が望んでいたように成功するでしょう」

マディーが一等を獲得すれば、ここにとどまりたい気持ちが強まるのはウィルにもわかっていた。レディ・トレンメアが言ったとおり、当然の成り行きだ。

いまコーンウォールを離れてほしいと頼んで、彼女の喜びをぶち壊すことなどできるだろうか？

ウィルはあとずさり、芝地の出口を目指し、カーンワイスへ戻ろうと歩きだした。マディーに別れを告げなければいけない時が来るのは覚悟していた。だが、ここでは、いまは言えない。

あと少しでホテルの敷地を出られるところまで来ても、足を踏みだすたびマディーへの想いはつのるいっぽうだった。

「ウィル！」

その声を耳にして足をとめ、振り返ると、マディーが駆けてくるのが見えた。顔を上気させて、レディ・トレンメアに見せていたのと同じ明るい笑みを浮かべている。

マディーはそのままとまらずにウィルの腕のなかに飛び込んできた。

「やったな」ウィルはマディーの髪に唇を寄せて言った。

マディーがしがみついてきたので、ウィルもさらにしっかりと抱き寄せた。どちらも離れがたい思いだった。それでもとうとう、マディーのほうから身を離した。真剣な目つきで見つめられ、ウィルはまた彼女を抱きしめられただけでも嬉しかった。

「いつ発つの？」

「もうすぐだ。あすの朝いちばんに」

マディーが唇を嚙んでさらに身を引いて、海のほうを見やった。

「マディー……」

「なに？」か細くかすれた声だった。

「きみは私がいままで出会った誰よりもすばらしい女性だ。きみへの想いは——」

「わかってる」マディーはウィルの手を取り、また腕のなかに入ってきた。「わたしも同じ気持ちよ」

ウィルにもそれはわかっていた。ふたりのあいだにこれ以上にないほど強く通じ合えるものがあるのは疑いようのないことだった。

「きみを誇りに思う」いまさらながら、ウィルはマディーのドレスのボディスにピンで留められた一等のリボンに気づいた。「だからこそきみとどんなに離れがたくても、きみからいまの暮らしを奪うようなことは頼めない。きみには事業が、目標がある。きみをとても頼りにしているこの小さな町の人々もいる」

自分が口にした言葉にウィルは愕然とした。話しながらも、心のどこかではなおマディーに自分とともにいられないかと問いかけ、懇願したがっていた。どんな犠牲を払ってでも、一緒にいてくれないかと。だがマディーを愛していればこそ、自分のわがままで彼女に犠牲を払わせることなどできない。

マディーはあふれだしそうな涙で目を潤ませ、唇を引き結んでいる。

ウィルはマディーを抱き寄せて、心のうちを明かしてもらえるのを願って待った。

「あなたの言うとおりね」ようやくマディーが一筋の涙で頬を濡らして目を上げた。「わたしにはここで果たさなければいけない務めがたくさんある。両親が遺した事業の経営だけでなく、この町の人たちのためにも。自分がここでどのような存在なのかはわかっているし、家だと思える唯一の場所なんだもの」

果たさなければいけない務め。英国一堅物の男がコーンウォールにやって来て、ことあろうに自分以上に思慮深い女性と恋に落ちてしまったというわけだ。

「ああ、きみなら、ここですばらしいことをやり遂げられる。すでにやっているが」ウィルが頬を撫でると、マディーは両腕を首の後ろにまわしてきてさらに身を寄せた。

「さよならは言わないで。そういう言葉はなしにしましょう」マディーがウィルの耳に唇を寄せて言った。それから少し身を引いてキスをした。

ウィルはマディーへの想いをすべて込めたキスを返して、どれほど彼女を大切に思っているかを感じとり、わかってもらえるようにと祈った。

とうとう互いに唇を離して息をついたときには、マディーの涙は乾いていた。寂しそうながらも凛とした笑みを浮かべた。「安全な旅を。ぶじに着いたら、よければ手紙で知らせてね」

「もちろんだ」ウィルは最後にまた唇をさっとかすめるようなキスをした。さらにマディーの額に唇を寄せて少しとどまり、それからどうにか一歩あとずさった。

背を向けて歩きだし、一度だけ振り返った。手を振るマディーにうなずきを返し、こみあげてくるつらさを呑み込んだ。しばらく歩を進めてからまた振り返ると、もうマディーの姿はそこになかった。ずっと向こうに、まだ多くの人々が残るフラワー・ショーの会場へ戻っていくマディーの後ろ姿がちらりと見えた。

これで彼女はいるべき場所に戻ったのだとウィルは自分に言い聞かせた。

24

マディーは目覚めて、時計に目を凝らし、唸るように低い声を洩らした。もうこんな時間だなんて。いつもは夜明けまえに起きているというのに、時計の針は九時半を指している。朝早くから種苗園で働いていた両親に倣って、子供の頃から早起きが習慣になっていた。

きのうホテルでの催しで疲れきって帰宅してから泣いたせいで、きょうは目が腫れている。

フラワー・ショーで一等に選ばれたあと、マディーはレディ・トレンメアとともにお祝いの昼食会に出席し、写真を撮られ、ロンドンの新聞社から取材を受けた。それからビアトリス王女のために特別に設けられた食堂での晩餐会にも招かれた。

目がまわるような慌ただしい一日だったけれど、ホテルの外の芝地をちらりと目にしては、歩き去っていくウィルの姿を呼び起こして哀しみに沈んだ。

きょうウィルはコーンウォールを去り、もう戻っては来ないかもしれない。それでもマディーはどんなにつらくても、ウィルは大切な務めと元の人生に戻ったのだからと彼のために納得して幸運を祈ろうと決意した。戻っていく彼はたぶん以前とは違う男性だ。ウィルと出会って自分も変わったし、人生とは喜びを得られるものなのだと気づかされた。ウィルも同じように思っていてくれたらいいけれど。

マディーは顔を洗って着替え、髪を頭の後ろで簡単に結い上げて丸くまとめると、アリスに会うため事務所へ向かった。予想どおりアリスは事務所にいた。見るからに元気いっぱいで、掃除をしたり、明るい雰囲気作りのために置いている植物に水をやったりと忙しそうだ。

マディーが事務所に入るなり、アリスは振り返って箒を手放し、腕のなかに飛び込んできた。

「おめでとうございます！　ほんとうに誇らしいことです」

マディーはにっこり笑って抱きしめ返した。「ありがとう。でも、あなたがいなければきっと成し遂げられなかった。この種苗園はあなたがいなくては運営がままならない。すべてを安心してまかせられる人がいるからこそ、自分のバラ作りにも取り組めたんだもの」

「何をおっしゃるんです」アリスが気恥ずかしげに返した。

マディーは両手で若い従業員の愛らしい顔を包み込んだ。「よく聞いて。本心なの」

アリスは目を伏せて、微笑んだ。「ありがとうございます、マディー」

マディーはさっそくアリスが机の前端に揃えておいてくれた郵便の束を確かめにかかった。重要そうなものはなかったが、いちばん下にロングフォード・ファームズと差出人の名が記された手紙を見つけた。

「懲りない人だわ」

「癪《しゃく》にさわるくらいしつこい男ですね」アリスはまた箒を手にして掃きはじめた。

「たとえレイヴンウッドを売却するにしても、あの人にはありえない。第一、父が嫌っていた人なのよ。ここを愛してくれる人でなければ」わたし以上にと言いかけてマディーは口をつぐんだ。たとえまだ頭も心もウィルのことでいっぱいで、ずっと取り組んできたバラの開発をついに認めてもらえたばかりだとしても、種苗園の経営には情熱を傾けられないという本心はもう隠しきれなくなっていた。

「売却を考えているんですか？」

恐ろしくて認める言葉は口にできなかったものの、マディーはアリスに小さくうなずいて応じた。

アリスが箒の先端に両手をのせて、その先の言葉を待つようにマディーを見つめた。張りつめた沈黙がしばらく続いたあとで、アリスが静かに恐るおそるといったふうに問いかけた。「わたしの父に売ろうとお考えになったことは？」

「じつはわたしがこの種苗園を売却するとしたら、あなたのお父様しか思い浮かばない」

何度も頭をよぎったことだった。この種苗園を運営していく仕事が自分にとっては退屈に思えるときでも、つねにこのうえなく満足そうに働いているイームズを目にするとよけいに。

「公爵様とのことを考えて？」

マディーが答えるまえに、アリスが目を大きく見開いた。

「大変、忘れるところでした」アリスが事務所の向こう端に駆けていき、大きな長方形の包みを持ち上げて運んできて、マディーの机に乗せかけた。「あなた宛てに届いたんです」

「なんなの？」

アリスがくすくす笑った。「あなたにあけて見ていただいたほうがいいと思いまして」マディーを見つめて、内緒話をするように声をひそめた。「あの方からではないかと」

マディーはぞくりとふるえを覚えた。きょうは晴天で暖かいのだから、わけのわからない不自然な症状だ。でもなんとなく不吉な予感がする。これでおしまいのような。

マディーは机に近づいて、包み紙を開きはじめた。金の額縁の角らしきものが現れた。

「絵ね」なぜウィルが絵を届けさせたの？　さらに包み紙を開くと、マディーが子供時代を過ごしたコテージに隣接するバラ園を描いた絵だとわかった。最初はウィルが描いたものなのかと思ったものの、バラ園に人がいるのに気づいた。女性がバラの茂みの前にかがんで、片手を上げて手入れをしている。

「母だわ」マディーはどうにかそのひと言を発した。喉が締めつけられて、涙がこみあげた。

この艶やかな赤褐色の髪の女性は母だ。マディーが子供の頃に誰かが描いたのだろう。カーンワイスを訪れていた人々のなかには画家もいたのに違いない。

マディーは包み紙を折りたたみながら、この世でいちばん自分を愛してくれた人を見つめた。いとおしそうに大好きなことをしている母の姿に胸がいっぱいになった。

「何か落ちました」すぐそばでアリスが身をかがめて床から折りたたまれた紙を拾い上げた。

マディーはまたふるえだした。これこそ恐れていたものだ。贈り物。書付。自分が望んだせいで言葉は交わさなかったけれど、これでほんとうに別れを告げることになってしまうのだろう。

最愛のマディーへ

きみにさよならは言えそうにないので、代わりにきみが私をよいほうに変えてくれたことを伝えておきたい。私の心をやわらがせ、血を熱く滾らせ、忘れていたことを思いださせてくれた。愛がもっとも大事だという真実も。だから私がここにとどまりたくても、きみについて来てほしくても、愛しているからこそ、たとえそれが私とはともにいられない道だとしても、きみが選んだ人生を歩んでほしい。

ハスケル夫人の提案で、きみのお母上がバラの手入れをしている絵を同封する。そこに描かれたバラたちと同様に、この絵もきみのそばにあるべきだ。

私の心のように。

いつまでもきみとともに
ウィル

マディーはその紙を握りしめて見つめるうちに文字がぼやけてきた。折りたたんで、ボディスの内側の心に近いところに収め、目を上げると、アリスが心配そうにこちらを見ていた。

「大丈夫ですか？」ささやくように訊く。

マディーはうなずいて、少しめまいがするほど鼓動が速まっている胸に手をあてた。

「列車は何時に出るのかしら？」

アリスがすばやく机へ走り、書類や紙挟みや種子目録を押しのけて、列車の時刻表を取りだした。

マディーは唇を嚙んで両手をきつく組み合わせ、あせらないように努力した。

「三十分後です」アリスが早口で告げた。「行かないと。いますぐ」

マディーは踵を返して事務所を出て、馬車馬のいる納屋へ駆けだした。ちょうどそこにジェイムズがポニー牽きの二輪馬車で納品から戻ってきたので、マディーはその前方に飛びだして轢かれそうになりながら馬車を停めさせた。

「その馬車が必要なの」

「承知しました、お嬢様」ジェイムズは呆気にとられたような顔つきで馬車を飛び降りた。

この鬼気迫った胸のうちが顔に出ているのなら、ぎょっとされても仕方がない。

マディーは二輪馬車に乗るとさっそく本道へ向かうよう手綱を取り、ポニー馬のメイベルも主人の切迫を感じとったように駆けだした。レイヴンウッドから鉄道の駅までは好天に恵まれても三十分かかるので、列車の発車時刻ちょうどに着くかどうかというところだ。でもどうにか間に合わせなくてはいけない。本心をウィルに伝えなければ。

ウィルは列車内で自分の座席に誰かが残していった新聞を手に取り、漫然と文字を目で追った。紙面に目を向けていてもマディーしか見えてこない。あのような書付を送りつけるとは臆病者のやり口だ。愛していると直接伝えるべきだったのに、そうしなかったのはマディーを思いやったというより自分が粉々に打ちのめされてしまいそうで恐ろしかったからだ。

だからこそ別れの言葉も口にできなかった。たとえマディーから言わないようにしようと求められなかったとしても。そのような言葉を口にすれば、自分の何かが壊れてしまいそうだった。間違っていると感じた。間違っている。彼女と別れるのは間違いだ。

マディーにコーンウォールを離れられないかと尋ねてすらいない。選ばせようともしなかった。これでは自分から離れるように仕向けたのも同じではないか。

「そちらの新聞を見せてもらっていいですかね？」ウィルが答えずにいると、向かいの座席のロンドンっ子らしい人物が新聞を取りあげた。「大丈夫ですか？」

「いや」大丈夫ではない。どこをどう取っても。自分の一部を置いてきてしまったような気分で、そのほかの部分も抗議の声をあげている。

「ご婦人絡みですか？　ばっさり捨てられましたか。旦那の親友と駆け落ちしたとか？」

ウィルはにわかに自分が父について話すときのような辛辣な口ぶりに聞こえてきて、煩わしいその若者を睨むように見た。

「いや、そんなことではない」

若い男は眉根を寄せた。「そんなら、何があったんです？」

どういうわけでぶしつけな赤の他人に個人的な話をしなければならないんだ？

「振られたんですよね？　そうなんでしょ？」若者はどことなく面白がっているふうに問いかけた。

「求婚も何もしていない」

「でも、そうしたかったんじゃないんですか？」

「そうだ」

「そうだとすれば、ぼくのミニーおばさん並みにまぬけだな」

ウィルは唸って、ほかの車両に移ろうかと考えた。

「せっかくの機会は逃しちゃだめだってのが、おふくろの口癖で」

「もう勘弁してくれ」ウィルは立ちあがり、頭上の吊り棚から鞄をおろして、その客室から立ち去った。通路に人けはなかった。ほとんどの乗客がすでに座席について、発車を待っている。

ウィルは車掌を見つけて、新たな座席を用意してくれるよう大声で頼もうと口をあけた。だが、いましたいことはそれではない。そんなことではない。いま自分に必要なのはマディーだ。

あの煩わしい乗客が言うことにも一理ある。試しもしないのはまぬけだ。まったく、実際に試そうともしないで、自分がなにより求めているものを、心が通じ合えていた相手を、あきらめられるのか？　たとえそれで撥ねつけられて打ちのめされたとしても。

マディーにも選択する機会を与えるべきだった。

ウィルは狭い通路を突き進み、若い乗務員に大声で言った。「私のトランクを列車から降ろしてほしい」

「お客様？」

「気が変わったんだ」

駅の乗降場《ホーム》に蒸気が立ちのぼり、列車の車輪が軋む音を響かせはじめた。ウィルは慌てていちばん近くの扉を力まかせにあけてホームに飛び降りた。それからすぐに、列車の向こう端からこちらを見ている車掌が目に入った。その横で先ほどのロンドンっ子訛りの青年もこちらを指差していた。

ウィルは片手で髪を掻き上げ、駅に降り立った乗客をコーンウォールのどこかへ送り届けるために待機している辻馬車や迎えの四輪馬車の列のほうへ向かった。小型の四輪馬車に大股で近づいて、そばに立つ男にヘイヴン・コーヴまで乗せてほしいと頼んだ。

「ちょいと遠いですな、旦那。ちょうど茶でも飲もうと思ってたところでして」

「倍の運賃を払う。いくらでも希望の金額を言ってくれ」ウィルはどうしようもなくいらだって、かっかしていた。マディー。なんとしてでも彼女のもとへ戻りたい。拒まれようが、自分が想っているほど彼女には深く想われていなかったとしても、どれほど彼女を愛しているかを知ってもらわなくては。

片方の眉を上げていくらにするか考え込んでいるらしい御者をウィルは睨みつけた。

刻一刻と神経がすり減らされていく。ぐっと息を吸い込んだとき、花の香りがそよ風に乗って漂ってきた。

それから彼女の声がした。

「次の列車にどうしても乗らなくてはいけないの」

「もう発車します。乗車券をお持ちでなければ、乗車できません」

ウィルには美しい幻影としか思えなかった。マディーが駅の乗車券売り場の窓口で駅員に声を張りあげていた。

「マディー」その声はつぶやくように低く、彼女の耳には届かなかった。だがウィルが大股で近づいていくと、マディーが振り返り、驚いた顔でよろりとあとずさった。

「もう行ってしまったのかと」マディーはすぐに歩み寄ってきて、ウィルと同じくらい呆然と見つめた。

「そうしようとした。ほんとうにそうしかけた。でも、できなかった」

「できなかった？」

反対側の線路を列車が駅に入ってきて、もうもうと噴きあげる白い煙に包まれた。

「行こう」ウィルはマディーの手をつかんで進みだした。彼女の肌は心地よい温かさで、触れるとたちまち激しく速まっていた鼓動が鎮まった。ウィルはマディーをベンチへ導き、ともに腰をおろして、向き合った。

マディーが待っているのが感じとれた。説明しなくてはいけないのはこちらのほうだ。

「きみにあの絵と書付を届けさせた私はばかだった」

彼女が小さな否定の声を洩らした。「あの絵は好き」

「気に入ってくれるだろうとは思っていたが、もう一度きみに話をしに行くべきだった。きみに――」

「わたしに話を？」

「どうしてこれほど躊躇してしまったのかわからない。誰にもこんな気持ちを抱いたことがなかったからかもしれない。これほどまでに大切な言葉を口にしたこともなかった」

手の甲でそっとマディーのふっくらとしてなめらかな頬を撫でた。「きみは私にとって唯一無二の人なんだ」

「あなたも」マディーがささやいて、ウィルのもう片方の手を取った。

「きみと出会ってから、私は変わった。いいほうにだ。ほんとうの自分が現れてきた」

「ウィル？」マディーがウィルのシャツの袖口から指を滑り込ませ、快いリズムで肌を撫でた。「言って」

マディーがあまりにじれったそうな目をするので、ウィルは笑みをこぼさずにはいられなかった。

「せっかちなご婦人だな」ウィルは鼻を彼女の鼻に擦らせてから唇にそっと口づけた。

「気になる？」

「まったく」

今度はマディーがウィルの首に手をまわして引き寄せ、キスをしてから顔を離して見上げた。

「よかった。それなら言って。お願い」

「マデリン・レイヴンウッド？」

「ウィリアム・ハート？」

「きみを愛している」ウィルはマディーの手を取り、指関節に口づけた。「きみが大好きだ」顔を上げて、彼女の鼻の頭にキスを落とす。「それにわかったんだ――」ふっくらとした唇の端にキスをする。「――きみがいない人生はとても想像できないと。一日たりともだ」

マディーは目を閉じて微笑み、また睫毛を上げたとき、その目はウィルが心から望んでいたものでまばゆいばかりに満ちていた。愛。信頼。欲望。「つまり、わたしの解釈が正しければ、あなたはわたしを愛しているということね」

「うむ、そうとも」

「だから、わたしたちは離れるべきではないと思ってるのね」

「そのとおり」

「でも、それならどうすればいいの？」

「きみに私の妻になってもらえないかと思ってる」

マディーがゆっくりとふるえぎみの息を吐いた。「公爵夫人に」

「わが妻に」ウィルは前かがみになって、マディーの鮮やかな色のほつれ毛を耳の後ろに戻してやった。「きみならすばらしい公爵夫人になるだろうが、なにより重要なのは私の妻になってほしいということだ」まだマディーから返事らしいものは聞けていない。「きみさえよければ」

マディーが笑い声を立てて、その静かな快い響きがウィルの身体を通して下腹部にまで伝わった。「そろそろわたしの気持ちをあなたにお伝えする番かしら」

ウィルは心から願い、期待して、待った。

「あなたを愛してる」マディーはいかにも深刻そうに眉根を寄せた。「気難し屋さんに戻っていいと言いたいわけではないんだけど、初めて会ったときからあなたを愛していたのかもしれない」

「最初から」

「ええ」

ウィルがにやりとすると、マディーが茶目っ気たっぷりに片手で彼の口をふさぎ、さらにその手に代えて唇を寄せた。

「あの晩から、きみのことを考えずにはいられなくなってしまった」ウィルは白状した。「婚約者に振られたばかりだったから、認めづらかったんだと思う。でも、あの晩がまさにふたりにとっての始まりだったんだ」

「そしてこうして、いまがある」

「聞き逃してしまったのかな。わが妻になることを承諾してくれたのか?」

マディーは唇を噛んで、返答を考えるかのように目で天を仰いだ。「ええ。だからここに来たんだもの」

「私はイングランド一幸せな男だ」ウィルはキスをして、顎に触れ、髪を撫でて、マディーが口を開いてキスがさらに深まっても、懸命に自制心を保とうとした。

ふたりが身を離したときには、ロンドン行きの列車はすでに発ち、反対側の線路に到着していた列車も出たあとだった。つまり駅のホームにふたりきりになったも同然なのだから、ウィルはまたキスをした。さらにまたもう一度。

マディーがウィルの鞄に目を留めた。「わたしと一緒にヘイヴン・コーヴに戻るの?」

ウィルは彼女の手を握り、列車が走り去ったほうへ遠い目を向けた。

「それとも、ロンドンに帰らなくてはだめ?」

ウィルはうなずいた。「そうすべきだな」

「わたしも一緒に行っていい?」

「来てくれるのか?」

マディーに顎を指で撫でられ、ウィルの背筋にふるえが走った。「あたりまえじゃないの、おばかさんね。わたしたちには決めなくてはいけないことがたくさんあるけど、離ればなれになることだけはいや。それだけは避けないと」

「ふたりは一緒にいるべきだ」

「きょうも」

「あしたも」

マディーが身を寄せた。「つまり今夜も」

「ずっとだ」ふたりはまたも唇を触れあわせた。さらにもう一度。

決めなければいけないことはすべてあとでいい。なにより重要なことは確かめられた。どちらも同じくらいに強く、ともにいたいと望んでいる。だからウィルは、マディーが情熱を傾けられることをあきらめなくてもいいようにしてやらなくてはいけないし、彼女のおかげで取り戻せた本来の自分のままでいられるようにしなくてはいけないと心に決めた。

エピローグ

半年後
サセックスの所領、イーストウィック

ウィルは玄関広間の鏡でクラヴァットを直しつつ、客間から聞こえてくる声に笑みをこぼした。

自分が晩餐会を楽しみに思う男になるとは、なんという変わりようだろう。それも自分の家で。いや、違う、それでは正しくない。自分たちの家で、だ。こんなふうに所領のイーストウィックを家だと感じられたことは……かつて一度もなかった。屋敷のなかの装飾はたいして変えていないし、庭園や屋敷周りの景観にもマディーはまださほど手を加えていないが、ふたりでいられれば家だと感じられる。ふたりにとって互いが安らげる場所だからだ。

マディーのかすれがかった笑い声をウィルは耳にして、人々のなかから妻を連れだして、少しのあいだふたりきりになれればと思った。

そんな思いを察したかのように、マディーが客間を抜けだしてくる姿が鏡に映った。

「ここにいたのね」マディーが背後から声をかけ、腰に腕をまわしてきた。「客間に来てくれないと。このままカードゲームをしていたら、ホイストで妹さんたちにやり込められてしまうわ。正確には、コーラに」

「ホイストでコーラに勝てる者はいない」ウィルは向き直ってマディーを抱き寄せた。甘美な花の香りに満たされて、頭をかがめ、妻のしなやかな首の付け根に口づけずにはいられなかった。

マディーは小さく吐息を洩らし、夫の手を取った。客間のドア口のほうをちらりと見てから、廊下の向かいにある居間へウィルを導いた。足を踏み入れるなり花と緑の濃厚な香りに包まれた。マディーが執務室とアトリエに使っている部屋だ。そこで毎日、書簡の返事をしたため、バラの交配について記事を執筆し、レディ・トレンメアから紹介された貴婦人たちの庭園の設計に取り組んでいる。

部屋に入るとウィルは含み笑いをして、ブーツを履いた足でドアを蹴って閉めた。

「客間に来てくれと言ってなかったか」

「予定変更よ」マディーはささやくように言ってキスをした。「まずはちょっとわたしがあなたを必要としているから」

「こっちもきみが必要だ」ウィルは妻の顔を両手で包み込み、前かがみになってしっかりとキスを返した。マディーが口をあけて舌を触れあわせてきたので、ウィルは全身がかっと熱くなって呻くように声を洩らした。「わが妻よ」唇を寄せたまま、ささやいた。彼女が自分のものになったとはいまだに信じられない。

マディーは笑い声を立てて、少しだけ身を離して片手をふたりのあいだに差し入れ、夫の下腹部を撫ではじめた。こうしてとろんとしていく妻の目がウィルはすっかり好きでたまらなくなっていた。「わたしの旦那様」独占欲の表れた低いかすれぎみの声だ。とたんにウィルはもう廊下を挟んだ部屋で妹たちや何人もの貴族が自分たちを待っていようが、どうでもよくなった。

妻の腰をしっかりとかかえ込んで机のほうへ移動し、スカートを引き上げる。マディーも抱きあげられながら、みずからスカートを絡げ持った。ウィルが温かでなめらかな太腿のあいだに指を差し入れると、マディーは息を呑んで肩にしがみついてきた。妻の首にキスを浴びせながら下りて喉もとの脈打つ部分に舌を這わせ、もうすっかり濡れて熱を帯びたところに指を滑り込ませる。

「ウィル」マディーがささやいた。「愛してる」

「こっちこそ愛している。いつまでも」

マディーが机につかまって身をのけぞらせた。だがそれからすぐに片手を書類の束の上にずらして紙を床に落としてしまい、きゃっと小さな声をあげた。

ウィルはかまわずキスを続けた。口づけを深めながら温かな彼女のなかへ指を動かす。

マディーが唇を触れあわせたまま押し殺したような声を洩らし、ウィルは彼女が極みに近づいているのを察した。さらにきつく抱きしめる。

「私の勝ちだ、わが妻よ」

マディーが小刻みに身をふるわせ、張りつめて、解き放たれた。ウィルは部屋が暗いのを残念に思った。解き放たれたときの妻を見るのがとても好きだからだ。こうしてそばにいて、彼女の悦びの声を聞き、彼女が自分のもので、自分は彼女のもので、ふたりを引き裂けるものは何もないと実感すると、かつては想像もできなかった満ち足りた思いに浸れる。いまだに自分にそんな資格があるのかと思うくらいの幸せに。

ウィルがスカートを直してやりながら最後にもう一度じっくりとキスをすると、マディーは床に落ちた書類を気にするように頭を傾けた。

「すまない、マディー」ウィルはあとずさり、書類を拾おうとかがんだ。「大切なものなのか？　破れたり、ひどく折れたりしているものはなさそうだが――」

ウィルが拾い集めようと手を伸ばすより早く、マディーが机から降りて、さっさと書類を胸にかかえ込んでしまった。

「ちょっとやりとりしているものよ」

ウィルはもやもやとした嫌な予感を抱いて唾を飲みくだした。マディーとは互いに率直に向き合っている。正直に。隠しごとはない。

「私には見せたくない手紙なのか」

「そういうわけじゃないの」マディーが唇を嚙み、ふっと息を吐いて、書類を突きだした。

ウィルは夕陽が射し込んでいるだけの薄暗い部屋では手紙としかわからなかったものに目を凝らした。マディーの流麗な筆跡でミス・ディクスンと宛名が記されている。

「あのよく笑うご婦人かな？」ウィルは、ホテルでの王族の来訪を記念する催しでそのご婦人がよけいなお世話とはいえ、ふたりの取り持ち役を務めてくれたことを思い起こした。

マディーがうなずいた。「そうよ」

ウィルがその文面に目を走らせると、意外でもなんでもないことが綴られていた。

「あなたが言いたいことはわかってる」マディーが早口に言った。「わたしはいろんなことをやりすぎてる。だけど天候がさほど荒れなければ、冬の初めに戻ってもいいとあなたも言ってたでしょう」

「言った」結婚してすぐに、できるかぎり頻繁にコーンウォールへ戻ろうと話し合っていた。レイヴンウッド種苗園の経営はミスター・イームズが引き継いでくれたが、彼の強い要望でマディーも共同所有者となり、王女の訪問により当然のごとく注目を浴びて種苗園に大きな収益をもたらしたバラ〝ヴィクトリア〟の栽培を監督している。

「それほど手のかかることではないの。せいぜい二、三日」マディーが明るい声で言い、笑いかけた。「よければ、あなたにも手伝ってほしいんだけど」

「そうさせてもらおう」ウィルは立ちあがり、片手を差しだして妻も立たせた。それからあらためて手紙に目を落とす。「もともと仲間に入れてもらいたいと思っていたんだ」手紙に書かれている名称を正確に読みあげた。「ヘイヴン・コーヴ冬季装飾委員会の」

マディーは夫の腕に腕を絡ませてきて、にっこり笑いかけた。「心配しないで、わたしの旦那様。赤い旗布とヒイラギとツタの飾りつけ方は納得がいくまでわたしが教えてあげるから」

「頼りにしているとも」ウィルは肘にかけられた妻の手に自分のもう片方の手も重ね、ドアのほうへともに歩きだした。「きみがいれば、そこが私のいたい場所だ」

訳者あとがき

英国を旅するなら、庭園巡りは欠かせない楽しみのひとつです。春から夏にかけては各地でフラワー・ショーが開催されますし、もともとは看護師支援基金のために立ち上げられた、自分の庭を公開してその入園料などを寄付する『オープン・ガーデン』には百年近い歴史があり、毎年厳選して公開される庭のガイドブック、通称『イエロー・ブック』をご存じの方は日本にも多いのではないでしょうか。

そんな園芸大国の英国には種苗園（nursery）が数多く見られます。十八世紀にカントリー・ハウスの建設と造園に大量の樹木が必要となり、そうした植物を供給する産業として種苗業が発展しました。貴族の邸宅で庭師をしながら腕を磨いて独立し、種苗業や造園設計業を営む人々が現れたのです。時を経てヴィクトリア朝時代には、園芸への関心の高まりとともに、貴族の屋敷に温室が隣接して設けられ、植物が鉢植えや切り花の形式で室内にも持ち込まれて邸宅を彩るようになりました。

本書は、そのヴィクトリア朝時代に自然豊かなコーンウォールで亡き両親から種苗園を引き継いで新種のバラの開発に情熱を傾ける女性と、堅物ゆえにロンドンの華やかな社交界を楽しみたい妹たちから疎まれて、海辺の田舎町にある朽ちかけた別宅へ半ば強引に

〝休暇〟に送りだされてやって来た若き公爵の物語です。

コーンウォールの風光明媚な海辺の町カーンワイスで生まれ育ったマデリンは、まだ二十代半ばながら種苗園の女性経営者として奮闘するなか、亡き母の友人で得意客でもある伯爵未亡人から仕事の依頼を受け、初めてロンドンを訪れていました。滞在最後の晩に伯爵邸で開かれた晩餐会のさなか、たまたま植物を点検しようと入った温室で、貴族の男性が淑女に振られる場面を目撃。いかにも高貴な令嬢が婚約指輪らしきものを投げつけてその場を立ち去り、残された紳士はマデリンに見られていたことに気づくと、他言しないよう念押しします。温室の植物に囲まれながらの奇妙な出会いに、互いになぜか惹かれるものを感じつつも名乗りすらしないまま、ふたりは別れたのでした。

　三カ月後、そのとき伯爵未亡人の温室で婚約を破棄された紳士、若き公爵のウィルは当主として末の妹の婚約パーティを取り仕切らなければと張り切っていたのですが、当の妹からパーティに水を差す邪魔者と見なされていたことを思い知らされます。不正はけっして見逃せないたちの堅物で、社交下手のうえ、有力貴族の令嬢との破談で周囲から顰蹙《ひんしゅく》をかっていたのです。やむなくウィルは、もうひとりの妹の提案により、放蕩を尽くして死んだ父がコーンウォールに遺した荘園屋敷《マナー》へ休暇に出向くことに。たどり着いた海辺の地所で庭師小屋に雨宿りに入って、ひょんなことから顔を合わせたのは、ロンドンの伯爵邸の温室で出会ったあの赤毛の女性、マデリンでした。

運命を感じさせる再会を果たしたふたりでしたが、すぐに互いがどうやら対立する立場にあることに気づきます。カーンワイスの町は半月後に迫ったビアトリス王女のご訪問に向け、住人たちが一丸となって準備を進めており、放置されて町の景観を損なっている公爵邸に人々は頭をかかえていたのでした。王族訪問委員会の代表を務めるマデリンは公爵邸の修繕を求めますが、ウィルはそもそも父の悪事の巣だった忌まわしい屋敷を手放すつもりだったため、そのような要望に応じる意義を見いだせなかったのです。

けれどもウィルは、種苗園の経営に奮闘しながら新種のバラの開発に情熱を注ぎ、地域社会にも貢献しているマデリンと交流するうち、父が貶《おとし》めた公爵家の名誉を挽回しようと頑なになるあまり失っていた本来の自分らしさを取り戻していきます。どちらもふたりで過ごすひと時の心地よさに気づき、惹かれる想いは深まっていくものの、ふと冷静にそれぞれの立場を顧みれば、ロマンスの障壁は思いのほか大きく……。

マデリンとウィルの運命を動かすカーンワイスの一大事〝王族の来訪〟でこの町を訪れるのは、ヴィクトリア女王の五女ビアトリス。本書の時代設定は一八九四年なので、女王が七十五歳、ビアトリス王女は三十七歳頃の物語ということになります。ビアトリス王女は末娘で両親にとりわけ可愛がられたと伝えられているので、国民にも親しまれていたであろうことが、カーンワイスの町の盛りあがりの様子にうまく生かされています。

　また、英国といえば、チューダー・ローズの紋章が印象的ですし、バラはイングリッシュ・ガーデンを象徴する花なので、マデリンが新種のバラの開発に熱中する姿は容易に思い浮かべていただけるのではないでしょうか。作中でもちらりと触れられているように、一八六七年に最初のハイブリッド・ティー種がフランスで生みだされ、それ以前からあったものをオールドローズ、以後に育種されたものがモダンローズと呼ばれるようになりました。マデリンがオールドローズと交配させたティーローズは、十八世紀終わりに中国からヨーロッパへもたらされた品種により生みだされたバラの一種です。

　本書の読みどころは、主人公のふたりが互いの身分も名前も知らないまま、なんとも気まずい状況で出会ったおかげで、正体が明かされてからもごくふつうの友人同士のように会話し、心を通わせながら、とはいえやはり現実に立ちはだかる恋愛の障壁をどのように乗り越えるのかというところに尽きるでしょう。当時の身分格差、ロンドンとコーンウォールの地理的、心理的な距離、そしてなによりも公爵のウィルと経営者であるマディーの責任感の強さ。出会いの奇跡が引き起こす生真面目なふたりの微笑ましい変化をどうぞお楽しみください。さらに、Love on Holiday シリーズと銘打たれているだけに、ロンドンと対比させた自然豊かなコーンウォールの海辺の描写も物語に快い魅力をもたらしています。

最後に、本書は著者の邦訳第一作となるので、公開されている経歴もご紹介しておきます。著者クリスティ・カーライルは歴史学の学士号を取得し、教師を経て作家に。現在もロマンスやミステリのほか、十九世紀のアメリカ、英国の歴史書を好んで読み、さらなる知識を深めているとのこと。これまでに十七作の小説を出版、五作のアンソロジーに中短篇を収載、USAトゥデイ紙のベストセラーリスト入りを果たしています。本書が第一作となったLove on Holidayシリーズの第二作でスコットランドが舞台の〝*Lady Meets Earl*〟も本国アメリカで好評を得て、第三作〝*Duke Seeks Bride*〟の出版が二〇二三年夏に予定されています。

二〇二三年一月　村山美雪

退屈で完璧な公爵の休日

2023年2月17日　初版第一刷発行

著 ………………………… クリスティ・カーライル
訳 ……………………………… 村山美雪
カバーデザイン …………………… 小関加奈子
編集協力 ……………………… アトリエ・ロマンス

発行人 ……………………………… 後藤明信
発行所 ………………………… 株式会社竹書房
〒102-0075 東京都千代田区三番町8-1
三番町東急ビル6F
email：info@takeshobo.co.jp
http://www.takeshobo.co.jp
印刷・製本 ………………… 凸版印刷株式会社
